HENDRIK BERG

Kalte Strömung

 GOLDMANN

*Buch*

## Sechs Fragen an Kommissar Theo Krumme

**Warum sind Sie Polizist geworden?**
Ich wollte die Welt zu einem besseren Ort machen.
Mach es, hat mein Bauch gesagt. Und der ist
immer mein bester Berater.
**Nordsee oder Ostsee?**
Gibt es an der Ostsee auch
Deiche, Dünen und Marschwiesen?
**Wann hatten Sie das letzte Mal Heimweh
nach Ihrer Geburtsstadt Berlin?**
Wenn ich jetzt Heimweh habe, dann nach dem Norden.
**Lieber Wandern in den Bergen
oder Faulenzen am Strand?**
Wandern am Strand – mit meiner Freundin Marianne
und meinem Hund Sonny.
**Problem damit, dass Sie älter werden?**
Nur mein Chef.
**Obstkuchen oder Cheesecake?**
Für mich immer Friesentorte.

Weitere Informationen zu Hendrik Berg
sowie zu lieferbaren Titeln des Autors
finden Sie am Ende des Buches.

# Hendrik Berg
# Kalte Strömung

## Ein Nordsee-Krimi

GOLDMANN

Penguin Random House Verlagsgruppe FSC® N001967

1. Auflage
Originalausgabe März 2025
Copyright © 2025 by Wilhelm Goldmann Verlag, München,
in der Penguin Random House Verlagsgruppe GmbH,
Neumarkter Straße 28, 81673 München
produktsicherheit@penguinrandomhouse.de
(Vorstehende Angaben sind zugleich
Pflichtinformationen nach GPSR)

Vermittelt durch die Literarische Agentur Kossack
Umschlaggestaltung: UNO Werbeagentur, München
Umschlagmotive: Landschaft: getty images / Ralf Prien / 500px;
Himmel: getty images / Achim Thomae;
Wellen: getty images / HadelProductions
Redaktion: Lisa Caroline Wolf
KS · Herstellung: ik
Satz: GGP Media GmbH, Pößneck
Druck und Bindung: GGP Media GmbH, Pößneck
Printed in Germany
ISBN: 978-3-442-49628-0

www.goldmann-verlag.de

Leevd is as en Schipp op de See.
Wenn de Bülgen to hooch slaan,
geiht allens to 'n Düvel!

Liebe ist wie ein Schiff auf dem Meer.
Wenn die Wellen zu hoch schlagen,
geht alles zum Teufel!

# 1

Schneller, sie hatte keine Zeit. Sie musste sich beeilen. Mit weiten Schritten lief sie den einsamen Strandweg entlang, auf dem Rücken einen kleinen Rucksack, vor der Brust in einem Tuch ihr Baby. Immer wieder schaute sie sich um.

Hatte er mitbekommen, dass sie das Haus verlassen hatten?

Nein, er hatte im Bett gelegen und geschnarcht. Genau so, wie sie es geplant hatte. Um sicherzugehen, dass er ihrem Vorhaben nicht im Weg stand, hatte sie ihm am Abend sogar etwas Schlafmittel in den Wein geträufelt.

Trotzdem.

Es blieb das Gefühl, dass er jeden Moment hinter ihr auftauchen konnte. Oder plötzlich vor ihr auf dem Weg wartete. Mit seinem schiefen Lächeln voller Spott und Verachtung. Einem Lächeln, das gleichzeitig auch seine kranke Liebe für sie zeigte. Seine Besessenheit. Und die Angst, sie zu verlieren.

Wie sie dieses Lächeln hasste.

Sie schaute nach oben in den Himmel. Nachdem der Tag so freundlich und sonnig begonnen hatte, schoben sich seit dem Abend vom Meer her graue Wolken übers Land. Ein böses Omen dafür, dass ihre Flucht scheitern würde? Sie schüttelte den Kopf. Nein, so war es perfekt.

Eine klare, helle Nacht konnte sie überhaupt nicht gebrauchen.

Zum wiederholten Mal tastete sie in den Taschen ihrer Jacke nach den Papieren und dem Geld. Hatte sie nichts vergessen? Etwas übersehen? Egal, Schluss mit der Grübelei, sie musste jetzt nach vorne schauen. Ins Haus konnte sie sowieso unmöglich noch einmal zurückkehren.

Und das Wichtigste trug sie an ihrer Brust. Verliebt schaute sie auf ihr Baby, sog den vertrauten süßen Duft ein. Kaum zu glauben: Der Kleine war wach, gab jedoch keinen Pieps von sich, sondern blickte sie nur mit seinen großen, weisen Augen an. Ob er begriff, dass es sich nicht um einen normalen Ausflug handelte? Dass er genau wie sie in großer Gefahr schwebte?

Zärtlich strich sie ihm mit der Hand über das kleine, unschuldige Gesicht. War sie eine schlechte Mutter, wenn sie ihr Kind so einem Risiko aussetzte? Es durch diese Flucht in Lebensgefahr brachte?

Nein, was sie tat, tat sie vor allem für ihn. Ihr kleiner Schatz hatte so ein Leben in Dunkelheit und Hass nicht verdient. Sie musste ihn fortbringen, so weit weg wie möglich. Hier, in diesem Haus am hohen Kliff, erwarteten ihn nur Kummer und Schmerzen.

Wieder drehte sie sich um, blieb stehen. Hatte sie nicht ein leises Knirschen gehört? Einen Ast, der unter schweren Stiefeln brach?

Nein, nichts zu sehen. Hinter ihr schlängelte sich der Weg an der mit Brombeerbüschen bewachsenen Böschung entlang. Die langen dornigen Ranken griffen nach ihren nackten Beinen, als wollten sie sie in diesem Gefängnis zurückhalten.

Für einen Moment lauschte sie in die rauschende Stille der Nacht. Die ganze Welt schlief. Sie hörte nur das gleichmäßige Plätschern der Wellen, das müde Schnattern einiger Gänse, die unsichtbar im hohen Gras am Meer kauerten.

Und sie hörte das sanfte Rufen des Windes.

*Hab keine Angst, ich trage dich weg von ihm. Zurück in die Freiheit.*

Alles in Ordnung.

Sie stöhnte, atmete aus. Nein, nichts war in Ordnung. So kurz vor dem Ziel spürte sie die ständige Bedrohung durch ihn besonders intensiv. Wie ein großer Stein lag sie auf ihrer Brust, ein Schatten, der ihr den Atem nahm.

Sie dachte an ihre gemeinsame Zeit zurück.

Am schlimmsten war seine Übergriffigkeit, sein krankhafter Wunsch, jede Minute ihres Lebens zu überwachen. Ob beim Einkaufen im Dorf oder – was selten vorkam – bei ihren Besuchen in den Restaurants an der Strandpromenade. Immer blieb er an ihrer Seite, kontrollierte, was sie tat, mit wem sie redete, ja, wen sie auch nur anschaute. Als wäre sie sein Eigentum und kein lebendiges Wesen mit einem eigenen Willen.

Sie war immer ein freundlicher, geselliger Mensch gewesen, der mit offenen Armen auf andere zuging. Doch das hatte sich nach und nach geändert. *Sie* hatte sich verändert. Anfangs hatte sie sich noch gewehrt, protestiert und nach mehr Raum für sich verlangt. Doch in letzter Zeit hatte sie sich immer wieder dabei ertappt, wie sie sich in vorauseilendem Gehorsam auch dann in seinem Sinne verhielt, obwohl er gar nicht in der Nähe war.

Als hätte er sie dressiert. Als wäre sie sein Besitz, ohne Recht auf eine Meinung und eigene Interessen.

Jetzt war Schluss damit. Nicht mehr lange, dann würden sie und der kleine Schatz in ihren Armen frei sein und einen Neuanfang wagen. In einem anderen Land mit Menschen, die sie kannten und liebten.

Sie schloss die Augen, atmete die frische Meeresluft ein, stolz, dass sie endlich den Mut dazu gefunden hatte.

Wie kannst du nur so eine Egoistin sein und einfach davonlaufen?, fragte eine schrille Stimme, *seine* Stimme, die sie einfach nicht aus ihrem Kopf verbannen konnte. Du weißt, dass du mir das Herz brichst!

Nein, nicht! Sie schüttelte sich, wollte endlich aus der Dunkelheit treten, zurück ins Licht. Ihn nicht mehr in ihrem Leben haben.

Es ging um ihre Zukunft.

Und um die des kleinen Jungen, den sie direkt an ihrem Herzen trug. Sie hatte sich entschieden. Endlich! Weg, nur weg! Viel zu lange hatte sie es mit diesem Irren ausgehalten.

Nur ein paar Minuten später hatte sie den Steg erreicht, der weit hinaus ins Meer reichte und an dessen Ende das kleine Kabinenboot leise gurgelnd auf den Wellen hin und her schaukelte.

Mit dem Auto wäre es leichter gewesen zu verschwinden. Einfach den Schlüssel umdrehen und los. Über die Grenze und dann weit, weit weg von hier.

Aber das ging nicht.

Nicht nur, weil sie vorhin selbst zu viel Rotwein getrunken hatte. Um sich Mut zu machen. Um ihm das Gefühl zu geben, alles wäre in Ordnung, obwohl sie sich bereits entschieden hatte.

Nein, das Auto war keine Option. Auch deshalb, weil er seit Langem die Autoschlüssel vor ihr versteckte, damit sie nicht ohne seine Begleitung und seine Kontrolle irgendwelche Ausflüge unternahm.

Dann also mit dem Schiff.

Noch einmal schaute sie sich hinter einem Busch stehend um, vergewisserte sich, dass die Luft rein und er ihr nicht gefolgt war, um sie im letzten Moment doch einzufangen.

Sie spürte einen leisen Stupser an ihrem nackten Arm und zuckte erschrocken zusammen.

Aber es war nur ihr Baby, das sie mit seinem winzigen Händchen berührt hatte. Immer noch hellwach lag er in seinem Tuch. Sie drückte ihn an sich, küsste ihn zärtlich auf die Stirn.

»Keine Sorge, ich gebe jetzt nicht mehr auf«, flüsterte sie ihm in sein so wundervoll duftendes Öhrchen.

Dann rannte sie los. Die letzten Meter über den knirschenden Sandpfad und schließlich leise tapsend schnell über die glatten, in der Stille knarrenden Holzplanken zum Schiff.

Endlich war sie da.

Wieder drehte sie sich um, meinte erneut, ein leises, sirenengleiches Rufen gehört zu haben.

Doch am Ufer war nichts zu sehen von ihm. Und in die andere Richtung nur der endlose Blick zum Horizont.

Kaum zu glauben, sie hatten es geschafft. Der Rest war ein Kinderspiel. Sie würde aus seinem Leben verschwinden und keine Spur hinterlassen. Vorsichtig, die Hände immer schützend über dem Kopf des Babys stieg sie in das kleine, schwankende Schiff hinab. Dann wendete sie sich zum Außenbordmotor und senkte ihn langsam ins dunkle Wasser.

Sie waren schon oft mit dem kleinen Boot hinausgefahren. Natürlich hatte er sich immer um alles gekümmert. Aber sie hatte genau aufgepasst, damit sie später wusste, was zu tun war.

Als Nächstes brauchte sie das Starterkabel. Eigentlich lag es unter dem Sitz neben dem Außenborder, aber so sehr sie dort herumkramte, sie konnte das Kabel nicht finden.

»Suchst du das hier?«, hörte sie auf einmal eine tiefe Stimme hinter sich. *Seine* Stimme.

Eine Faust legte sich um ihr Herz, drückte erbarmungslos zu. Zitternd richtete sie sich auf und drehte sich um.

Da stand er vor ihr, mit dem Kabel in der Hand. Er musste sich in der Kabine versteckt, dort auf sie gewartet haben.

»Schatz …«, flüsterte sie mit auf einmal staubtrockenen Mund.

Er schüttelte stumm den Kopf, wollte nichts hören, und sie wusste auch nicht, was sie ihm sagen sollte. Passierte das gerade wirklich? War sie für alle Zeit in diesem Albtraum gefangen?

»Der gepanschte Wein. Deine Lügen. Hast du wirklich gedacht, ich fall auf dein falsches Spiel herein?«, sagte er mit eisiger Stimme. Kein Vorwurf, eine Feststellung.

Sie ließ die Schultern hängen. Sie war verflucht, ohne jede Chance, ihm zu entkommen.

Er musterte sie mit seinen dunklen Augen. »Wie konntest du mir das nur antun?«

Sie schüttelte den Kopf, zuckte hilflos mit den Schultern. Tränen liefen ihr über die Wangen, als sie ihr Baby an sich drückte.

Er zog den anderen Arm hinter dem Rücken hervor. Sie erstarrte, als sie sah, was er in der Hand hielt. Plötzlich fühlte es sich an, als würde ihr Geist sich von ihrem Körper lösen.

»Aber du hast dich getäuscht. Ich lasse mich von dir nicht hinters Licht führen. Und niemals«, fuhr er mit seiner Schlangenstimme fort und hob den Hammer in die Höhe, »niemals werde ich zulassen, dass ihr beide mich im Stich lasst.«

# 2

»Ich habe schon mal eine tote Ratte gesehen«, erklärte Marie mit feierlichem Ernst.

»Tatsächlich?«, stotterte Krumme, wollte fragen, wo, aber Torben kam ihm mit einem anderen Beitrag zuvor:

»Mein Papa hat gestern eine Taube totgefahren. Kommt er jetzt in den Knast?«

Krumme überlegte verwirrt, setzte zur Antwort an, aber schon erreichte ihn die nächste Frage.

»Hast du auch eine Pistole?«, wollte ein kleines Mädchen wissen und patschte neugierig mit ihren Händen auf sein Jackett. Wie alle hatte sie sich am Anfang vorgestellt. Aber Krumme konnte sich leider nicht mehr an ihren Namen erinnern.

Sollte er ausgerechnet über dieses Thema mit den Kindern reden? Er schüttelte verlegen den Kopf, war aber erneut nicht schnell genug für eine Antwort. Schon blickte er wieder in ein Meer aus hochgestreckten Fingern, begleitet von japsenden Rufen und hektischem Geschubse.

Krumme hob beide Hände. »Ganz ruhig, Kinder, nicht alle auf einmal!«, mahnte er mit strenger Stimme. Und zu seiner großen Überraschung war es sofort ruhig im Raum. Krumme lächelte. Na bitte, selbst die freche

Bande konnte sich der Wirkung seiner natürlichen Autorität nicht entziehen.

Er zeigte zu einem Mädchen mit schwarzen Haaren. »Na, meine Kleine, was möchtest du über die Arbeit der Polizei erfahren?«, fragte er, jetzt wieder bemüht, wie ein freundlicher Vater zu klingen.

Das Mädchen holte tief Luft. »Dürfen wir Sonny noch mal streicheln?«, fragte sie.

»Klar«, murmelte Krumme, worauf sich gleich die gesamte Klasse jubelnd auf seinen Hund stürzte. Nicht zu fassen, wie Sonny in diesem Durcheinander so entspannt bleiben konnte. Sein Hund, eine bunte Mischung aus Bernhardiner und Hütehund lag nur ein paar Meter entfernt von ihm auf dem Boden, ein riesiger Fellhaufen, den die Kleinen nun als eine Art Sofa benutzten. Kein Problem für Sonny, der sich von allen streicheln ließ und nur manchmal mit seiner handtuchgroßen Zunge freundlich zurückschlabberte, was jedes Mal begeistertes Kreischen auslöste.

Krumme blickte auf die Uhr. Erst fünfzehn Minuten rum. Seufzend schaute er in die Runde, so anstrengend hatte er sich seinen Besuch in einer Klasse der Klaus-Groth-Grundschule in Husum nicht vorgestellt. Eine Idee seines Kripo-Chefs Polizeirat Horst Krüger. »Krumme«, hatte er gesagt, »Sie können doch so gut mit Kindern. Die Bürgermeisterin möchte, dass wir als Polizei bei den Schulen unser freundliches Gesicht zeigen und ein bisschen Werbung für uns machen.«

Krumme war nicht klar, warum ausgerechnet er den Ruf eines Kinderfreundes hatte. Und überhaupt:

»Werbung für die Polizei?«, hatte er gefragt. »In einer Grundschule?«

»Ja, warum denn nicht?«, erwiderte Krüger. »Damit können wir nicht früh genug anfangen. Und die Eltern werden sich freuen. Aber nehmen Sie Ihren Hund mit, der ist ja fast so etwas wie ein Polizeihund. Kommt bei den Kleinen bestimmt gut an.«

Das tat Sonny allerdings. Die Kinder der ersten Klasse waren total vernarrt in ihn, wollten sich am liebsten alle gleichzeitig an ihn herankuscheln oder über ihn hinüberklettern. Dabei war Sonny überhaupt kein dressierter Polizeihund. Im Gegenteil. Genau wie sein Vater Watson machte er nur das, was er wollte. Und Krumme war viel zu gutmütig, um ihn aufzuhalten. »Da kommt wieder Sonny mit seinem Herrchen«, lachten die Händler auf dem Husumer Wochenmarkt, wenn der große Hund ihn freundlich bellend kreuz und quer über den Platz zerrte.

Aber bei den Kindern war er plötzlich völlig tiefenentspannt. Im Gegensatz zu Krumme. Selbst bei einem Verhör mit den gefährlichsten Gaunern hätte er nicht nervöser sein können als hier.

»Stellen Sie sich mal nicht so an, Krumme«, hatte Krüger abgewunken, als er ihm seine Befürchtungen gebeichtet hatte. »Das bekommen Sie schon hin. Und die Lehrerinnen und Lehrer sind ja auch noch da.«

Waren sie natürlich nicht.

Vor dem eigentlichen Termin hatte das halbe Kollegium noch in der Aula zusammengestanden. Die Direktorin hatte eine Rede gehalten, ein Fotograf viele Fotos geknipst. Gruppenbilder mit ihrem Ehrengast aus dem Polizeipräsidium. Dann war er mit Frau Krause, der jungen Lehrerin der 1b, in den Klassenraum gegangen. Auf dem Weg hatte sie ihm erzählt, dass ihr eigenes Baby sie gerade überhaupt nicht schlafen lassen würde. Erleichtert, dass jetzt ein erfahrener Kommissar übernahm, hatte sie ihn ihren Kindern nur kurz vorgestellt und sich anschließend verdrückt.

»Keine Angst, bin sofort wieder zurück«, hatte sie ihm zugeflüstert, als sie seinen panischen Blick bemerkte. Dann war sie durch die Tür verschwunden, noch bevor er etwas sagen konnte.

Mittlerweile waren zwanzig Minuten vergangen, und sie war immer noch nicht zurück.

Auf einem Kinderhocker kauernd, schaute er wieder auf die Uhr. Erst zwei Minuten vorbei, seit er das letzte Mal die Zeit gecheckt hatte. Er seufzte niedergeschlagen, als er spürte, wie ein kleines Mädchen auf seine Hand tippte, um ihn auf sich aufmerksam zu machen.

»Bist du ein Opa?«, fragte sie freundlich.

»Was?« Er sah sie verwirrt an. »Wie kommst du denn jetzt darauf?«

Die Kleine legte ihren Kopf an seine Seite. »Du siehst so alt aus. Wie ein Opa.«

Krumme verzog den Mund. Tatsächlich war er Opa, seine in Australien lebende Tochter hatte vor ein paar Jahren ein süßes Mädchen bekommen. Aber so alt wie ein Opa aussehen wollte er trotzdem nicht.

Müde schaute er in die Runde. Ein paar Jungs hatten inzwischen das Interesse an dem vor allem von den

Mädchen umlagerten Sonny verloren und spielten Fangen, andere lagen miteinander ringend am Boden. Als Krumme dazwischenging, beruhigten sie ihn. »Wir machen doch nur Spaßkämpfen!«

So konnte es nicht weitergehen. In Ermangelung einer Pistole, um warnend in die Luft zu schießen, klatschte Krumme laut in die Hände und rief die Kinder zu sich. Es dauerte eine Weile, bis sich die Jungen und Mädchen zu ihm gesellten. Nur zwei Jungs legten sich kichernd auf einen Tisch und gaben vor, lieber schlafen zu wollen. Immerhin konnte Krumme sie davon überzeugen, dabei auf lautes »Spaßschnarchen« zu verzichten.

»He, Kinder«, rief er betont fröhlich, »Frau Krause hat mir verraten, dass ihr mit euren Eltern ein paar Fragen an die Polizei vorbereitet habt. Wer will anfangen?«

Sofort gingen wieder alle Händchen hoch. Einige Jungs, aber auch ein paar mutige Mädchen drängelten sich dichter an Krumme heran, in der Hoffnung, dass er sich für sie entschied.

Immerhin, dachte er erleichtert, wenn er nacheinander alle Fragen beantwortete, sollte die Zeit doch schnell vorbeigehen.

»Ist es nicht gefährlich, immer so viele böse Menschen zu jagen?«, fragte ein kleines, schwarzhaariges Mädchen mit großem Ernst.

»Eine sehr gute Frage«, erwiderte Krumme und meinte es auch so. »Ja, manchmal kann es schon gefährlich werden. Aber wenn ich Erfolg habe und ihr und eure Eltern keine Angst mehr vor diesen Menschen haben müssen, dann ist das ein sehr gutes Gefühl.«

Die Kinder nickten. Ob alle ihn verstanden hatten? Viele hatten nur Augen für Sonny oder schauten lieber aus dem Fenster als zu ihm.

Krumme zeigte auf ein anderes Mädchen in einem roten Kleid, das besonders hektisch die Hand hob. »Ja? Was willst du wissen?«

»Darf ich kurz püschern?«

Krumme sah sie erstaunt an. »Du willst aufs Klo? Jetzt?«

»Ich muss ganz dringend.«

Er stutzte. War es in Ordnung, wenn er sie so einfach gehen ließ? »Na, dann«, sagte er. »Aber beeil dich.«

Sofort sprang die Kleine auf und verließ den Raum. Krumme zeigte auf einen der Burschen, der eben noch als Spaßkämpfer auf dem Boden gelegen hatte. Jetzt stand er vor ihm und hob aufgeregt die Hand.

»Wie ist dein Name, mein Junge?«

»Kemal, Herr Kommissar.«

Krumme nickte, zufrieden über die korrekte Nennung seines Berufes.

»Was ist deine Frage?«

»Ich muss auch mal aufs Klo!«

»Jetzt? Warte, bis das Mädchen wieder zurück ist.«

Der Junge quetschte die Beine zusammen. »Bitte, ich muss ganz dringend.«

Krumme seufzte, nickte wieder. Sofort flitzte der Kleine davon.

»So, jetzt aber eine echte Frage. Was ist mit dir?« Er zeigte auf einen Jungen mit einem HSV-Trikot. »Sag auch erst mal deinen Namen.«

»Malte.«

»Ich sehe, du hast sogar ein paar Fragen auf einem Zettel notiert?«

Malte strahlte. »Zusammen mit meinem Papa. Soll ich vorlesen?«

Krumme musterte den Kleinen freundlich. »Kannst du denn schon lesen?«

Der Junge hob den Kopf. »Aber natürlich«, verkündete er stolz.

»Na dann los, ich bin gespannt.«

Malte lehnte sich gegen Sonny, als wäre er ein dicker Sessel. Auch die anderen Kinder setzten sich hin, als würden sie jetzt eine Geschichte erwarten. Sehr schön, dachte Krumme. So gemütlich konnte es weitergehen.

»Guu–ten Taag, Hö… Herr Komm… Kommissarr«, fing Malte konzentriert an, bemüht, jede Silbe, ja jeden Buchstaben deutlich auszusprechen. So gut konnte er wohl doch noch nicht lesen. Aber natürlich wollte Krumme ihn jetzt nicht stören.

»Wirr ha-ben geleeesen, dass Sie schooon mal bein-ahh…ee gestooorben siiind«, kämpfte Malte tapfer mit jedem Wort, während die Klasse in andächtiger Stille lauschte.

Krumme nickte dem Jungen mit gequältem Lächeln zu und blickte auf die Uhr. Egal, auf dieses Weise ging die Zeit auch rum.

»Uuunsre Fraa-ge«, murmelte Malte. »Haa-bben Siiie schooon … mal an eine Leeebens…« Ein langes Wort, Malte brauchte eine Pause und sah verlegen lächelnd zu Krumme. Der ahnte Böses, wollte unterbrechen, aber der Kleine vertiefte sich wieder in den Satz »…ver-si-che-ruung gedaaaacht?«

Krumme lächelte schief. »Sehr gut gelesen, Malte«, sagte er. »Sag deinem Papa vielen Dank, aber ich bin ausreichend versichert.« Als der Kleine ihm im Auftrag seines Vaters eine Broschüre überreichte, nahm er sie dem Jungen zuliebe an. Und musste dabei an seinen Chef denken. Krüger, dachte er, das zahle ich dir heim, auch wenn ich noch nicht weiß, wie.

Er schaute auf die Uhr. Wo blieben das kleine Mädchen und der Junge? War das normal, dass sie so lange auf dem Klo hockten? Was, wenn sie irgendwo herumturnten und Quatsch machten? War er verantwortlich, falls sie sich dabei verletzten? Schon fielen ihm verschiedene Szenarien ein. Wenn sie aus der Schule hinaus auf die Straße liefen, könnten sie dort von einem Auto überfahren oder einem bösen Mann entführt werden.

Wo zum Teufel blieb Frau Krause? Hätte er sich bloß die Handynummer der Lehrerin geben lassen! Schon überlegte er, Pat, seine junge Kollegin im Präsidium, anzurufen. Die wusste immer, was zu tun war.

Er hatte sein Handy bereits in den Fingern, als er sich wieder dagegenentschied. Nein, er war ein erwachsener Mann. Er würde doch wohl allein mit einer Grundschulklasse fertigwerden.

Schon rutschten die Kinder wieder dichter an ihn heran, alle wollten ihre Fragen loswerden.

Krumme zeigte auf einen kleinen Jungen mit blonden Locken und erfuhr, dass er Janne hieß. »Also, was möchtest du wissen?«, fragte er.

»Kann ich auch aufs Klo?«

Krumme verdrehte die Augen. Verflucht, was gab's in dieser Schule denn in der Pause zu trinken? »Nein«, brummte er, »erst wenn die anderen wieder da sind.«

Janne protestierte, war den Tränen nahe, aber Krumme wählte ein neues Kind. Er entschied sich wieder für Marie, die die ganze Zeit durchgehend die Hand gehoben hatte.

»Deine Frage bitte, Marie.«

»Die war total platt«, verkündete das Mädchen stolz, endlich wieder etwas sagen zu dürfen.

»Wie bitte?«

»Die tote Ratte, die ich gesehen habe. Die lag auf der Straße und war total platt.«

# 3

Wie schön es hier war!

Die milde Brise, die ihm wie eine liebevolle Hand durch die zerzausten Haare fuhr. Der Geruch nach Sand und Salz und feuchtem Gras.

Und dann die Aussicht. Der endlose Blick über die dunkelblaue See. In der Ferne entdeckte er ein einsames Segelschiff, schräg im Wasser liegend zog es hinaus zum Horizont.

Seine Heimat. Hier an der Küste, oben auf dem Kliff, stand sein Haus. Hier war er geboren und aufgewachsen.

Und hier wollte er sterben.

Heute.

Jetzt.

Er dachte an die sonnigen Tage, die er hier verlebt hatte. Wie er glücklich durch den tiefen Sand und über die saftig grünen Wiesen gelaufen war. Wie er mit den Kindern aus dem Dorf hinaus aufs Meer gesegelt war. Wie er Nächte lang unten am Strand gesessen hatte. Neben sich das knisternde Lagerfeuer, über sich das leuchtende Band der Milchstraße.

Aber er musste auch an die dunklen Tage und Nächte denken. An die Einsamkeit. An die endlosen Stunden im Keller. Die Schläge. Die Schmerzen.

Das war sein Leben gewesen. Freude und Enttäuschungen. Licht und Schatten.

Aber vor allem Schatten.

Er schloss die Augen, ließ sich in seine Erinnerungen fallen, auch wenn es bedeutete, dass es ihm das Herz zerriss.

Clara. Er hatte ihr seine Liebe geschenkt. Sein Herz. Alles hatte er für ihre gemeinsame Zukunft gegeben.

Doch sie hatte ihn verraten, hatte ihn im Stich gelassen. Die glücklichste Zeit seines Lebens, jetzt war sie nur eine traurige Erinnerung.

Er fasste sich an den Kopf. Die Schmerzen waren in den letzten Wochen immer schlimmer geworden. Manchmal bekam er nachts kein Auge zu. Am Tag stolperte er dann wie ein Zombie durch die Welt, todmüde, ständig gefangen zwischen Traum und Realität.

War er jetzt klar bei Sinnen? Traf er die richtige Entscheidung? Nur einen Schritt weiter, und es gab kein Zurück mehr.

Er stand direkt am hohen Kliff und blickte hinunter in den Abgrund, zu den spritzenden Wellen, die sich in der Tiefe krachend an den scharfen Felsen brachen.

Er stellte sich vor, wie er mit dem Kopf voran auf die großen Steine schlagen würde. Wie sein Körper aufplatzen und er mit gebrochenen Gliedern in der Brandung liegen würde. Kein schöner Anblick. Die alte Frau, die hier jeden Morgen mit ihrem bissigen Köter spazieren ging, würde sicher einen Schock davontragen. Und wie würden die anderen reagieren? Ob die Leute im Dorf sich Vorwürfe machen würden, weil sie ihm nicht den angemessenen Respekt entgegengebracht hatten?

Er lächelte, als er sich ihre betroffenen Gesichter vorstellte. Hoffentlich würde ihr schlechtes Gewissen sie ihr Leben lang quälen.

Wieder schaute er hinunter in die Brandung. Gut, der Grand Canyon war es nicht. Konnte er sicher sein, sofort zu sterben? Einfach weg, ohne Schmerzen? Um dann aufzuwachen, neugeboren in einer anderen, hoffentlich besseren Welt?

Seine größte Angst war es, dass er sich nach dem Sturz lange schwer verletzt quälen musste. In ein Krankenhaus kam, wo unfähige Ärzte sein Leben unnötig in die Länge zogen, ihn mit ihrem Pharmascheiß vollstopften und seinen wehrlosen Körper für Experimente missbrauchten.

Nein, bitte nicht, er wollte kein Spielzeug von Quacksalbern sein. Abhängig von ihrem fehlgeleiteten Verstand, ihrer Ignoranz und ihrem blinden Vertrauen in blinkende Geräte und überteuerte, aber nutzlose Medikamente.

Du Feigling!, schrillte eine Stimme laut in seinem Kopf. Suchst du eine Ausrede, um nicht zu springen?!

Wieder traf ihn dieser Schmerz, noch schlimmer als zuvor. Als würde ihm jemand eine Nadel in die Stirn rammen. Er stöhnte, starrte mit verdrehten Augen nach oben in den grauen Abendhimmel, schwankte, stolperte Richtung Abgrund. Schon tapste er mit dem rechten Fuß ins Leere. Er schrie erschrocken auf, trat dann schnell im letzten Moment einen Schritt zurück.

Trotz der kühlen Temperaturen lief ihm der Schweiß über die Stirn. Er schaute sich um. War da noch jemand auf dem Kliff? Er blinzelte. Irrte er oder sah er dort hinter der alten Eiche den Schatten eines Mannes?

Nein, lass das! Er schüttelte den Kopf. Reiß dich zusammen und hör auf, dir irgendwelchen Quatsch einzubilden! Du kannst das kontrollieren!

Er schloss für einen Moment die Augen, zählte leise von zehn rückwärts bis null, so wie er es gelernt hatte.

Mit Erfolg. Als er die Augen wieder öffnete, fühlte er sich schon viel besser. Erneut schaute er zu dem Baum, sah dort aber nur die sich sanft im Wind wiegenden Äste.

Er atmete erleichtert aus, lächelte.

Verrückt, dachte er, als Clara noch bei ihm gewesen war, hatte er keine Gespenster gesehen. Und keine Schmerzen gespürt. All das war erst gekommen, nachdem sie aus seinem Leben verschwunden war.

Vielleicht lag es daran, dass sie auf seine gesunde Ernährung geachtet hatte und genau wie er kein Freund dieser elenden Pharmalobby war.

Er nickte gedankenverloren. Ja, Clara war ein Engel. Sein Engel. Manchmal hatte sie allein im Garten gesessen. Mit ihrer Gitarre in der Hand hatte sie sanfte Lieder gesungen, nur begleitet vom leisen Vogelgezwitscher und dem Rauschen des nahen Meeres. Er schloss die Augen, lächelte, versunken in die Erinnerungen an diese verzauberten Momente, die umso schöner waren, weil nur er sie erleben durfte.

Ja, Clara war eine Seelenverwandte, selbst wenn sie

das nie glauben, nie akzeptieren wollte. Klar, es hatte Meinungsverschiedenheiten gegeben, das war doch normal. Aber er hatte stets den Eindruck gehabt, dass sie zuhörte, wenn er ihr etwas erklärte. Und genau wusste, dass er sie nur vor schlechten, für sie schädlichen Einflüssen schützen, immer nur ihr Bestes wollte.

Doch dann hatte sie ihn verraten.

Wieso? Wie hatte sie ihm das nur antun können?

Wieder richtete er den Blick nachdenklich in den Himmel. Für einen Moment beobachtete er, wie sich eine kleine Wolke unter eine größere schob, bis sie sich komplett in ihr aufzulösen schien.

Er seufzte leise. Vielleicht lag die Schuld ja auch ein wenig bei ihm.

Er erinnerte sich an einen heftigen Streit. Sie hatte ihm vorgeworfen, sich zu sehr in ihr Leben einzumischen, weil er Nachbarn aus dem Haus geschmissen hatte. Dabei hatte er sie nur schützen wollen, schützen müssen. Wie so oft hatte sie nicht gesehen, was gut für sie war. Und was nicht.

Er wischte sich mit beiden Händen über die Schläfen, wollte ihr Bild aus seiner Erinnerung löschen. Wie wütend sie auf ihn gewesen war. Warum nur hatte sie ihm keine Gelegenheit gegeben, ihr zu erklären, warum er so reagierte? Stattdessen hatte sie sich ins Schlafzimmer zurückgezogen, sogar die Tür hinter sich abgeschlossen. Sah sie denn nicht, dass diese dekadenten Typen mit ihrem hohlen Gerede sie nur manipulieren wollten?

Stundenlang wechselten sie kein Wort. Bis in die

Nacht lag sie weinend auf ihrem Bett, während er im Haus auf und ab marschierte, zu trotzig, zu dumm, um noch einmal das Gespräch zu suchen.

Er spürte, wie sein schlechtes Gewissen ihn wie eine heiße Flamme von innen verbrannte.

Jetzt war es zu spät.

Sie war weg. Und er musste sich mit dem Gefühl von dieser Welt verabschieden, dass sie ihn komplett missverstanden hatte.

Er folgte dem Flug einer Möwe, die sich zuerst nach oben in den Himmel schraubte, um sich dann vor dem Kliff in die Tiefe fallen zu lassen und in der Brandung auf einen der Felsen zu setzen. Er beobachtete, wie sie fast von einer gewaltigen Welle heruntergerissen wurde und erst im letzten Moment laut kreischend davonflog.

Wieder verlor er sich in seinen Erinnerungen. Fragte sich, ob man als Mensch nur Sklave seines Schicksals war. Nur ein Rädchen einer gewaltigen Maschine, dass man gezwungen war, nur genauso zu funktionieren, damit die anderen Teile reibungslos arbeiten konnten.

Er schüttelte den Kopf. Nein, trotz allem, was er erlebt hatte, er war immer sein eigener Herr geblieben.

Wenn Clara das nicht verstanden hatte, dann nur, weil er es ihr nicht mehr erklären konnte. Weil sie ihn, ihren Seelenverwandten, nicht mehr in ihren Kopf gelassen hatte.

Eine andere Möwe flog so dicht an ihm vorbei, dass er erschrocken zusammenzuckte und fast das Gleichgewicht verlor. Erneut konnte er erst im letzten Moment verhindern, in den Abgrund zu stürzen.

Beinahe wäre es um ihn geschehen und er für immer in einem dunklen Nichts verschwunden.

Na und?, rief eine schrille Stimme in seinem pochenden Kopf. Deshalb bist du Versager doch hierhergekommen, oder nicht?

Stumm starrte er hinunter auf die Wellen, die an den im Wasser glänzenden Felsen explodierten.

Ja, er war hier auf das Kliff gestiegen, um allem ein Ende zu bereiten. Er glaubte nicht an einen Gott, aber an die Macht des Schicksals. Unter Umständen war dieser lärmende Vogel ein Zeichen, eine Aufforderung, seinen Entschluss noch einmal zu überdenken.

Gab es doch Hoffnung? Musste er nur versuchen, seine Fehler wiedergutzumachen?

Konnte Clara ihm bei seinem Kampf gegen seine Krankheit helfen? War sie der Schlüssel, um doch noch gesund zu werden?

Aber wie? Wo anfangen? Hatte er denn nicht viele Nächte wachgelegen, weinend vor Liebeskummer und vor Wut und Schmerzen schreiend? Ohne Ergebnis überlegt, wo er mit seiner Suche nach einem Neuanfang beginnen sollte?

Sie war aus dem Nichts gekommen und ins Nichts wieder verschwunden. Ein Engel. Und er war unfähig, sie festzuhalten und an sich zu binden.

Traurig blickte er wieder hinaus auf das Meer, das sein ganzes Leben lang sein bester Freund gewesen war.

Und stutzte. Auf einmal schienen sich die Synapsen in seinem von Schmerzen gequälten Hirn auf eine neue Weise zu verbinden. War es nur die frische Luft hier draußen an der See? Oder konnte es sein, dass das Universum ihm erneut ein Zeichen gab? Denn durch das, was er da auf dem Meer sah, öffnete sich auf einmal eine Tür in seiner Erinnerung und zeigte ihm einen neuen Weg.

Wie um diese Idee zu bestätigen, spürte er plötzlich eisige Tropfen auf der Stirn, die der Wind von der Brandung herauf zu ihm wehte.

Vorsichtig trat er einen Schritt zurück, weg von dem Abgrund.

Er hatte verstanden.

Das hier war nicht das Ende.

Es war der Anfang.

# 4

Lasse Harms ließ sich mit einem erschöpften Seufzer zurück aufs Bett fallen. Schnaufend starrte er an die Decke, wartete, bis sich sein Kreislauf wieder beruhigt hatte.

Das dritte Set mit hundert Liegestützen – sein persönlicher Rekord! Mit dem Handrücken wischte er sich den Schweiß von der Stirn und setzte sich auf die Bettkante, stand ächzend auf und ging zum großen Spiegel neben der Garderobe.

Zufrieden begutachtete er seinen muskulösen Oberkörper und seine kräftigen Bizepse. Ja, Disziplin zahlte sich aus. Seit einem Jahr startete er jeden Morgen mit seinem persönlichen Trainingsprogramm. Liegestütze, Klappmesser, Hanteltraining und dazwischen immer wieder Planks. Mochten andere in teure Fitnessclubs gehen, er sparte das Geld und trainierte seinen Luxuskörper lieber zu Hause.

Etwas anderes ließ sein Dienstplan auch gar nicht zu.

Harms schaute auf seine Smartwatch. Er musste sich beeilen, wenn er noch bei Maries Kaffeestube vorbeischauen und anschließend nicht zu spät zum Hafen kommen wollte, etwas, das ihm in den zehn Jahren, in denen er den Job nun schon machte, noch nie passiert war.

Kurz darauf stieg er aus der Dusche und kontrollierte erneut sein Aussehen und seinen definierten Body, dieses Mal im Badezimmerspiegel. Er nickte zufrieden.

Dann zog er sich an. Wie immer lagen seine Sachen schon sorgfältig gefaltet auf dem Bett. Besonders wichtig: das frisch gebügelte weiße Hemd mit den Kapitänsabzeichen.

Seit zehn Jahren fuhr Lasse Harms auf den Fähren der W.D.R., der Wyker Dampfschifffahrtsreederei, drei davon als Kapitän. Jeden Tag stand er oben auf der Brücke und brachte mit seinem Team Tausende von Urlaubern von Dagebüll nach Föhr und Amrum und wieder zurück aufs Festland.

Für ihn der absolute Traumjob. Auch nach den vielen Jahren konnte er nicht genug von der Aussicht auf die Inseln und Halligen des nordfriesischen Wattenmeers bekommen. Auf den modernen Schiffen der W.D.R. über die in der Sonne glitzernde Nordsee gleiten – konnte es etwas Besseres geben?

Dabei bedeutete das jeden Tag eine neue Herausforderung für Lasse und seine Mannschaft. Als geborener Föhrer wusste er, dass es hier im Norden immer die Natur war, die den Rhythmus des Lebens bestimmte. Mochten die kurzen Überfahrten von Insel zu Insel für seine Gäste oft wie harmlose Bustouren über das Meer wirken, so waren doch ständig neue Herausforderungen zu beachten. Sich immer wieder durch die Tide verändernde Fahrrinnen. Aufkommender Seenebel, der auch große Schiffe von einem Moment zum nächsten verschluckte. Die vielen Segler und Surfer im Wattenmeer, die plötzlich vor dem Bug der Fähren auftauchen konnten. Und natürlich die wilde Kraft der Nordsee, der hohe Seegang, der es manchmal nötig machte, den Fährverkehr einzuschränken, in seltenen Fällen sogar einzustellen.

Nein, Langeweile kannte Lasse in den schwierigen Gewässern an Nordfrieslands Küste nicht. Sollten andere Seeleute doch auf noch größeren Schiffen die ganze Welt umrunden. Er erlebte dafür jeden Tag die Wunderwelt der Nordsee und lag trotzdem am Abend in seinem Bett. Und als nur fünfunddreißig Jahre junger, gut aussehender Kapitän meistens nicht allein.

Harms hatte gerade seine Hose angezogen, als sein Handy klingelte. Irritiert schaute er auf das Display. Keine Nummer zu sehen. Ein Werbeanruf?

Er nahm ab. »Ja?«

Keine Antwort. Nur Stille. Verwirrt überprüfte er, ob er auf die richtige Taste gedrückt hatte. Hatte er.

Erneut lauschte er wieder in den Hörer, meinte, jetzt weit entfernt im Hintergrund sogar ein Radio erkennen zu können.

»Hallo? Wer ist denn da?«

Wieder keine Reaktion. Oder doch? Er hörte ein leises Atmen.

»Hör zu, du Arschloch, ich habe keine Zeit für Telefonstreiche. Wenn du …«

Ein plötzliches Knacken, dann ein gleichmäßiges Piepen. Sein Gegenüber hatte aufgelegt.

Harms schüttelte den Kopf. Was für ein Blödmann! Oder war es eine Frau gewesen? Er überlegte, ging in Gedanken mögliche von ihm gebrochene Frauenherzen durch. Nein, zumindest in letzter Zeit hatte er sich nichts vorzuwerfen.

Egal, bestimmt hatte sich nur jemand verwählt.

Endlich nahm er sein Kapitänshemd vom Bett und zog es sich an. Vorm Spiegel stehend begutachtete er zum letzten Mal sein Outfit, setzte sich sogar seine Sonnenbrille auf, obwohl die tief hängenden Wolken draußen einen eher trüben Tag versprachen.

In dem Moment klingelte es erneut. Aber dieses Mal an der Haustür.

Harms stöhnte genervt. Wer konnte das jetzt schon wieder sein? Er öffnete die Tür und stand im nächsten Moment einem Mann in einem blauen Kapuzenpullover, in Jeans und New-Balance-Sneakern gegenüber. Er hatte volles, vom Wind zerzaustes Haar, war unrasiert. Dunkle Schatten unter den Augen ließen ihn älter als Harms aussehen, obwohl er es wohl nicht war.

»Ja, bitte?«, fragte er seinen Besucher ungeduldig.

Der betrachtete ihn nur mit verständnisloser Miene, als wäre er ein Vollidiot. Harms bemerkte, dass er immer noch die Sonnenbrille trug und nahm sie schnell ab.

»Was kann ich für Sie tun?«, fragte er.

Der Unbekannte streckte sich. »Tschuldigung für die Störung. Mein Name ist Joris Lüdgen. Ich hätte ein paar Fragen an Sie.«

»Was für Fragen?«

Sein Besucher zögerte einen Augenblick. »Erinnern Sie sich nicht an mich?«, fragte er dann. »Ich bin der Freund von Clara Gerland.«

Harms sah ihn überrascht an. »Von … Clara?«

»Wir haben uns mal getroffen. Nur kurz, in einer Bar in Flensburg.«

Harms überlegte und nickte dann langsam. »Vielleicht, kann sein. Ja, okay, was ist denn?«

Der Mann holte tief Luft, bevor er antwortete: »Ich muss wissen, wo Clara jetzt ist.«

»Aber … Sie haben doch gesagt, Sie wären ihr Freund, woher soll ich …?«

»Ich habe keine Zeit für Spielchen«, unterbrach ihn der Mann ungeduldig. »Sagen Sie mir einfach, was Sie wissen.«

Harms musterte seinen Besucher, der noch im Flur vor der Tür stand. Was für ein seltsamer Typ! Wie hieß er noch gleich? Lüder? War er auf Drogen? Ihm fiel auf, dass er immer wieder seltsam nervös blinzelte.

»Sorry«, sagte Harms und schaute auf seine Uhr. »Ich kann Ihnen nicht helfen. Ich habe keine Ahnung, wo Clara steckt.«

»Wirklich nicht?«

»Denken Sie, ich lüge? Nein, das tue ich nicht.« Harms betrachtete den Kerl. Besonders gefährlich sah er nicht aus. Eher dünne Arme. Und auch die langen Finger deuteten darauf hin, dass der Bursche die meiste Zeit hinter einem Schreibtisch saß. »Tut mir leid, ich würde ja gerne weiter mit Ihnen plaudern. Aber die Arbeit ruft. Tschüs.«

Damit wollte er die Tür wieder schließen. Aber der Mann schob seinen Fuß dazwischen.

»Haben Sie nicht gehört?«, fragte Harms. »Ich habe keine Zeit.«

Sein Besucher verzog den Mund zu einem irren Lächeln, das verriet, dass Harms ihm auch nicht besonders sympathisch war. »Ich weiß, wo Sie arbeiten, Käpt'n«, fügte er spöttisch hinzu. »Und ich weiß, dass Sie Clara angemacht haben, damals in der Bar.«

»Was? Ich?«

»Sie haben mit ihr geflirtet. Haben gehofft, dass Sie sie irgendwie ins Bett kriegen.«

Harms starrte ihn mit offenem Mund an. »Habe ich nicht. Was für ein Blödsinn!«

»Tun Sie nicht so. Clara ist auf Sie reingefallen. Aber mir können Sie nichts vormachen.«

Harms schüttelte den Kopf. »Schluss mit dem Gequatsche! Los, hau ab, du Idiot!«

Er wollte ihn aus der Wohnung schieben. Aber der Mann blieb stehen und packte seine Hand. »Alles gut. Ich bin nicht nachtragend«, sagte er, und seine Augen funkelten dunkel. »Sagen Sie mir nur, was ich wissen will, dann bin ich gleich wieder weg.«

# 5

»Die Kollegen haben mich geschickt«, sagte Kriminal-hauptkommissar Hauke Friedrichs und zeigte zu einem Vierertisch, an dem nicht nur sein kugelbauchiger Partner Karsten »Katsche« Ludwig saß, sondern auch zwei uniformierte Kollegen der Husumer Schutzpolizei. Mit breitem Grinsen beobachteten die drei Männer Friedrichs Auftritt am Tisch von Krumme und Pat.

Mit verschränkten Armen schaute der spindeldürre Beamte auf sie herab. »Ich soll einfach mal im Namen aller Polizisten hier in Husum Danke sagen«, hechelte er, »für das, was du hier in der Stadt für unseren Ruf leistest.«

»Nicht nötig«, brummte Krumme. »Gern geschehen.«

Er hatte es schon geahnt. Keine gute Idee, heute zu dem kleinen Italiener zu gehen, der sich praktisch im gleichen Gebäude wie das Präsidium befand und eine Art Kantine der Kripo war. Die Gefahr, hier Kollegen zu treffen, war viel zu groß. So starrte Krumme nur auf seine Pizza Hawaii, verspürte aber keinen Appetit mehr, solange der wie immer nach einem vollen Aschenbecher stinkende Friedrichs direkt neben ihm stand und über seinen gestrigen Auftritt spottete.

»Kannst du uns nicht in Ruhe essen lassen, Hauke?«,

fragte die Krumme gegenübersitzende Pat, wurde aber wie so oft von ihrem hageren Kripokollegen überhaupt nicht beachtet.

»Du bist zu bescheiden«, wandte sich Friedrichs weiter an Krumme. »Nur dir ist es zu verdanken, dass die Husumer Bürger uns nicht mehr als schießwütige Maschinen sehen, sondern als liebenswürdige Gutmenschen, die keiner Fliege etwas zuleide tun.«

Krumme schnaufte verärgert. Er wusste, was nun kam, denn Friedrichs hielt die aktuelle Ausgabe der Husumer Zeitung die ganze Zeit in der Hand und legte sie jetzt neben Krummes Pizza auf den Tisch. Auf der Titelseite war nicht das Foto mit den Lehrerinnen aus der Aula zu sehen, sondern eine Aufnahme aus dem Klassenzimmer, die ihn erschöpft mit verkniffener Miene und zerzausten Haaren nach seinem anderthalbstündigen Auftritt inmitten der jubelnden Kinder zeigte.

»Ich bin nun mal nicht der Modelltyp«, versuchte Krumme zu erklären. »Die haben mich im falschen Moment erwischt. Ich habe dem Zeitungsfritzen gesagt, er soll ein anderes Foto nehmen, aber …« Er zuckte mit den Schultern.

»Hätte er das mal getan«, erwiderte Friedrichs mit zufriedenem Seitenblick zu seinem grinsenden Publikum am Nachbartisch. »Du siehst aus wie der Spinner aus diesem Horrorfilm.«

»Wie wer?«

»Na, wie … Jack Nicholson aus *Shining*. Total irre.«

»Also ich weiß nicht, was du hast, Hauke. Ich finde das Foto sehr süß!«, erklärte Pat.

Ihr Kollege betrachtete sie mit herablassendem Lächeln. »Ja, sehr süß«, spottete er. »Ist der Renner bei TikTok, da gibt's sogar einen kleinen Film. Unser Kindergartencop! Ich bin sicher, in Zukunft werden alle bösen Buben einen großen Bogen um unser Husum machen.«

Die Kollegen am Nebentisch lachten laut. Krumme verdrehte die Augen. »Ja, sehr schön, jetzt haben wir alle unseren Spaß gehabt. Aber nun würden wir uns gerne wieder auf das Mittagessen konzentrieren.«

Endlich stakste Friedrichs mit seinen langen Spinnenbeinen zurück an seinen Tisch.

»So ein Arsch«, flüsterte Pat.

»Aber er hat ja recht«, murmelte Krumme. »Ich hab mich total lächerlich gemacht.«

»Blödsinn. Die Kinder haben dich geliebt. Ich bin sicher, die werden ihren Eltern zu Hause nur das Beste über die Polizei erzählt haben.«

Krumme sah seine junge Kollegin an, die wie so oft ihren schwarzen Hoodie und die gleichfarbige Jeans trug. Genauso hatte sie ihn gestern von der Schule abgeholt.

Krumme stopfte sich ein großes Stück Pizza in den Mund, während Pat sich ihrem Salat widmete.

»Auf jeden Fall werde ich Krüger sagen, dass ich für zukünftige Schuleinsätze nicht mehr zur Verfügung stehe«, sagte Krumme mit vollem Mund. »Ein zweites Mal mache ich mich bestimmt nicht zum Affen.«

»Aber was redest du denn? Du bist nun mal unser Star hier bei der Kripo.«

»Der Kindergartencop von Husum«, zischte Krumme verächtlich.

»Aber doch nicht nur deswegen. Du hast früher bei der Kripo in Berlin gearbeitet. Dadurch wirst du hier in Nordfriesland immer etwas Besonderes sein.«

»Ich will aber nichts Besonderes sein. Ich will nur meine Ruhe.«

Pat seufzte. »Aber unabhängig davon, du hast auch hier im Norden schon so viele spektakuläre Fälle gelöst ...«

Krumme hob mahnend die Gabel: »Immer zusammen mit dir!«

»... dass fast jeder dich kennt«, fuhr Pat fort. »Also, ich verstehe sehr gut, warum Horst ausgerechnet dich für diesen Extrajob ausgesucht hat.«

Krumme holte tief Luft und schwieg. War ja klar, dass Pat Krüger in Schutz nahm. Was keiner der Kollegen außer ihm wusste: Polizeirat Krüger, der Leiter der Kripo Husum, war ihr Patenonkel.

»Ich würde gerne mal wieder einen ganz normalen Fall bekommen«, sagte er.

Pat zuckte mit den Schultern. »Sei doch froh, dass gerade nicht viel los ist.«

Er sah sie nachdenklich an. Das stimmte. Trotz der Touristenmassen, die jeden Sommer im Norden unterwegs waren, herrschte verbrechenstechnisch Flaute.

»Doch das ist nicht der einzige Grund, dass wir schon länger keinen richtigen Fall mehr bekommen haben, oder?«

Pat wich seinem Blick aus, schwieg und knabberte lieber weiter an ihrem Salatblatt. Aber er wusste, dass er recht hatte. Bestimmt hatte Krüger auch ihr gesagt, dass Krumme die Arbeit etwas ruhiger angehen sollte.

Pat versuchte, das Thema zu wechseln. »Wie schmeckt die Pizza?«, fragte sie.

»Geht so. Warum packen die hier immer weniger Ananasscheiben drauf?« Er stöhnte. »Und warum sagt dein Onkel mir nicht die Wahrheit? Wenn ich ihm zu alt bin, kann er mich auch in Rente schicken!«

»Horst hält dich nicht für zu alt. Weil du es auch nicht bist.«

Krumme beugte sich über den Tisch und seine Pizza, damit die Kollegen vom Nebentisch ihn nicht hören konnten.

»Selbst Friedrichs und Ludwig haben dieses Jahr schon drei schwere Betrugsfälle gehabt.«

»Von denen die beiden Pfeifen aber zwei immer noch nicht aufgeklärt haben.«

»Egal. In der gleichen Zeit hatten wir nur einen Taschendieb auf dem Tisch.«

Pat lächelte. »Den wir mitten im Hafen auf frischer Tat geschnappt haben, was dich wieder einmal in die Zeitung gebracht hat.«

»Ich will keine gute Presse. Ich will einfach nur meine Arbeit tun und nicht wie ein rohes Ei behandelt werden.«

Pat steckte sich eine kleine Cocktailtomate in den Mund und zerbiss sie mit einem leisen Knacken. »Freu dich doch, dass du im Gegensatz zu den beiden Idioten …« Sie flüsterte und zeigte dabei mit dem Daumen hinter sich zum Nebentisch, »sogar Zeit für ein Privatleben hast. Ist doch schön, dass du regelmäßig mit Sonny spazieren gehen kannst.«

Krumme wollte gerade etwas erwidern, als Pats Handy klingelte. Überrascht sah sie auf das Display und nahm ab.

»Hallo, Horst, gerade reden wir über dich und …«

Krumme konnte hören, wie ihr Onkel sie mitten im Satz unterbrach, verstand aber nicht, worum es ging. Pat nickte nur, schaute betroffen, hielt sich einmal sogar schockiert über das, was Krüger ihr erzählte, die Hand vor den Mund. Aber wie so oft verriet sie ihm mit keinem Wort, worum es in ihrem Gespräch ging. Krumme hasste das. Wieso konnte sie ihn nicht miteinbeziehen, einen kleinen Tipp geben, damit er nicht ungeduldig auf seinem Stuhl hin und her rutschen und so lange warten musste, bis sie schließlich auflegte.

Endlich war es so weit: Pat beendete das Telefonat, schwieg aber und blickte für einen Moment nachdenklich aus dem Fenster.

»Nun sag schon«, drängte er, »was hat er dir erzählt?«

»Du kannst dich entspannen.«

»Was soll das heißen? Hat er uns zum Kaffeetrinken eingeladen?«

»Quatsch!« Seine junge Kollegin sah ihn verwirrt an. »Wir haben wieder einen Fall. Ein toter Kapitän in Dagebüll.« Sie erzählte ihm ein paar erste Details. Krumme konnte kaum glauben, was er hörte.

»Und ausgerechnet wir sollen uns darum kümmern?«, vergewisserte er sich.

Sie verdrehte die Augen und schnappte sich ihre Jeansjacke. »Ja, verdammt. Holger ist schon als zuständiger Polizeihauptkommissar vor Ort. Und natürlich hat er nach dir gefragt. Los, komm. Wir müssen los, sofort.«

Sie standen auf, um direkt am Tresen zu bezahlen.

»Wieder eine alte Dame, die ihre Geldbörse verlegt hat?«, erkundigte sich Friedrichs.

»O nein, dieses Mal geht es wohl um Mord«, erklärte Krumme zufrieden.

»Mord?« Die vier Kollegen am Nebentisch schauten sich überrascht an.

Krumme grinste. »Ein hässlicher, sehr brutaler Mord sogar.«

»Und wieso schickt Krüger ausgerechnet dich alten Kämpfer hin?«

Krumme presste die Lippen zusammen, versuchte, nicht zu zeigen, wie sehr ihn diese Bemerkung ärgerte. »Weil er dafür seine besten Leute braucht.«

# 6

»Musste das sein?«, fragte Pat, als sie im Dienstpassat Husum verließen und auf der B5 Richtung Norden fuhren.

»Was denn?«

»Der blöde Spruch beim Italiener. Das hast du doch gar nicht nötig. Außerdem wissen wir doch noch gar nicht, ob es wirklich ein Mord war.«

Pat saß am Steuer, Theo auf dem Beifahrersitz. Nachdenklich kratzte er sich am Kopf. »Ja, du hast recht, das war dumm von mir. Aber nach Friedrichs Auftritt musste ich einfach …«

Pat ließ ihn nicht ausreden. »Hör auf, dir so viele Gedanken über das Gequatsche der Idioten zu machen. Lass uns lieber über unseren neuen Fall reden.«

Theo nickte. »Ein echter Kapitän, mit so einem hatten wir noch nie zu tun.«

»Du hast dich schon mal mit einem Kutterkapitän geprügelt.«

»Aber dieser Bursche jetzt hat große Fähren durch das Wattenmeer gefahren. Das kannst du gar nicht vergleichen.«

Inzwischen hatten sie Bredstedt hinter sich gelassen. Sie verließen die B5 nach Westen Richtung Nordsee, fuhren an Langenhorn und Kleebüll vorbei durch die flache, in der Sonne saftig-grün leuchtende Marsch. Es dauerte nur eine Viertelstunde, und sie erreichten Dagebüll. Der kleine Ort direkt an der Küste war vor allem für seinen Fährhafen zu den Inseln im nordfriesischen Wattenmeer bekannt, dem größten an der gesamten schleswig-holsteinischen Nordseeküste. Die Urlauber hatten die Wahl: Entweder sie fuhren mit ihren Autos und Wohnmobilen direkt auf die Fähren nach Amrum oder Föhr. Oder sie ließen ihre Fahrzeuge auf einem gigantischen Inselparkplatz ein paar hundert Meter vom Hafen entfernt zurück und reisten nur mit ihrem Gepäck weiter auf die Inseln. Dazu gab es die Möglichkeit, mit einem Zug durch eine Öffnung im Deich bis direkt zum Schiffsanleger zu gelangen. Auf der einen Seite die Nordseewellen, auf der anderen die hochaufragenden Fähren – wo sonst fand man in Deutschland einen ähnlich spektakulären Bahnsteig?

Aber der Fährhafen war nicht ihr Ziel. Während sich die Autos vor dem Hafen stauten, bog Pat am Ortskern in die Nordseestraße ab. Kurz darauf standen sie vor einem modernen, zweistöckigen Apartmenthaus, das sich gegenüber von einigen kleinen Geschäften und einem Fischrestaurant befand. Zwei Streifenwagen, die Kombis der Spurensicherung und der Gerichtsmedizin aus Husum und ein paar Gaffer zeigten ihnen, dass sie richtig waren.

Polizeihauptkommissar Holger Mannsen, der Leiter der Bredstedter Schutzpolizei erwartete sie schon mit zwei Kollegen aus Niebüll vor dem Eingang.

»Moin, ihr beiden«, begrüßte er Pat und Theo mit

seinem gemütlichen Bass. »Schön, euch zu sehen. Willkommen in Dagebüll!«

Holger und Theo kannten sich gut. Sie hatten sich vor über zehn Jahren kennengelernt. Inzwischen waren er und Theos neue Freundin Marianne die besten Freunde der Familie Mannsen und verbrachten praktisch jedes Wochenende gemeinsam entweder auf der Terrasse der Mannsens in Kleebüll oder auf Theos Balkon in Husum.

»Ein toter Kapitän in Dagebüll? Da hätte ich eigentlich gedacht, dass wir uns am Hafen treffen«, kam Theo gleich zum Thema.

Mannsen schüttelte den Kopf. »Da ist Lasse Harms heute Morgen nicht aufgetaucht. Als er sich am Telefon nicht gemeldet hat, wollte eine Kollegin nachsehen, was los ist. Und hat ihn tot in seiner Wohnung gefunden.«

»War Harms verheiratet? Oder in einer festen Beziehung?«

Mannsen hob die Schultern. »Also, verheiratet war er nicht. Und sonst … keine Ahnung.«

Pat schaute sich das Haus an. »Sind das hier alles Ferienwohnungen?«

»Nein, nur eine, der Rest ist vermietet. Lasse Harms kommt eigentlich aus Wyk auf Föhr, hat dort sogar ein Haus. Aber manchmal ist es eben praktischer, wenn er auch hier in Dagebüll in Hafennähe übernachten kann.« Mannsen atmete tief durch, klopfte dabei nachdenklich auf seinen gewaltigen Bauch. »Übernachten konnte«, ergänzte er und berichtete, was für ein Chaos die Nachricht ausgelöst hatte. Der ganze Fahrplan für die Anschlüsse auf die Inseln hatte sich verschoben.

»Genug gequatscht.« Holger Mannsen klatschte in die Hände. »An die Arbeit. Schauen wir uns das Elend mal an.«

Sie gingen hinauf in Lasse Harms' Wohnung, die sich im ersten Stock befand, und begrüßten Köhler, den Chef der Spurensicherung, und sein Team, die genau wie sie aus Husum kamen.

Kurz darauf hatten sie sich ebenfalls weiße Overalls übergezogen. Pat hasste die Dinger. Für sie waren sie immer zu klein und reichten ihr gerade bis über die Knie. Auch Theo machte in den Overalls eine lächerliche Figur. Irgendwie schaffte er es jedes Mal, einen Schutzanzug zu erwischen, der ihm viel zu groß war. Am Ende sahen sie beide wie Teletubbies aus. Pat wie eine aufgeblasene Variante, Theo wie einer, dem man die Luft abgelassen hatte.

Mit einem unwohlen Gefühl betraten sie das Apartment und schauten sich um. Pat folgte Theo, gemeinsam warfen sie einen kurzen Blick in die Küche, ins Bad und dann ins Schlafzimmer. Auf einer Anrichte im Flur entdeckten sie ein Foto von Lasse Harms in Kapitänsuniform.

»Ein gut aussehender Mann«, stellte Theo fest.

»Geht so«, brummte sie.

»Guck mal! Er scheint Damenbesuch gehabt zu haben.«

»Du meinst wegen der beiden Weingläser in der Küche?«

»Hast du auch bemerkt, genau. Und auf seinem ungemachten Bett gab es eine große Decke, aber zwei Kopfkissen.«

»Das ist mir nicht aufgefallen.«

Sie gingen durch den Flur weiter in das Wohnzimmer. Hier war von Liebe nichts zu spüren. Im Gegenteil, es sah aus wie auf einem Schlachtfeld. Ein umgestürztes Regal, einige herausgerissene Schubladen, herumliegende Stühle und dazwischen auf dem Boden überall zerbrochene Gläser und Vasen.

Und mittendrin der tote Kapitän. Mit leicht verdrehten Gliedern lag er neben dem Tisch auf dem weißen Baumwollteppich.

Daneben hockte Doktor Fleischer, der Gerichtsmediziner aus Husum. Hinter ihm standen zwei Sanitäter, die mit einer Bahre und einem Leichensack darauf warteten, den Toten abzutransportieren.

»Ah, die Kollegen von der Kripo lassen sich auch mal blicken«, spottete Fleischer mit seiner heiseren Stimme. »Wir wollten gerade einpacken.« Pat konnte sehen, dass er sich wie so oft bereits eine Zigarette für sein anschließendes Päuschen hinter das Ohr geklemmt hatte.

Theo räusperte sich. »Bevor Sie gehen. Was können Sie uns denn schon sagen, Herr Doktor?«, fragte er und zeigte auf den Toten.

»Was wollen Sie denn hören?«

»Wie wär's mit der Todesursache?«

»Ein kompletter Genickbruch, würde ich mal raten«, antwortete der Mediziner und schaute Pat dabei grinsend an. Er wusste, dass sie einen schwachen Magen hatte und solche Details nicht gerne hörte. In all den Jahren bei der Kripo hatte sich daran kaum etwas geändert.

»Ein bisschen genauer geht es nicht?«, fragte Theo.

Fleischer verdrehte die Augen. »Was soll ich sagen. Er ist mit dem Hals auf eine Tischkante geknallt. Knickknack, das war's. Der Kerl hatte keine Chance.« Wieder schenkte er Pat ein kurzes Lächeln, wandte sich dann aber ernst an Theo. »Weitere Details gibt's in meinem Bericht. Für alles andere, die Gründe und den Tatablauf, sind Sie zuständig.«

»Also kein Unfall?«

Fleischer leckte nachdenklich über seine vertrockneten Lippen.

»Ein Unfall? Vielleicht sogar selbst verschuldet? Kann ich mir eigentlich nicht vorstellen.«

Er drehte den Kopf des Toten ein wenig zur Seite.

»Sehen Sie das?«

Theo nickte. »Ein Hämatom.«

»Genau. Am ganzen Körper gibt's noch mehr davon. Das kann nicht vom Sturz kommen. Hier muss es eine üble Schlägerei gegeben haben.«

Theo blickte fragend zu ihr. Pat holte tief Luft und schaute seufzend zu dem toten Lasse.

»Er macht einen ziemlich durchtrainierten Eindruck.«

Theo nickte. »Was sagt uns das über seinen Gegner, Herr Doktor? Sollten wir nach einem ausgebildeten Kampfsportler suchen?«

Fleischer überlegte einen Moment und spielte dabei gedankenverloren mit seiner hinter dem Ohr klemmenden Zigarette. »Vielleicht. Vielleicht aber auch nicht. Wenn sie wütend genug sind, können auch Schwächere ungeahnte Kräfte entwickeln.«

»Es könnte also auch eine Frau gewesen sein?«, fragte Pat.

»Möglich. Zumal letztlich der Sturz tödlich war. Er könnte auch über den Teppich gestolpert sein.«

»Ein einfaches Stolpern reicht, und er ist gleich tot?« Pat sah ihn ungläubig an.

Fleischer seufzte ungeduldig. »Natürlich nur, wenn er sehr unglücklich fällt. Und vorher sehr heftig gestoßen wurde. Aber das muss ich mir noch genau anschauen.«

»Erst mal keine weiteren Fragen«, sagte Theo. »Wir sind gespannt auf Ihren Bericht.«

Nachdem der Polizeifotograf ein letztes Foto der Leiche gemacht hatte, schnippte Fleischer mit den Fingern. Das Zeichen für seine Kollegen, die Leiche einzupacken und mitzunehmen.

Die kleine Kolonne war schon fast durch die Tür, als dem Doktor noch etwas einfiel. Mit der erhobenen Faust, einer Geste, die er sich wohl beim Militär abgeschaut hatte, brachte er die Sanitäter zum Halt. »Übrigens«, wandte sich Fleischer noch einmal an Theo. »Danke für den Buchtipp. Hat mir total gefallen.«

»Freut mich«, sagte Theo und wich dabei Pats überraschtem Blick aus.

»Süße Geschichte«, fuhr der Gerichtsmediziner fort. »Als Trudi am Ende ihre große Liebe, diesen Chefarzt bekommt, hätte ich doch fast eine Träne verdrückt.«

»Sie mögen Liebesgeschichten?« Mannsen starrte Fleischer fassungslos an.

»Ja, wieso denn nicht?«, erwiderte der.

»Nun, ich hätte gedacht, Sie stehen eher auf … na ja, vielleicht Krimis«, stammelte Theos Kumpel.

»Krimis?«, echote Fleischer. »Hören Sie mir auf mit Krimis! Das meiste ist an den Haaren herbeigezogener Mist! Damit verschwende ich nicht meine Zeit.«

Mit diesen Worten verabschiedete Fleischer sich von ihnen und verließ mit der Leiche und seinen Leuten das Wohnzimmer.

Pat blickte Theo mit ungläubiger Miene an. »Seit wann tauscht du denn ausgerechnet mit dem Kerl Büchertipps aus?«, flüsterte sie.

»Das war Marianne«, zischte ihr Partner. »Ich war mit ihr neulich im Kino. Irgend so ein französischer Liebesfilm. Und wer saß in der gleichen Reihe?«

»Unser Vampir aus der Gerichtsmedizin?«

Theo nickte. »Die beiden haben sich anschließend ewig über Bücher unterhalten. Na ja, und so …« Er zuckte mit den Schultern.

»Sehr schön«, meldete sich Mannsen. »Wollen wir uns dann jetzt wieder um das Wesentliche kümmern?«

Er zeigte auf die Markierung neben dem flachen Sofatisch, wo eben der Kapitän gelegen hatte. An der Kante waren noch deutlich verschiedene Blutflecke zu erkennen.

»Ein Kampf also«, stellte Theo fest. »Hat einer der Nachbarn etwas gehört?«

Holger Mannsen schüttelte den Kopf. »Zur wahrscheinlichen Tatzeit war niemand da. Zwei Mieter sind schon zur Arbeit gefahren. Die Dame im Untergeschoss macht Urlaub auf Malle. Und eine Wohnung steht leer.«

»Was ist denn die wahrscheinliche Tatzeit?«, fragte Pat.

»Irgendwann nach neun Uhr. Da hatte Lasse Harms noch mit einer Kollegin auf der Fähre telefoniert. Als er dann bis elf Uhr immer noch nicht am Hafen war, hat die Dame nach ihm gesehen und den Toten gefunden. Euer Gerichtsmediziner meinte, der Mann muss da bereits mindestens eine Stunde tot gewesen sein.«

Pat machte sich ein paar Notizen, tippte sie wie immer in ihr Handy.

»Was ist das denn für eine Kollegin?«, fragte Theo nach.

»Arbeitet in der Bordküche der Fähre.«

»Wie konnte sie so einfach in die Wohnung kommen?«

»Sie hat einen Schlüssel. Hat sich was dazuverdient und einmal die Woche bei ihm saubergemacht.«

»Können wir mit ihr reden?«

»Ich glaube schon. Der Anblick hat sie ziemlich mitgenommen. Aktuell sitzt sie mit einem Polizeikommissar gegenüber im Restaurant. Hat vom Sanitäter ein Beruhigungsmittel bekommen.«

Pat beobachtete, wie Theo um die Kollegen von der Spurensicherung herumkletterte, während sein Kumpel Holger wie ein weißer Buddha im Türrahmen stehen blieb.

»Ein Raubüberfall?«, fragte er.

Theo kratzte sich nachdenklich am Kopf. »Ich glaube nicht.« Er zeigte zu einem Schrank, dessen einzelne Schubladen alle verschlossen waren. »Wenn ein Dieb hier gewesen wäre, hätte er überall nachgesehen, ob es was zu holen gibt.« Er wandte sich an Köhler, den Leiter der Spurensicherung. »Haben Sie seine Brieftasche gefunden?«, fragte er.

Der Mittfünfziger mit der hohen Stirn und buschigen Augenbrauen nickte. »In seiner Hosentasche hatte er so ein kleines Lederetui mit Kredit- und EC-Karten.«

»Ein Laptop? Oder ein Handy?«, fragte Pat.

Köhler schüttelte den Kopf. »Weder noch.«

»Haben Sie schon überall geguckt?«

»Natürlich.«

»Auch unter dem Sofa? Oder dem Schrank? Offensichtlich haben der Mann und sein Mörder ja miteinander gekämpft. Vielleicht hat Herr Harms sein Telefon irgendwo verloren?«

Köhler zog die Mundwinkel nach unten. »Junge Dame, denken Sie, wir sind Anfänger? Selbstverständlich haben wir überall nachgesehen.«

»Ich glaube nicht, dass unser Kapitän hier ein Notebook hatte«, erklärte Holger Mannsen. »Der hat hier nicht gearbeitet. Einen Schreibtisch gibt's nicht. Aber dafür das da.« Er zeigte grinsend auf eine kleine Schale, in der ein paar Kondome lagen.

»Nichts anfassen«, ermahnte ihn Köhler.

Theo schaute sich um. »Einen Festnetzanschluss haben wir hier auch nicht, oder?«

»Nein«, erwiderte der Leiter der Spurensicherung.

Pat wechselte einen Blick mit Theo. »Also wurde doch etwas gestohlen«, sagte sie.

Theo nickte. »Er muss ein Handy gehabt haben, wenn er noch mit seiner Kollegin telefoniert hat. Wir sollten unbedingt mit der jungen Dame sprechen«, sagte er und machte sich mit seinem knisternden Overall auf zur Wohnungstür.

Kurz darauf standen sie wieder draußen vor dem Haus. Mittlerweile hatte sich die Zahl der Schaulustigen auf der Straße verdoppelt.

Die junge Dame und der Polizeibeamte waren die einzigen Gäste in dem Restaurant. Als sie den Laden betraten, kam sofort der Wirt zu ihnen.

»Wie lange dauert das denn noch hier?«, fragte er.

»Wir werden sehen«, erwiderte Theo.

»Und wer bezahlt mir den Ausfall?« Der Mann zeigt zu den Leuten draußen auf der Straße, die durch die Scheibe einen Blick in sein Restaurant zu erhaschen versuchten. »Mein Laden könnte voll sein, wenn Sie nicht ausgerechnet hier Ihr Büro aufmachen würden.«

Holger Mannsen klopfte ihm freundlich auf die Schulter, kannte den Wirt offensichtlich. »Entspann dich, Lothar. Es dauert eben so lange, wie es dauert.«

»Ich denke, wir sind durch, Chef«, unterbrach ihn der uniformierte Beamte, der mit der Zeugin allein am Tisch gesessen hatte und jetzt aufstand.

»Was ist passiert, Paul?«, fragte Holger Mannsen.

Der Polizeikommissar drehte sich um. »Frau Sievers, sagen Sie ihnen, was Sie mir gerade gesagt haben.«

Ihre Zeugin, eine kleine, aber kräftige junge Frau mit zu einem Dutt zusammengebundenen roten Haaren stand auf. Sie trug immer noch die Küchenarbeitskleidung von der Fähre unter ihrer Jacke. »Herr Kommissar«, fing sie mit vor Aufregung zitternder Stimme an, »ich weiß, wer Lasse umgebracht hat.«

# 7

»Nein, niemals! Wer sagt denn so was?! Ich habe mit dieser schrecklichen Geschichte nichts zu tun!«, protestierte die schlanke Frau mit den langen, jetzt hochgesteckten blonden Haaren.

Krumme und Mannsen hatten sich entschieden, die Verhöre am späten Nachmittag in der ruhigeren Bredstedter Wache zu führen. Pat war dagegen noch in Dagebüll geblieben, um die Aufnahmen der Überwachungskameras in der Umgebung des Tatorts zu überprüfen.

Nach der Aussage von Harms' Kollegin Julia Sievers hatten die beiden Kommissare Sarah Dahmke auf die Wache gebeten. Die dreißigjährige Chirurgin arbeitete in der Klinik Niebüll.

»Frau Dahmke, unsere Zeugin behauptet, Sie hätten eine Beziehung mit Lasse Harms gehabt und wären in der Nacht bei ihm gewesen«, erwiderte Krumme.

»Wie kommt sie denn darauf? Ich kenn den Mann ja kaum.«

Krumme musterte die attraktive Ärztin. »Ach ja?«

»Er hat mich mal auf einer Überfahrt nach Föhr angesprochen. Danach haben wir uns kurz auf einen Kaffee am Sandwall getroffen. Mehr war da nicht.«

»In Dagebüll haben Sie ihn also nie besucht?«

»Nein. Ich wusste gar nicht, dass er hier auch eine Wohnung hatte.«

»Und was, wenn Sie es gewusst hätten?«, fragte Mannsen. Eine Frage, die Krumme ein wenig unangemessen fand.

Genau wie Sarah Dahmke. »Was wollen Sie mir unterstellen, Herr Kommissar?«, fuhr sie ihn an. »Ich bin verheiratet!«

»Ach ja?« Mannsen blickte überrascht in seine Unterlagen.

»Seit drei Jahren. Mit einem Oberarzt der Niebüller Klinik. Wir haben uns gerade ein Haus in Braderup gekauft.«

»Nun ist es aber trotzdem so, dass wir eine Zeugin haben, die sagt, sie wären letzte Nacht in Dagebüll gewesen und hätten Lasse Harms in seiner Wohnung besucht.«

»Wer soll das sein?«, wiederholte sie ihre Frage.

»Eine Kollegin von Lasse Harms«, verriet Mannsen.

»Was für eine Kollegin?«

Krumme sah seinen Kollegen mahnend an. »Sie … arbeitet auch für die W.D.R.«, stotterte Mannsen.

»Und hat aus dem Restaurant gegenüber beobachtet, wie Sie am Abend zu Herrn Harms gegangen sind«, ergänzte Krumme.

Die Ärztin streckte den Rücken und hob den Kopf. »Dann lügt sie. Ich war nicht in Dagebüll. Letzte Nacht habe ich im Krankenhaus gearbeitet.«

»Diese blöde Kuh«, schimpfte kurz darauf Julia Sievers, Harms' Kollegin aus dem Servicebereich der Fähre. »Was bildet die sich ein? Ich lüge doch nicht! Die Schlampe hat sich in seine Wohnung geschlichen. Das weiß ich genau.«

»Was nicht bedeuten muss, dass sie ihn auch umgebracht hat«, kommentierte Mannsen mit erhobenem Finger.

Krumme schaute in seine Unterlagen. »Sie sagen, Sie waren im Restaurant, als Frau Dahmke ins Apartmenthaus gegangen ist. Um zehn Uhr?«

»Jawohl.«

»Kann man das von dort denn überhaupt sehen? Es war doch schon dunkel.«

Krumme fiel auf, dass sie seinem Blick auswich und vor Aufregung auf einmal rote Flecken auf ihrem Hals bekam. Anders als die schlanke Frau Dahmke war sie eher der untersetzte Typ, trug keine Perlen-Ohrringe, sondern hatte stylische Tunnel in beiden Ohrläppchen.

»Denken Sie jetzt etwa auch, ich lüge?«, fragte sie. »Die ist letzte Nacht zu ihm in die Wohnung geschlichen, das kann ich auch vor Gericht bezeugen. Und heute Morgen lag Lasse tot in seinem Wohnzimmer. Also, was wollen Sie noch wissen?«

Später stand Krumme zusammen mit Mannsen an der Kaffeemaschine.

»Was meinst du, Theo? Eine von den beiden lügt, aber welche?«, fragte Mannsen, der sich neben dem Kaffee auch aus einer Schale mit Schokoriegeln bediente.

Krumme zuckte mit den Schultern und schaute nachdenklich aus dem Fenster der Wache hinaus auf Bredstedts einsame Straßen.

»Das passt doch alles nicht zusammen«, brummte er. »Diese Julia Sievers hat unseren Kapitän doch am Vormittag angerufen. Da war sie auf dem Schiff und er allein in der Wohnung. Lebendig.«

»Und die Dahmke am Ende ihrer Nachtschicht«, ergänzte Mannsen.

Krumme nickte. »Ich kann mir nicht vorstellen, dass sie noch mal kurz rüber nach Dagebüll fährt, um Lasse Harms umzubringen, bevor er zur Arbeit muss.«

»Abgesehen davon, dass sich diese zarte Frau bestimmt nicht mit Harms so heftig in seiner Wohnung geschlagen hätte.«

Das hatte Krumme sich auch schon überlegt.

»Weißt du was?«, fuhr Mannsen fort. »Die Kleine aus der Schiffskantine meinte ja, sie und dieser Harms wären nur gute Freunde. Aber ich glaube, in Wirklichkeit war sie total verknallt in den, hat ihn von dem Restaurant aus sogar gestalkt. Die wohnt in Langenhorn, warum sollte sie sonst ihren Feierabend ausgerechnet in Dagebüll verbringen?«

»Kann schon sein«, sagte Krumme. »Was für ein Zickenalarm! Interessiert mich eigentlich gar nicht. Wir suchen einen Mörder.«

»Oder eine Mörderin? Dieser Julia Sievers traue ich durchaus zu, dass sie vor Eifersucht durchdrehen könnte.«

Krumme sah seinen Freund zweifelnd an. Er musste

an das Chaos in Harms Wohnzimmer denken. An die Fotos des großen, kräftigen Kapitäns.

»Bist du sicher? Die kleine Frau soll sich mit diesem Kraftpaket geprügelt haben?«

»Guten Abend, die Herren«, unterbrach sie plötzlich Pat. Sie stand in der Tür, ihre Umhängetasche mit dem Notebook über der Schulter.

»Hallo, Pat«, nuschelte Mannsen, der gerade einen Schokoriegel futterte und kaum zu verstehen war.

»Schon wieder da?«, fragte Krumme überrascht.

Pat nickte, nahm mit spitzen Fingern einen Schokoriegel in die Hand, betrachtete ihn, legte ihn dann aber wieder zurück in die Schale. »Ich sehe, ihr seid schon beim gemütlichen Teil angelangt.«

Krumme schüttelte den Kopf. »Sag bloß, du hast schon alle Überwachungskameras überprüft?«

»Überprüfen muss ich die Videos noch. Aber ich habe mir die Speicher und die entsprechenden Links besorgt.«

»Von wo genau stammen die Aufnahmen denn?«

»Es gibt eine Überwachungskamera neben dem Geldautomaten, der sich neben dem Restaurant befindet, gegenüber des Apartmenthauses. Und dann hat der Tourismusverein Dagebüll zufällig genau an dieser Straße seine Webcam aufgestellt.«

»Und da kann man was erkennen?«

»Keine Ahnung«, erwiderte Pat. »Aber schauen wir mal, ob wir etwas Interessantes entdecken.«

Mannsen führte sie in ein Zimmer, in dem sie ungestört arbeiten konnten, und versprach, ihnen etwas zu essen zu besorgen. Pat zog ihr Notebook aus der Tasche, ging ins Intranet der Wache und begann, alles für die Sichtung der betreffenden Videofiles vorzubereiten.

»Haben die Kollegen Harms' Handy orten können?«, fragte sie, während sie auf die Tasten tippte.

Krumme nickte. »Die letzte Ortung war im östlichen Nordfriesland. Dann gab es kein Signal mehr. Köhler sagt, entweder hat der Mörder oder die Mörderin das Handy zerstört. Oder er oder sie weiß, wie man das Signal ausschaltet.«

Er beobachtete, wie Pat aus einer Liste mehrerer Kameras die beim Geldautomaten auswählte. »Gibt es auch im Restaurant eine Kamera?«, fragte er.

Pat schüttelte den Kopf. »Nein. Aber selbst wenn, aus der Perspektive bekommst du nicht mit, was sich vor oder geschweige denn direkt im Apartmenthaus abgespielt hat. Habe ich überprüft.«

Krumme nickte. Damit war schon mal klar, dass Julia Sievers ihnen nicht die Wahrheit gesagt hatte.

Auf den ersten Files des vergangenen Abends passierte zuerst gar nichts. Der Ausschnitt war so ausgerichtet, dass er vor allem die Umgebung des Geldautomaten zeigte. Aber auch der Eingang von Harms' Apartmenthaus war im Hintergrund zu erkennen. Krumme nutzte die Zeit, um einen Döner auszupacken, den Mannsen von einem Imbiss am Marktplatz hatte holen lassen. Er war riesig. Krumme brauchte beide Hände, um ihn zu halten. Völlig überfordert fragte er sich, wo er zuerst hineinbeißen sollte.

»Theo, guck mal«, unterbrach Pat seine Gedanken.

Schnell legte er den Döner zur Seite, wischte sich die beschmierten Finger an der dünnen Papierserviette ab und blickte zusammen mit Pat auf den Computerbildschirm. »Schau an. Wen haben wir denn da?«

Das war eindeutig Julia Sievers, die da vor dem Eingang herumschlich. Für einen langen Moment überlegte sie wohl, an der Tür zu klingeln – tat es aber doch nicht.

Schließlich ging sie wieder weg. Dabei kam ihr eine andere Frau in der Nacht entgegen.

»Ich fasse es nicht …«, stammelte Krumme verblüfft.

»Kennst du die Frau?«, fragte Pat und vergrößerte den Bildausschnitt.

»Und ob. Das ist Sarah Dahmke.«

»Die Ärztin aus Niebüll?«

Krumme nickte. »Harms' Kollegin behauptet, sie hätte ihn in der Nacht besucht und dann am Morgen umgebracht. Aber Frau Dahmke bestreitet, ihn in der Nacht gesehen zu haben. Sie sagt, sie hätte stattdessen letzte Nacht im Krankenhaus gearbeitet.«

»Habt ihr das überprüft?«

»Klar, eine Kollegin von Frau Dahmke hat die Angaben bestätigt.«

»Bist du sicher, dass sie's ist?« Pat vergrößerte das Bild noch mal, doch richtig deutlich war Sarah Dahmke nicht zu erkennen. Sie schüttelte den Kopf. »Ist ja eigentlich nur die Kamera für den Bankautomaten. Zum Glück ist der Eingangsbereich hell beleuchtet.«

Krumme beugte sich vor und schob seine Brille den Nasenrücken hinauf. »Kein Zweifel, das ist unsere

Ärztin. Entweder ihre Kollegin hat auch gelogen, oder Frau Dahmke hat sich heimlich davongeschlichen.«

»War bestimmt kein normaler Hausbesuch«, sagte Pat. »Guck mal, wie schick die aussieht.«

»Unglaublich.« Krumme konnte es nicht fassen. »Sie hat uns direkt ins Gesicht gelogen. Na warte, die wird staunen, wenn wir ihr das vorspielen.«

»Hat Köhler uns schon seinen Bericht geschickt?«, fragte Pat.

Er schüttelte den Kopf. »Aber ich bin sicher, er hat überall ihre Fingerabdrücke gefunden. Bin gespannt, wie die Dame das erklären wird.«

»Aber ist sie deshalb auch die Mörderin?«

Krumme rückte mit dem Stuhl aufgeregt näher an den Tisch. »Spul weiter. Ich will wissen, wie lange sie geblieben ist.«

Pat tippte auf die Tasten ihres Notebooks. Ein paar nächtliche Spaziergänger rasten über den Bildschirm, dann öffnete sich wieder die Tür und Frau Dahmke kam aus dem Haus. Sie zog ihre Jacke noch einmal zurecht und verschwand dann in der Nacht. Ein Timecode in der Bildecke zeigte die Uhrzeit an. Es waren zwei Stunden vergangen.

»Okay«, brummte Krumme. »Wenigstens ist sie nicht die ganze Nacht geblieben.«

»Vielleicht ist sie ja auch nur mal kurz zu ihrem Auto.« Pat spulte weiter. Schon bald war die Nacht vorbei, die aufgehende Sonne erleuchtete das Apartmenthaus und die davor liegende Straße, Autos fuhren blitzartig durch das Bild und immer mehr Passanten flitzten über den Bürgersteig. Aber die Chirurgin aus Niebüll kam nicht mehr zurück.

Krumme blickte auf seine Unterlagen und dann auf die Uhrzeit an der Bildschirmseite. »Stopp!«

»Was denn?«

»Nach Aussage von Frau Sievers hat sie jetzt mit Lasse Harms telefoniert.«

»Und was hat er gesagt?«

»Frau Sievers will ihn nur ermahnt haben, rechtzeitig zur Arbeit zu kommen.«

»Wahrscheinlich wollte sie nur hören, ob Frau Dahmke noch bei ihm war.« Pat grinste.

»Worüber genau sie gesprochen haben, werden wir wohl nie erfahren.«

»Aber gehen wir mal davon aus, sie hat ihn angerufen. Dann muss Lasse Harms jetzt noch gelebt haben.«

Krumme nickte. »Und Frau Sievers befindet sich nachweislich auf der Fähre und Frau Dahmke wohl wieder in Niebüll.«

Wieder ließ Pat die Aufnahme weiterlaufen. Sie sahen, wie ein Postbote Briefe einwarf und beobachteten, wie sich ein junges Pärchen direkt vor der Tür stritt, dann aber gemeinsam weiterging.

Plötzlich erschien ein Mann mit einem dunklen Hoodie vor dem Eingang. Er sah sich kurz um, klingelte und verschwand dann im Haus.

Nach einer Weile kam er wieder heraus. Erneut schaute er sich um, wirkte dieses Mal aber viel nervöser.

»Vergrößern, schnell!«, forderte Krumme Pat auf.

Wie vorher war das Bild nur grob gepixelt. Doch dass

der Mann jetzt eine blutige Schramme am Kopf hatte, war trotzdem zu erkennen. Und auch, dass er humpelte. Anders als bei seiner Ankunft wirkte er angeschlagen wie nach einer Prügelei.

»Das ist unser Mann«, rief Krumme aufgeregt. Musste aber mitansehen, wie der Verdächtige sich die Kapuze über den Kopf zog und dann aus dem Bild verschwand.

»Mist! Haben wir das noch aus einer anderen Perspektive?«

»Mal schauen.« Pat blickte auf einen Plan der Straße, den sie sich im Notebook abgespeichert hatte. Sie tippte erneut auf ihrem Rechner herum und öffnete kurz darauf eine andere Aufnahme, dieses Mal von einer Webcam der Touristeninfo, die in der Nähe aufgestellt war und einen weiten Blick auf die saftig grüne Dagebüller Marsch zeigte.

Im Vordergrund war ein Parkplatz zu sehen.

Pat fuhr in dem File so weit nach vorne, bis er die gleiche Zeit wie die andere Aufnahme anzeigte.

Und tatsächlich: Auf einmal tauchte der Mann mit dem Hoodie unten am Bildrand auf und stieg in ein Auto. Was für eines konnten sie erst sehen, als er den Parkplatz verließ und davonraste.

Es handelte sich um einen dunkelgrünen Volvo.

»Die Autonummer, Pat!«, rief Krumme.

»Bin schon dabei!« Hastig tippte sie auf die entsprechenden Tasten. Verdeckt durch ein Schild konnten sie nur den vorderen Teil der Nummer erkennen: RD-B.

Trotzdem spürte Krumme ein Prickeln im Nacken, als er Pat ansah. »Das wird reichen. Wir haben den Kerl!«

# 8

Er raufte sich die Haare, sprang auf und stapfte kreuz und quer durch sein Büro. Er schrie seinen Ärger, seinen Zorn und seine Verzweiflung in die Welt hinaus. Noch nie, selbst in seinen unglücklichen Kinderjahren, hatte er sich so hilflos gefühlt. Dazu dieser elende Schmerz, der wie eine Bestie seinen Verstand von innen heraus auffraß. Er hatte bereits fünf Tabletten genommen. Viel zu viele dem Beipackzettel nach, aber sie wollten nicht wirken. Er ärgerte sich über sich selbst. Gerade er sollte doch wissen, wie wirkungslos Medikamente bei ihm waren.

Die Schmerzen verschwanden einfach nicht. Wie sollte er so einen klaren Gedanken fassen? Alles um ihn herum drehte sich. In seinem Kopf wütete ein fürchterlicher Sturm, der sein Leben auseinanderzureißen drohte.

Er hatte jemanden umgebracht! Verdammt, er, ausgerechnet er, der seine Existenz der Gerechtigkeit und dem Kampf gegen das Böse gewidmet hatte, war zu einem Mörder geworden! Hatte einem Menschen das Leben genommen! Sogar bei NDR 2 hatten sie schon über die Tat berichtet! Der tote Kapitän! Das Chaos am Fährhafen! Der ganze Norden war in Aufruhr!

Nie, niemals würde er den Anblick des Mannes mit seinen verdrehten Gliedern auf dem Boden vergessen! Wie um Himmels willen hatte es nur so weit kommen können? Wieso bestrafte ihn das Leben mit so einem Albtraum und …

»Jetzt beruhig dich endlich, du wehleidiger Waschlappen«, unterbrach ihn eine tiefe Stimme.

Erschrocken drehte er sich um. Blickte in sein nur von der Schreibtischlampe beleuchtetes Büro.

Und sah den Schatten, der aufrecht neben der Tür stand, die Arme vor der Brust verschränkt.

»Du hast ihn nicht umgebracht, verdammt.«

»Habe ich doch«, flüsterte Joris.

»Nein, es war ein dämlicher Unfall. Wieso hat dieser Idiot auch die Nerven verloren? Dann wäre nichts passiert, und er würde noch leben.«

Joris kniff die Augen zusammen, drückte beide Hände an die Schläfen, wollte nichts hören und sehen. Doch die Erinnerung an Dagebüll ließ ihn nicht los.

Wie er in Streit mit dem jungen Kapitän geraten war. Weil der immer wieder behauptet hatte, nichts von Clara zu wissen. Aber Joris war sich hundertprozentig sicher, dass er ihn anlog, hatte genau den Moment vor Augen, als der Kerl damals mit Clara flirtete, während er, Joris, direkt danebenstand. Trotzdem hatte der Kerl jetzt bestritten, etwas über Clara zu wissen, ihn dabei aber frech angegrinst. Ihn einen Schwächling genannt, weil ihm seine Freundin davongelaufen war.

Das war der Moment gewesen, als Joris die Kontrolle verloren und ihn wütend geschubst hatte. Worauf die ganze Situation eskaliert war. Plötzlich hatten sie miteinander gerungen, sich sogar geschlagen.

»Er allein war schuld, dass alles aus dem Ruder gelaufen ist«, rief der Schatten. »Du hast nur ein paar Fragen gestellt. Er hätte dir bloß antworten brauchen.«

Joris stöhnte. Wenn er die Augen schloss, war er sofort wieder in dieser grauenhaften Wohnung in Dagebüll. Eigentlich hatte er keine Chance gegen den durchtrainierten Kapitän gehabt, doch dann war der Kerl über das Regal gestolpert und hatte es umgerissen. Auf einmal war da nur Chaos gewesen. Joris versuchte, die Erinnerungen in eine logische Reihenfolge zu bringen, aber es wollte ihm nicht gelingen.

Plötzlich war da Blut an seiner Stirn gewesen, sein Kopf hatte sich angefühlt, als würde er explodieren. Wut war wie ein Dämon aus ihm herausgebrochen. Wie von Sinnen hatte er sich auf den überraschten Lasse gestürzt. Hatte komplett die Beherrschung verloren.

Dann der tote Kapitän auf dem Boden.

Joris schwankte. Lasses letztes Zucken, sein Stöhnen, bevor er für immer verstummte, würde er nie mehr vergessen.

»Schluss mit dem Gejammer! Der Kerl hat es nicht anders verdient. Er …«

»Nein!«, brüllte Joris. Er wollte die Stimme nicht mehr hören, den Schatten nicht mehr sehen. Er stürzte zum Fenster, riss es auf und schnappte nach der kühlen Abendluft wie ein Ertrinkender im tiefen Wasser.

Er blickte in den nächtlichen Garten. Lauschte dem Rascheln der Buche vor dem Haus. Eine Schwalbe auf der Jagd nach Insekten raste lautlos an ihm vorbei. Er hörte eine ferne Eule. Und wie immer in seinem Leben das Rauschen des nahen Meeres.

Langsam beruhigte er sich wieder. Atmete gleichmäßig durch die Nase ein und durch den Mund aus, so wie er es schon als Kind bei seiner Therapeutin in Schleswig gelernt hatte.

Vorsichtig drehte er sich um, blickte nervös in sein Büro.

Der Schatten war verschwunden.

Er seufzte erleichtert. Strich sich mit beiden Händen übers Gesicht, um seinen Verstand wieder in den Griff zu bekommen.

Der Schatten. Die Stimmen. Noch etwas, das besser gewesen war, als Clara noch hier gewohnt hatte. Damals gab es für ihn im Haus keine unheimlichen Ecken. Sondern nur sonnige Tage. Als ob Claras Gegenwart das Böse vertrieb und dem Licht zum Sieg über die Dunkelheit verhalf.

Nun war sie weg, und die Schmerzen kamen wieder. Er sah Gespenster. Und war heute zum Mörder geworden.

Traurig und niedergeschlagen sah er aus dem Fenster. Wischte sich mit dem Handrücken eine Träne aus dem Gesicht.

Dann schüttelte er den Kopf. Nein, er musste diese Angelegenheit hinter sich lassen, so schrecklich sie auch war. Ja, es stimmte, der Tod des Mannes war ein schlimmer Unfall. Aber vielleicht nur ein notwendiges Übel, ein Hindernis, das ihm das Schicksal auf seiner Reise zu Clara in den Weg gelegt hatte.

Und trotz allem, Joris war sicher, dass dieser Kapitän mehr über Clara gewusst hatte.

Doch nun war er tot, würde ihm nicht mehr verraten können, wo sich die große, die einzige Liebe seines Lebens versteckte.

Er schaute zum Schreibtisch und dem Rechner. Darin steckte die SD-Karte aus Harms' Handy. Joris hatte in dessen Apartment weder einen Computer noch ein Adressbuch gefunden. Offensichtlich hatte die Wohnung nur dem Zweck gedient, dort Frauen aufzureißen. Auf dem Nachttisch hatte er sogar eine Schale mit Kondomen gesehen. Wie in einem Puff.

Also das Handy.

Als IT-Fachmann kannte Joris sich mit Technik aus. Nach Lasses Tod war er kurz vollkommen orientierungslos durch die Wohnung gestolpert, seine Beine so wackelig, dass er fast umgefallen wäre. Dennoch hatte er wie ferngesteuert funktioniert. Er hatte Lasse Harms' Handy vom Tisch genommen und ihm vors tote Gesicht gehalten. Und Glück gehabt: Auf einmal war das Telefon entsperrt.

Ziemlich kaltblütig von ihm, dachte er später. Aber clever. Es dauerte nur wenige Momente, bis er das Handy in den Einstellungen mit einer anderen PIN und einem neuen Passwort versehen hatte.

Später hatte er Lasses Adressbuch und seine Whats-App-Chats auf die im Handy steckende SD-Karte gespeichert und das Telefon aus dem Autofenster geworfen, damit niemand ihn orten konnte.

Doch zurück in seinem Haus auf dem Kliff dann die

große Enttäuschung: Claras Name tauchte in dem Adressbuch oder in den Chats nirgends auf, weder ihr Vor- noch ihr Nachname. Hatte er sich getäuscht? Hatte er sich umsonst schuldig gemacht? Hatte Lasse Harms ihn gar nicht angelogen? War sein Tod vollkommen sinnlos?

Trotz der Abendkühle spürte Joris, wie Schweiß seinen Nacken herunterrann. Seine Programme und Suchmaschinen hatten keinen Erfolg gehabt. Ohne Struktur und Plan irrte er durch die diversen Chatverläufe, die er sich aus Lasses Handy heruntergeladen hatte. Arbeitete sich durch endloses Gequatsche. Tauchte in das erbärmliche Leben des Kapitäns ab. Im Gegensatz zu Joris hatte der junge Kapitän viele Freunde gehabt. Vor allem Freundinnen, wie er in einer Mischung aus Neid und Abscheu feststellte.

Lasse mochte in seiner Uniform einen vertrauenserweckenden Eindruck gemacht haben. Aber seine Chats enttarnten ihn als Heuchler, der sich für keine Frau wirklich interessierte, und stattdessen von einem Date zum nächsten rannte. Mal gab er vor, ein einfühlsamer, sensibler Mann zu sein, nur um seine Eroberung nach der ersten Nacht komplett zu ignorieren. Bei einem anderen Frauentyp kam er gleich zur Sache, prahlte damit, wie gut er im Bett war.

Der Kerl war ein Arschloch. Ein Widerling. »Der den Tod verdient hat!«, hörte er wieder die Stimme aus der Ecke. Aber dieses Mal machte sie ihm keine Angst. Ja, es war eine Tragödie, was in Dagebüll passiert war. Aber unzählige Frauen konnten froh sein, dass er sie davor bewahrt hatte, dass Lasse Harms ihnen das Herz brach.

In alldem dämlichen Geplapper aber kein einziges Wort von Clara.

Dabei kannten sie sich, das wusste er genau. Er erinnerte sich wieder an den Abend in der Bar in Flensburg, als sie Lasse zufällig getroffen hatten. Die beiden hatten entspannt miteinander geplaudert und gelacht. Und es war offensichtlich gewesen, wie sehr Clara den gutaussehenden Lasse mochte.

Bis er sie von dort weggezerrt hatte. »Du eifersüchtiger Idiot! Wir haben doch nur geredet!«, hatte sie mit Joris geschimpft und ihm mit den Fäusten auf die Brust geschlagen.

Hätte er damals nur etwas mehr Geduld gehabt, dann hätte er mehr über Lasses Verbindung zu Clara erfahren und würde jetzt wissen, wo genau er zu suchen hatte.

Aber wie sich nun herausstellte, lag Joris mit seiner Einschätzung genau richtig. Dieser verlogene Mistkerl war die Aufmerksamkeit seiner Clara nicht wert.

Wenn er ihr doch nur diese Chats zeigen könnte. Dann würde sie alles verstehen. Dass er sie gerettet hatte. Und vor allem: dass sie ihm, Joris, unrecht getan hatte. Sie würde dankbar sein, dass er – immer nur aus seiner Liebe zu ihr – ein Auge auf sie gehabt hatte.

Aber die Gelegenheit, die Chance, ihr sein Verhalten zu erklären, hatte er nicht. Dieser Kapitän war eine Sackgasse. Joris hatte nicht die geringste Ahnung, wo Clara sich aufhielt.

Trotzdem meinte er, ihre Gegenwart zu spüren. Er blickte auf, sah den Mond und stellte sich vor, dass nun auch Clara im selben Moment an einem ihm unbekannten

Ort nach oben in den Himmel sah. Was sie wohl tat? Ob sie an ihn dachte, so wie er an sie?

Den Kopf verzweifelt auf einen Arm gestützt, surfte er wieder durch Lasse Harms' Privatleben. Warum tat er sich das an? Er sollte seinen Computer an die Wand werfen und zurück zum Kliff gehen und das zu Ende bringen, wofür er gestern zu schwach gewesen war …

Er stutzte.

Was war das? Noch einmal las er die Nachricht einer Freundin von Lasse und konnte kaum glauben, was da stand. Schnell scrollte er im Chatverlauf nach oben und unten, klickte, um eine Verbindung zu finden.

Und hatte Erfolg.

War das ein Zufall?

Joris glaubte nicht an Zufälle.

Er lehnte sich zurück, drehte sich langsam in seinem Stuhl herum.

Nein, das Kliff musste warten.

Clara, ich bin auf dem Weg zu dir, dachte er und schaute wieder lächelnd zum Mond hinauf.

# 9

Am nächsten Morgen waren Krumme und Pat schon um sechs unterwegs, einmal quer durch Schleswig-Holstein nach Stohl, einem kleinen Ort an der Ostseeküste zwischen Eckernförde und Kiel.

Die Aussage eines Kellners aus einem Restaurant in der Nähe von Harms' Haus und die Autonummer auf der Überwachungskamera hatten sie auf die richtige Spur gebracht. Der Kellner hatte den Mann auf der Kamera als denjenigen identifiziert, der sich bei ihm nach der Wohnung des Kapitäns erkundigt hatte. Die auf der Aufnahme sichtbaren Fragmente in Verbindung mit der Automarke hatten es schließlich ermöglicht, den Wagenhalter zu ermitteln: Joris Lüdgen, ein neununddreißigjähriger IT-Spezialist. Ein Mann mit Vorgeschichte: Vor vier Monaten hatte er einen Arzt bedroht, behauptet, er sei mit seiner falschen Medikation schuld, dass ein Tumor in seinem Kopf gewachsen wäre. Der Neurologe hatte seine Anzeige später zurückgezogen, obwohl Lüdgen einen Waffenschein und eine Pistole besaß.

Nun sah alles danach aus, als wenn der IT-Spezialist von der Ostseeküste den jungen Kapitän umgebracht hatte.

Bis spät in die Nacht hatten Pat und Krumme in der

Bredstedter Wache daran gearbeitet, den Volvo und dann den Mann ausfindig zu machen. Anschließend hatten sie die Kollegen der Kripo Eckernförde alarmiert und vereinbart, sich heute am frühen Morgen mit einem SEK zu treffen, um Lüdgen in seinem Haus festzunehmen.

Pat saß am Steuer, obwohl sie nur zwei Stunden geschlafen hatte. Auch Krumme hatte nur kurz die Augen zugemacht. Aber er war kein Langschläfer und fühlte sich noch verhältnismäßig fit. Er hatte angeboten zu fahren. Pat hatte abgelehnt. Doch Krumme war in der letzten halben Stunde aufgefallen, dass sie das Radio immer lauter drehte und die Klimaanlage so einstellte, dass ihr die kalte, frische Luft direkt ins Gesicht blies.

»Soll ich nicht doch übernehmen?«, fragte er.

Pat gähnte. »Geht schon.«

»Wirklich? Du kannst doch kaum noch die Augen aufhalten.«

»Ja, ich bin schon müde. Aber es ist eine andere Müdigkeit, nicht so, dass ich deshalb einschlafen würde«, brummte sie.

Krumme musterte sie skeptisch, zuckte dann mit den Schultern. Was sollte schon passieren? Pat hielt sich vorbildlich an die Geschwindigkeitsvorgaben, und außerdem war so früh fast niemand unterwegs. Nur ein paar einsame Trecker zogen auf den Feldern ihre Bahnen durch den letzten Morgennebel.

Zum Glück hatten sie ein Navi. Krumme hatte schon vor langer Zeit die Orientierung bei den zahllosen Gemeinden verloren. Für den Berliner sahen die Orte, die hinter der Scheibe vorbeiflogen, fast alle gleich aus: große und kleine Häuser mit roten Klinkerfassaden entlang der Dorfstraße, gepflegte Gärten, hohe Hecken und alte Bäume.

Dazu die sanften Hügel der Schleswiger Geest. In der Nacht hatte es heftig geregnet. Nun glitzerte es in den feuchten Bäumen und Hecken, als wären überall kleine Diamanten versteckt. Bestimmt nicht mehr lange, heute sollte ein heißer und trockener Tag werden.

Krumme betrachtete die verwunschene und stille Landschaft. Ganz anders als das flache Nordfriesland, wo man oft das Gefühl hatte, bis ans Ende der Welt schauen zu können. Er beschloss, Marianne zu fragen, ob sie nicht mal Lust auf einen Ausflug auf die östliche Seite Schleswig-Holsteins hatte. Nicht immer nur Nordsee, auch an der Ostsee war es schön.

Aber zuerst hatten er und Pat einen Mord aufzuklären. Sie hatten ihr Ziel bald erreicht. Krumme beschloss, noch einen Schluck Kaffee aus einer Thermoskanne zu trinken, die ihm sein Kumpel Mannsen für die Fahrt in die Hand gedrückt hatte.

»Auch was?«, fragte er, mit dem dampfenden Becher in der Hand.

Pat schüttelte den Kopf, ohne die Augen von der schmalen Straße zu nehmen. Durch die Knicks, hohe Wallhecken am Straßenrand, wusste man oft nicht, was einen hinter der nächsten Kurve erwartete.

»Ich trink nachher was«, brummte Pat, beide Hände fest am Lenker.

»Wie du meinst«, erwiderte Krumme. »Ich brauche

unbedingt einen Kaffee. Sonst falle ich den Kollegen schnarchend in die Arme. Wie würde das denn aussehen?« Er sah mit einem breiten Grinsen zu ihr.

Zehn Minuten später erreichten sie ihren Treffpunkt. Krumme blinzelte in die helle Morgensonne, als er aus dem Passat stieg. Vor ihm standen neben zwei uniformierten Polizeikommissaren aus Eckernförde vier großgewachsene SEK-Mitglieder in Kampfausrüstung.

»Moin«, sagte Krumme und stellte sich und Pat vor.

Auch die Kollegen der Schutzpolizei und das von einer Frau angeführte SEK verrieten ihre Namen. Krumme fielen die neugierigen Blicke auf, mit denen die neuen Kollegen sie musterten. Er seufzte leise. Er war es gewohnt. Ein großes, eher schüchtern wirkendes Mädchen in schwarzen Klamotten und ihr um einen Kopf kleinerer Kollege mit zerzausten Haaren und Rückenproblemen waren für viele nicht der Inbegriff von Kripobeamten. Egal, die würden sie schon noch kennenlernen.

Krumme rieb sich die Hände. »Noch ganz schön frisch, was?«

Achselzucken bei den SEK-Mitgliedern, die ihnen mit verschränkten Armen in einer Linie gegenüberstanden.

»Finden Sie?«, fragte ein besonders kräftiger Beamter.

Krumme nickte. »Na ja, dafür wird's nachher wohl umso heißer.« Er räusperte sich und sah hilfesuchend zu Pat, die aber nur mit ihrem Handy herumspielte.

»Auf wen warten wir noch?«, fragte er.

Im nächsten Moment hörten sie einen lauten Knall. Es klang wie ein Düsenjäger im Anflug. Ein Sportwagen raste auf den Parkplatz und hielt neben dem Streifenwagen.

»Ah, da ist ja unser Lieblingsdäne von der Kripo, wieder mal als Letzter«, spottete einer der uniformierten Beamten.

Gemeinsam mit den anderen Kollegen beobachtete Krumme, wie ein groß gewachsener, rund vierzig Jahre alter Mann mit blonden Haaren aus dem Auto stieg. Krumme hatte keine Ahnung von Autos, sah aber an dem auf der rechten Seite liegenden Lenker, dass es sich um einen englischen Sportwagen handeln musste.

»Moin«, rief einer der Kommissare, »wie wär's, wenn du mal nach deinem Auspuff schaust? Sonst müssen wir dein Schmuckstück noch aus dem Verkehr ziehen!« Sein Kollege lachte.

»Bo?«, rief Pat völlig verblüfft.

Krumme drehte sich zu seiner jungen Kollegin.

»Ihr kennt euch?«

Pat blickte verlegen in die Runde. »Ja, Bo … war einer meiner Dozenten auf der Polizeischule in Kiel«, stammelte sie. Der reagierte mit einem stillen, amüsierten Lächeln auf die allgemeine Unruhe, die sein Erscheinen ausgelöst hatte.

»Hallo, Pat, schön, dich zu sehen«, sagte er zu ihr und wandte sich dann an Krumme und reichte ihm die Hand. Ein fester Händedruck. »Bo Jepsen, Kripo Eckernförde. Ist mir eine Ehre, endlich den berühmten Kommissar aus Berlin kennenzulernen.«

»Theo Krumme mein Name«, stotterte Krumme. »Aus Husum. Nicht mehr aus Berlin.«

Bo Jepsen lächelte. »Weiß ich doch.«

Krumme bemerkte, wie sein Blick für eine Sekunde auf ihm ruhte, dann wandte sein neuer Kollege sich wieder an Pat. »Als mir gesagt wurde, wer heute zu uns zu Besuch kommt, habe ich mich natürlich sofort an deinen Namen erinnert.«

Pat senkte verlegen den Blick. »Wenn ich das geahnt hätte, dann …« Sie stockte.

»Dann was?«, erkundigte sich die Leiterin des SEK, eine durchtrainierte Frau um die vierzig, die sich Krumme als PHK Isa Yeginer vorgestellt hatte. »Was soll das Gerede? Wollten wir heute Morgen nicht eigentlich auf die Jagd gehen und einen Mörder schnappen?«

Ihre Kollegen nickten zustimmend. Genau wie Krumme.

»Natürlich, erst die Arbeit, dann können wir immer noch quatschen.« Er fasste noch mal zusammen, was bisher passiert war und welche Spur sie nach Stohl an der Ostsee geführt hatte.

»Ist der Verdächtige schon mal aufgefallen? Also außer dieser Geschichte im Krankenhaus?«, fragte Pat die Kollegen aus Eckernförde.

»Nein, nichts. Nicht einmal wegen zu schnellen Fahrens oder Falschparken«, sagte einer der beiden Kommissare der Schutzpolizei, PK Huber, ein mittelalter Hüne mit kurz geschorenen schwarzen Haaren.

»IT-Spezialist«, sagt sein Kollege, PK Moder, ein blonder Schlacks und wohl der Jüngste in der Runde. »Neununddreißig Jahre alt. Wohnt alleine in Stohl, in einem Haus oben am Kliff.«

»Hat einer von Ihnen Joris Lüdgen schon mal persönlich kennengelernt?«, fragte Krumme.

Die Beamten schüttelten den Kopf. »Wir kommen beide nicht von hier«, sagte Huber.

»Eine ruhige Ecke«, ergänzte sein Kollege. »Das ist das erste Mal, dass wir beide hier zu tun haben.«

Krumme nickte nachdenklich, überlegte, ob er irgendetwas vergessen hatte, bevor sie starteten.

»Hört sich nach einer einfachen Aktion an. Wenn ich richtig verstehe, ist noch nicht mal richtig klar, ob es ein Mord oder ein Unfall war«, stellte Isa Yeginer fest. »Sollen wir nur absichern oder gleich das Haus stürmen?«

Krumme überlegte. »Ich hoffe, Lüdgen macht keine Schwierigkeiten. Immerhin hat er eine Waffe.«

»Und einen Waffenschein«, sagte Pat.

»Ich habe mit dem Kollegen telefoniert, der damals wegen der Krankenhaussache mit ihm zu tun hatte«, meldete sich Bo Jepsen. »Er meinte, Lüdgen wäre unberechenbar. Würde grundsätzlich harmlos wirken. Aber wenn ihm was nicht passt, kann er von einem Moment zum anderen auch total durchdrehen. Und er soll auch schon mal mit seiner Pistole im Garten herumgeschossen haben, zusammen mit seinem Vater. Ist aber schon ewig her.«

»Er hat im Garten herumgeschossen?!«

»Ja, darauf haben Nachbarn die Polizei gerufen. Sein Vater hat behauptet, sie hätten nur auf Dosen geballert. Natürlich musste er trotzdem ein Ordnungsgeld zahlen. Aber die Waffe durfte er behalten, sagt der Kollege.«

»Aber das war der Vater?«

»Ja, ist inzwischen verstorben, aber der junge Lüdgen war damals auch dabei. Und hat ebenfalls einen Waffenschein.«

»Hatte der Kollege, der Ihnen das alles erzählt hat, heute Morgen keine Zeit?«

Bo Jepsen schüttelte den Kopf. »Er ist seit Anfang dieses Jahres in Rente. Ich habe ihn angerufen. Er macht gerade eine Kreuzfahrt zu den griechischen Inseln.«

Krumme betrachtete den Kripokollegen aus Eckernförde. Bo Jepsen sah nicht nur gut aus, sondern hatte sich die Mühe gemacht, kurzfristig einem ehemaligen Kollegen auf dem Mittelmeer hinterherzutelefonieren, um mehr über ihre Zielperson zu erfahren. Respekt.

»Na schön.« Krumme warf einen Blick auf die Uhr. Es war kurz vor sieben. »Dann machen wir uns auf den Weg. Hoffen wir mal, dass Lüdgen heute einen guten Tag hat.«

# 10

Lüdgens Haus befand sich am Dorfrand. Sie parkten außerhalb auf einem fast zugewucherten Feldweg, um nicht entdeckt zu werden. Vor den Nachbarn mussten sie sich nicht verstecken – es gab nur ein Haus, dessen Dach zwischen den hohen Bäumen aber kaum zu sehen war.

Sie wurden von einem weiteren Streifenwagen erwartet. »Wir sind jetzt schon seit zwei Stunden hier«, verriet ihnen eine junge, müde wirkende Beamtin. »Aber in der Zeit hat sich da nichts gerührt. Keine Ahnung, ob der Kerl überhaupt zu Hause ist.«

Krumme, Pat und Bo Jepsen schlichen sich zusammen mit Yeginer und ihrem Team so unbemerkt wie möglich auf das Grundstück. Ein hübsches zweigeschossiges Landhaus, rund hundert Jahre alt, das einen neuen Anstrich nötig gehabt hätte. An einigen Stellen blätterte die Farbe ab, wild wuchernder Efeu bedeckte an einer Hauswand bereits die Fenster. Der große Garten hatte ebenfalls schon bessere Zeiten gesehen. Der Rasen stand kniehoch, und aus der hohen, ungepflegten Hecke, die das Grundstück wie eine Mauer umgab, wucherten überall dornige Brombeerranken.

Tatsächlich war nirgends ein Licht in den Fenstern zu

sehen. Und es war leise. Seltsam. Von dem fröhlichen, morgendlichen Vogelgezwitscher, das sie auf dem Feldweg empfangen hatte, war auf dem Grundstück nichts mehr zu hören. Krumme fiel auf, dass es immer stiller wurde, je weiter sie sich dem Anwesen näherten.

»Sieht aus wie ein Geisterhaus«, fand Pat.

Krumme teilte die Gruppe wie vereinbart auf. Das SEK verschwand Richtung Garage, während er mit Pat und Bo Jepsen an der Tür klingelte.

Niemand öffnete.

»Scheint wirklich keiner da zu sein«, flüsterte Pat.

Krumme rüttelte vorsichtig an der Tür, aber die war verschlossen.

Bo Jepsen trat ein paar Schritte zurück und blickte hinauf zu den Fenstern. Krumme bemerkte, wie er auf einmal überrascht stutzte.

»Alles in Ordnung?«

»Ich weiß nicht. Ich könnte schwören, dass ich dort oben jemanden gesehen habe.«

Krumme schaute hinauf zu einem kleinen Balkon mit einem Fenster.

»Vielleicht hat sich auch nur eine Gardine bewegt«, sagte Bo und strich sich mit der Hand übers Gesicht. »Bin noch ein bisschen müde. Ist einfach nicht meine Zeit.«

Yeginer kam zu ihnen und forderte sie auf, ihnen zur Garage zu folgen. Die Kollegen hatten das Tor geöffnet.

Von dem Volvo war nichts zu sehen.

Krumme seufzte. »So ein Mist. Er ist weg.«

Pat sah ihn an. »Bist du sicher?«

Bo Jepsen unterbrach sie mit einem leisen Pfeifen. Er hatte eine Tür entdeckt, die aus der Garage ins Haus führte. Er drückte die Klinke herunter – sie war verschlossen.

»Nachschauen kostet nichts, oder?«, sagte er und grinste.

Krumme nickte Yeginer zu, die ihrem Team das Kommando gab, die Tür aufzubrechen, was mit ihrem Werkzeug nur einen Augenblick dauerte.

Sofort verschwand Bo Jepsen mit gezogener Waffe im Haus.

»Und der hat auf der Polizeischule unterrichtet?«, fragte Krumme leise.

Pat lächelte, ließ dem SEK den Vortritt und folgte ihnen dann. Krumme ging als Letzter ins Haus.

Sofort spürte er ein ähnlich bedrückendes Gefühl wie im Garten. Trockene, warme Luft. Absolute Stille. Bis auf das Knarren der Dielen war nichts zu hören. Dunkelheit, die meisten Fenster waren mit Fensterläden verschlossen, sodass das Licht nur durch einen schmalen Streifen auf den Boden fiel.

Krumme rief mehrfach Lüdgens Namen, ohne eine Reaktion zu bekommen. Aber er musste an seinen neuen Kollegen denken und an das, was er im Fenster zu sehen geglaubt hatte. Er nickte Yeginer zu, die mit ihrem Team ausschwärmte, um das komplette Haus zu sichern.

Zusammen mit Pat schaute Krumme sich im Wohnzimmer um. Auf den ersten Blick war nichts Besonderes zu sehen. Ein teures Ledersofa, ein Esstisch für sechs Personen, aber keine herumstehenden Teller oder Gläser.

Entweder Lüdgen war ein sehr ordentlicher Mann, oder hier hatte schon länger keine größere Runde mehr gegessen. Alles funktionell, aber ohne Herz. Er dachte an seine Wohnung in Husum, wo Marianne immer für frische Blumen sorgte und Fotos ihrer Familie und von ihm und ihrem Hund Sonny auf der alten Kommode aufgestellt hatte. An die kleinen Ölbilder mit maritimen Motiven, die Delfter Fliesen in ihrer gemütlichen Küche.

All das gab es hier nicht. Stattdessen sah Krumme die offen herumliegenden Kabel eines großen Flat-TVs, entdeckte davor auf einem Beistelltisch neben einem Sessel eine halbvolle Schale mit vertrockneten Chips sowie einen auf dem Boden liegenden Stapel mit Technik-, Segel- und IT-Magazinen.

Yeginer kam die enge Treppe hinunter.

»Niemand da«, sagte die SEK-Chefin zu Krumme. »Das Haus ist leer.«

»Haben Sie auch den Keller geprüft?«

Die SEK-Chefin nickte. »Aber kommen Sie mal mit nach oben, das sollten Sie sehen.«

Krumme, Pat und Bo Jepsen folgten ihr die schmale Treppe hinauf in den ersten Stock, dann durch einen Flur und landeten schließlich in einem großen Arbeitszimmer. Im Gegensatz zum Rest des Hauses war es hier dank mehrerer Dachfenster recht hell. Krumme schaute sich überrascht um. Anders als im Erdgeschoss war deutlich zu sehen, dass hier jemand lebte.

Wenn auch ein sehr seltsamer Jemand.

An einer Wand klebten unzählige Zettel, Zeitungsausschnitte und Poster, teilweise durch verschieden farbige Bindfäden miteinander verbunden. Davor stand Lüdgens Schreibtisch mit seinem Computer und allerlei technischem Zubehör und Gadgets. Normal für einen IT-Spezialisten, dachte Krumme. Was für ihn aber nicht passte, waren die vielen Briefe und Unterlagen, die sich auf dem Tisch stapelten. Auf dem Sofa und sogar auf der unbenutzten Seite seines breiten Betts lagen ebenfalls Papierberge. Bücher, fast ausschließlich Sachbücher über Medizin, Esoterik und Naturheilkunde, türmten sich überall im Zimmer. An der Wand gegenüber hing ein Flatscreen, und auf einer Kommode standen eine alte Kaffeemaschine und etliche benutzte Tassen.

Und über den Zetteln hatte Lüdgen eine aus einer Zeitung ausgeschnittene Schlagzeile mit der Aufschrift »Kampf dem Pharma-Faschismus« befestigt.

Nachdenklich kratzte sich Krumme am Kopf.

»Total irre, oder?«, fasste Pat ihren Eindruck des Mordverdächtigen zusammen.

»Vielleicht auch nur ein Idealist«, brummte Krumme.

»Idealisten sind die Schlimmsten«, sagte Bo Jepsen und blätterte vorsichtig in Lüdgens Unterlagen. »Sie meinen es nur gut, wollen die perfekte Welt. Aber die gibt es nur in ihrem Kopf.«

Krumme schaute ihm über die Schulter. Sein Kollege zeigte auf einen Brief. »Hier ist Lüdgens Gerichtsvorladung wegen seiner Attacke auf den Arzt.«

»Nichts durcheinanderbringen. Müssen wir uns alles genau anschauen. Aber erst sollte die Spurensicherung sich mal umsehen.«

»Guckt mal hier«, meldete sich Pat, die die Tür eines

alten Bauernschranks geöffnet hatte. »Unser Freund mag ja die eine oder andere Schraube locker haben, aber er hat auch ein weiches Herz.«

Krumme und Bo Jepsen drehten sich um – und trauten ihren Augen nicht.

Im Schrank befand sich eine Art Altar. Im mittleren Fach sahen sie zwei fast heruntergebrannte Kerzen, im Rahmen versteckte sich zusätzlich eine indirekte LED-Beleuchtung. In einer hohen Vase vertrocknete ein Strauß mit langstieligen Rosen. Und in der Mitte hing ein gerahmtes Foto von einem zufrieden strahlenden Lüdgen. Er stand auf einem Segelschiff und hielt eine junge, blonde, schüchtern wirkende Frau in seinem Arm.

»Wer ist das denn?«, fragte Krumme.

Bo beugte sich vor, um sich das Foto genauer anzuschauen. »Jemand, den er sehr mag.«

»Schaut mal, wie fest er sie an sich drückt«, sagte Pat. »Als wäre sie eine Trophäe. Schon ein bisschen krank.«

Auf einmal hörten sie von unten ein leises Klackern. Alarmiert schauten sie sich an.

Isa Yeginer schnappte nach ihrer Waffe. »Da ist jemand an der Haustür!«, zischte sie.

Mit einem Sprung waren sie an der Treppe und flitzten nach unten. Krumme war der Letzte, der im Flur ankam. Und dabei an der Garderobe gegen einen Schuhanzieher stieß, der mit einem lauten Knall zu Boden fiel.

»Theo …«, flüsterte Pat vorwurfsvoll.

Krumme erstarrte, spürte auf einmal alle Blicke auf sich, auch den eher verständnislosen von Bo Jepsen.

86

Aber falls ihr unbekannter Besucher etwas gehört hatte, schien ihn das nicht zu stören. Er machte sich weiter an der Tür zu schaffen. Offensichtlich hatte er Schwierigkeiten, den richtigen Schlüssel zu finden. Doch nun öffnete sich die Tür, während das SEK in Stellung ging und die Kollegen mit ihren Waffen auf den Eingang zielten.

## 11

Joris öffnete die Tür. Er zitterte vor Angst, mit gesenktem Kopf verließ er langsam sein Gefängnis, hielt die Hand vors Gesicht, um sich zu schützen. Bitte keine Schläge mehr, bitte nicht!

Aber da war niemand, er schaute nur in einen langen, dunklen Flur. Absolute, dröhnende Stille. Vorsichtig tastete er sich mit den Händen an der glatten Wand durch den Gang. Hörte nur seine eigenen Schritte auf den morschen Dielen.

War er wieder allein?

Hatte er ihn verlassen?

Nach einem schier endlosen Marsch durch den finsteren Flur erreichte er schließlich das Licht.

Die Küche, hoffte Joris. Auf einmal spürte er einen plötzlichen Hunger, so brutal, stechend, dass er stöhnend in die Knie ging.

Aber er war nicht in der Küche. Und Licht gab es auch nicht. Stattdessen schlug ihm eisige Kälte ins Gesicht. Als er sich aufrichtete, stand er auf dem Heck eines heftig schwankenden Segelschiffs. Ein wütender Sturm peitschte über das Meer, dunkle Wolken rasten über den Himmel.

Und er war ganz allein auf der Welt, trug eine viel zu

große Schwimmweste. War mit einem Seil an der Reling festgebunden.

Immer noch hatte er einen solchen Hunger, dass er sich nicht mehr auf den Beinen halten konnte. Schluchzend kauerte er sich auf den Boden, hockte in dem kalten, salzigen Wasser, das über die Reling in das Schiff geschleudert wurde.

Auf einmal ein dröhnendes Lachen. »Du kleiner Schisser«, rief eine tiefe Stimme, trotz des Sturms deutlich zu verstehen.

Er schaute auf, erstarrte.

Nein, er war doch nicht allein auf dem mit den hohen Wellen kämpfenden Schiff.

Einem Geisterschiff.

Die Segel waren nur graue Fetzen. Die Takelage baumelte auf das Vordeck, schlug laut gegen den Mast. Die Kabinentür hing herausgerissen in ihren Scharnieren. Und auf dem Boden Scherben, überall scharfe Scherben.

Am Ruder stand der Kapitän. Der Sturm schien ihn nicht zu kümmern. Mit seltsam verdrehtem Hals blickte er zu ihm herunter. Grinste, als er Joris' Angst spürte. Er zeigte mit dem Finger auf ihn.

»Du Mörder, du verdammter Mörder«, brüllte er und spuckte Blut. »Aber du wirst sterben. Bald, schon sehr bald bist du bei mir!«

Mit einem Schrei wachte Joris auf, schweißgebadet stieß er sich aus Versehen heftig den Ellenbogen an der Tür.

Und merkte erst jetzt, dass er sich nicht auf einem Schiff in der stürmischen See befand und auch nicht in seinem vertrauten Haus auf dem Kliff. Sondern in seinem Volvo, auf einem einsamen Feldweg. Verwirrt blinzelte er in die grelle Sonne, wischte sich dann den Schweiß aus dem Gesicht und sah auf seine Armbanduhr: Schon acht Uhr!

Langsam kam die Erinnerung zurück.

Die Erinnerung an die schrecklichen Ereignisse in Dagebüll. Der tote Kapitän auf dem Boden. Die endlose Flucht zurück an die Ostsee. Die quälenden, düsteren Stunden am Computer.

Bis zur Erkenntnis, dass es in Husum jemanden gab, der wusste, wo Clara, *seine* Clara jetzt lebte.

Eine Annika Groth hatte Lasse Harms über Whats-App gefragt, ob er Lust hätte, Sternchen zu besuchen.

»Sternchen« – genauso hatte dieser verdammte Kerl Clara genannt, als sie ihn in der Bar in Flensburg getroffen hatten. Joris konnte sich genau erinnern, wie sehr es ihn aufgeregt hatte, dass Clara sich so über diesen Spitznamen freute.

Joris hatte in Harms' Adressverzeichnis nachgeschaut. Die Frau wohnte mitten in Husum, gar nicht weit entfernt vom Hafen. Er hatte ihren Namen gegoogelt, herausgefunden, dass sie dort unter der gleichen Adresse sogar ein eigenes Geschäft besaß: das Nordsee-Stübchen, einen kleinen Laden für maritimes Kunsthandwerk.

Dann hatte er sich entschieden, sofort loszufahren, obwohl es eigentlich mitten in der Nacht war. Aber an Schlaf war nicht zu denken. Zu sehr quälte ihn die Erinnerung an Dagebüll.

Und nun auf einmal die wunderbare Perspektive, Clara schon bald wiederzusehen – nein, er war viel zu aufgeregt, als dass er sich ins Bett legen konnte.

Dazu kam, dass er sich im Haus nicht mehr sicher fühlte. Nicht wegen des Schattens, der in den letzten Wochen in jeder Ecke auf ihn lauerte. Nein, wie er im Radio gehört hatte, verfolgte die Polizei im Fall des toten Lasse Harms bereits eine heiße Spur. Joris überlegte, ob es möglich war, dass er etwas übersehen hatte. War es denkbar, dass sie ausgerechnet auf ihn kamen? Als IT-Fachmann wusste er, über was für technische Möglichkeiten die Polizei – zumindest theoretisch – verfügte, um ihn und alle anderen Bürger zu überwachen. Also, sicher war sicher, lieber den Computer einpacken und das Haus verlassen, bevor die Polizei ihn so kurz vor dem Ziel schnappte.

Aber die Fahrt von Küste zur Küste dauerte länger, als er gedacht hatte. Irgendwo auf halber Strecke fielen ihm dann doch immer wieder die Augen zu, schon die letzte Nacht hatte er kaum geschlafen.

Zunächst hatte er alle Fenster geöffnet, um nicht plötzlich einzunicken. Doch im frischen Fahrtwind verschwand auch seine wirre Euphorie, die er bei der Aussicht, Clara bald wieder in seine Arme schließen zu können, empfunden hatte.

Also war er in diesen Feldweg abgebogen. Nur ein paar Minuten ausruhen, was sollte er auch so früh in Husum? Überhaupt hatte er sich nach dem Fiasko in Dagebüll vorgenommen, dieses Mal etwas überlegter vorzugehen.

Nun hatte er vier Stunden geschlafen.

Aber besser fühlte er sich deshalb nicht.

Als er im Rückspiegel einen Blick auf sein müdes Gesicht warf, tauchte hinter ihm plötzlich ein Bauer mit seinem riesigen Trecker auf, der zur Arbeit aufs Feld wollte. Schon sah er nur die gewaltigen Räder, neben denen er sich selbst in seinem Volvo-SUV wie ein Zwerg vorkam.

Der ungeduldige Scheißkerl drückte auf die dröhnende Hupe. Joris fluchte, startete den Volvo und versuchte, den Weg freizumachen.

Was nicht so einfach war. Denn der Bauer trieb ihn vor sich her und beharrte darauf, dass Joris so schnell wie möglich Platz machte. Immer mit den gewaltigen Rädern im Rückspiegel musste Joris noch ein langes Stück in die falsche Richtung fahren, bis er eine Stelle zum Ausweichen fand. Aber auch nur, indem er fast in einen Graben fuhr. Endlich donnerte die turmhohe Maschine hupend an ihm vorbei.

Na toll, dachte Joris, jetzt war er noch nicht mal in Husum und trotzdem schon aufgefallen. Vielleicht war es die beste Idee, seine Pistole zu nehmen, die wie immer vorne im Handschuhfach lag, und den Scheißbauern einfach abzuknallen!

Ganz ruhig, entspann dich, meldete sich eine sanfte Stimme in seinem Kopf. Claras Stimme. Der arme Mann macht doch nur seine Arbeit, sagte sie.

Und sie hatte ja recht.

Das war ein Grund, warum er sie unbedingt wiederfinden musste. Diese ihn verzehrende Wut, die immer wieder wie ein heißes Feuer in seinem Kopf loderte, war so heftig, dass sie sogar ihm selbst Angst einjagte.

Als Clara bis vor ein paar Monaten noch bei ihm gelebt hatte, hatten ihn diese seltsamen Schübe nur selten gequält. Sie tat ihm gut, so wie er ihr. Sie war seine Seelenpartnerin, sein persönlicher Engel. Und er ihr Mentor, der ihr mit all seiner Kraft und seinem ganzen Herzen helfen wollte, den sicheren Weg durch diese hässliche Welt zu finden.

Mit dieser Erkenntnis vergaß er den Bauern. Nach einigem nervigen Hin und Her schaffte er es, sich aus dem schlammigen Graben zu befreien. Er wendete, fuhr endlich zurück auf die Bundesstraße und machte sich auf den Weg nach Husum.

Nicht einmal eine Stunde später erreichte er den großen Parkplatz in der Nähe des Hafens. Doch gerade als er hinauffahren wollte, bemerkte er die Kameras bei der Einfahrt und entschied sich anders. Nein, so dumm war er nicht. Für den – zwar unwahrscheinlichen, aber nicht unmöglichen – Fall, dass die Polizei ihm auf der Spur war, würde er nicht wie ein Schaf in die Falle tappen und sich hier fotografieren lassen.

Also fuhr er weiter und suchte sich in einer kleinen Seitenstraße am Hafen einen Parkplatz. Nicht so einfach mit dem großen Auto. Joris musste sich fünfmal in einer langen Runde durch die Gassen der Altstadt quälen, bis er endlich einen Parkplatz fand. Dann brauchte er eine Ewigkeit, bis er den Volvo in der engen Lücke hatte, während sich hinter ihm der Verkehr staute und einige ungeduldige Fahrer bereits hupten.

Er wischte sich gerade den Schweiß mit einem Taschentuch aus der Stirn, als ein Mann an seine Scheibe klopfte. Erschrocken drehte er sich um und sah sich einem böse dreinblickenden Polizisten gegenüber.

Die Hand heimlich an der Pistole, fuhr er die Scheibe langsam herunter.

»Junger Mann, hier können Sie nicht stehen bleiben«, sagte der Beamte. Erst jetzt erkannte Joris, dass er nicht von der Polizei, sondern nur vom Ordnungsamt war.

Erleichtert atmete Joris aus. »Keine Sorge, ich bleibe nicht lange.«

»Das sagen alle. Tut mir leid, aber ich muss Sie bitten, woanders zu parken.«

»Wo denn, verdammt?«

»Kein Grund, ausfällig zu werden. Probieren Sie es doch beim Hafenparkhaus, da gibt es genug freie Plätze.«

Leise fluchend startete Joris den Wagen und zog weiter seine Runden durch die Altstadt. Als er schon daran dachte, sich den Weg mit der Pistole freizuschießen, hatte er endlich doch Glück und fand einen freien Parkplatz.

Als er ausstieg, sah er, wie schmutzig sein Wagen von seinem Ausflug auf das Feld war. Das war bestimmt auch diesem Büttel vom Ordnungsamt aufgefallen. Zum Glück waren die Kennzeichen so verdreckt, dass sie kaum zu entziffern waren.

Erfreulicherweise befand sich der Stellplatz gar nicht weit entfernt von Annika Groths Nordsee-Stübchen. Er begutachtete zunächst das Schaufenster des kleinen

Ladens. Neben den üblichen Plüschseerobben, Schlüsselanhängern mit Mini-Krabbenkuttern oder Leuchttürmen für die Touristen gab es auch recht geschmackvolle Kunstwaren aus Strandgut. Überhaupt machte der Laden einen gepflegten und liebevoll arrangierten Eindruck.

Er überlegte. Sein letzter Versuch, etwas über Clara zu erfahren, war in einer Tragödie geendet.

Er war mit seinen Fragen viel zu ungestüm auf den Mann losgegangen, das erkannte Joris jetzt. Zum Glück war das Apartmenthaus zu dem Zeitpunkt leer gewesen und niemand hatte etwas gehört.

Aber jetzt war er mitten in der Stadt, überall liefen Touristen herum. Dieses Mal musste er geschickter vorgehen.

Nur wie?

# 12

Diana Nowak saß der Schreck ganz offensichtlich immer noch in den Gliedern. Kein Wunder, wenn man plötzlich einem SEK-Kommando mit angelegten Waffen gegenüberstand. Es dauerte eine Weile, bis sich die fünfundfünfzig Jahre alte Frau wieder beruhigte und im Stande war, Krumme, Pat und Bo in der Küche ein paar Fragen zu beantworten.

»Ich bin nur die Putzfrau«, erklärte Frau Nowak. »Ich habe nichts getan, nur geputzt.«

Auch das Einkaufen von Grundnahrungsmitteln gehörte zu ihren Aufgaben. Lüdgen hatte ihr einen Schlüssel für sein Haus gegeben, damit sie nicht klingeln und ihn bei der Arbeit stören musste. Sie sollte vor allem in der Küche und im Wohnzimmer für klar Schiff sorgen. Das Betreten des Obergeschosses mit dem Arbeitszimmer war ihr strengstens verboten.

Und nein, sie hatte keine Ahnung, wo Lüdgen sich derzeit aufhielt.

»Gestern war er in Dagebüll. Wussten Sie das?«

Sie schüttelte den Kopf und sah dabei unsicher auf ihre Hände.

»Haben Sie vielleicht trotzdem eine Idee, was er dort vorgehabt haben könnte?«

»Meistens ist Herr Lüdgen zu Hause«, erwiderte Frau Nowak. »Aber wenn nicht, sagt er nicht, wo er ist. Wir reden nicht viel. Ich mache meine Arbeit und fahre wieder nach Hause.«

»Wie lange arbeiten Sie schon für Herrn Lüdgen?«, wollte Pat wissen, die die neuen Informationen direkt in ihr Notebook tippte.

»Oh, fast fünf Jahre.«

»Dann sollten Sie ihn eigentlich ein bisschen besser kennen.«

Frau Nowak senkte verlegen den Blick. »Früher konnte man besser mit ihm sprechen. Manchmal haben wir Kaffee getrunken. Ein bisschen geredet. Zu mir ist er immer nett.«

»Sie haben geredet? Über was?«

Sie überlegte einen Moment. »Über vieles. Politik, Medizin. Alles Mögliche. Herr Lüdgen ist ein schlauer Mann. Er weiß viel.«

Krumme holte Luft. »Hat Herr Lüdgen Ihnen auch verraten, dass er sehr krank ist?«

Wieder wich sie seinem Blick aus, zögerte mit der Antwort. Krumme nahm an, dass sie als treue Angestellte von Lüdgen nichts Persönliches über ihn preisgeben wollte.

»Hören Sie, Frau Nowak«, fuhr Krumme fort, »wir wollen Herrn Lüdgen finden und ihn davon abhalten, dass er noch mehr anstellt. Aber dafür müssen wir ihn genauer kennenlernen.«

»Er hat nicht verraten, dass er krank ist«, sagte Frau Nowak schließlich. »Aber ich habe gehört, wie er am

Telefon darüber gesprochen hat. Er hat so laut, so wütend mit dem Arzt gesprochen, ich habe alles verstanden.«

»Wie lange ist das her?«, wollte Bo Jepsen wissen.

Sie überlegte. »Ein halbes Jahr. Ein bisschen weniger vielleicht.«

Krumme nickte. »Ja, Herr Lüdgen ist sehr krank. Hat er sich dadurch irgendwie verändert?«

Sie seufzte. »Ein bisschen.«

»Etwas genauer, bitte.«

»Er ist unglücklich. Traurig. Wütend. Manchmal auch böse.«

»Auch zu Ihnen?«

»Ja, schon. Aber mir macht das nichts.«

»Tatsächlich?«

Sie nickte. »Ich habe einmal gehört, wie er geschrien hat vor Wut. Dann geweint. Allein in seinem Zimmer. Hat Dinge an die Wand geworfen.«

»Haben Sie ihn darauf angesprochen?«

»Ja. Aber er wollte mit mir nicht reden. Mit niemandem. Ich glaube, er ist ein einsamer Mensch. Sehr unglücklich. Keine Familie, Eltern tot. Keine Freunde.«

Sie schwieg. Für einen Moment war es im Zimmer leise. Nur das Rauschen des nahen Meeres war durch das offene Fenster zu hören.

Bo Jepsen räusperte sich. »So einsam ist er ja wohl nicht. Oben im Zimmer hängt ein Bild von ihm und einer Frau. Wissen Sie, wer das ist?«

Zum ersten Mal lächelte Diana Nowak. »Clara. Den Nachnamen weiß ich nicht. Eine sehr nette Frau.«

Krumme sah zu seinem neuen Kollegen. War da ein kurzes Zucken gewesen, als er den Namen gehört hatte?

»Wohnt sie auch hier?«

»Leider nicht mehr. Sehr schade. Sie war immer sehr freundlich zu mir. Hat sogar beim Saubermachen geholfen, obwohl ich gesagt habe, sie muss nicht.«

»Wann hat sie denn hier gewohnt?«

Sie überlegte. »Bis vor einem halben Jahr. Hat drei Monate hier gelebt. Herr Lüdgen war sehr glücklich. Aber dann war sie auf einmal weg.«

»Wie weg?«

»Ich weiß nicht. Von einem Tag auf den anderen verschwunden. Keine Ahnung, wo sie jetzt ist.«

»Gab es Streit zwischen den beiden?«, wollte Bo Jepsen wissen.

Wieder überlegte Frau Nowak, bis sie antwortete. »Manchmal schon.«

»Worüber haben sie denn gestritten?«, fragte Krumme.

»Wie gesagt, ich komme nur zum Putzen, ich war nicht dabei …«

»Aber trotzdem werden Sie doch irgendetwas mitbekommen haben?«

Sie seufzte. »Einmal hat Clara gesagt, für sie wäre es hier wie im Gefängnis. Sie hatte Angst. Aber ich glaube, Herr Lüdgen hat sie nur sehr geliebt. Vielleicht zu sehr«, ergänzte sie leise. »Er wollte nicht, dass sie andere Menschen trifft.«

»Was hat er denn gesagt, wohin sie verschwunden ist?«, wollte Krummes neuer Kollege wissen.

Die Putzfrau rutschte auf ihrem Stuhl herum, hatte offensichtlich das Gefühl, zu viel erzählt zu haben.

»Frau Nowak, wir müssen herausfinden, wo Herr Lüdgen ist. Aber auch, was mit Clara passiert ist.«

Frau Nowak schüttelte den Kopf. »Ich habe ihn ein paarmal gefragt. Aber da hat er sich immer furchtbar aufgeregt. Clara ist weg, hat er gesagt. Und dass das gut sei. Dass er niemals vergessen wird, dass sie ihn so verraten hat.«

Bo Jepsen stöhnte, stand dann auf und verließ, ohne ein Wort zu sagen, die Küche. Krumme sah ihm überrascht hinterher. Schließlich beendete er das Gespräch mit Frau Nowak, bat sie aber, noch eine Weile zu bleiben, falls es weitere Fragen gab. Putzen durfte sie, solange die Spurensicherung ihre Arbeit noch nicht getan hatte, natürlich nicht.

Frau Nowak nickte und blieb in der Küche, während Krumme mit Pat zurück nach oben ins Arbeitszimmer ging.

»Okay. Was haben wir jetzt über diesen Lüdgen erfahren?«, fragte er seine junge Kollegin.

»Dass er ein Irrer ist, der gerne Frauen quält und dominiert«, erwiderte sie.

»Oder ein todkranker Mann, der von seiner großen Liebe allein gelassen wurde.«

Pat sah ihn verwirrt an. »Große Liebe? Er hat diese Clara hier wie eine Gefangene gehalten. Ihr Kontakt mit anderen verboten. Ich hoffe nur, es geht ihr gut und sie lebt jetzt weit weg von diesem Arschloch.«

Krumme überlegte. Er sah zu dem Altar im Schrank.

»Ja, seine Liebe hat definitiv etwas Manisches. Aber wie kommen wir jetzt zu Lasse Harms?«

»Vielleicht hat unser Kapitän ihm seine Freundin weggeschnappt? Das würde Lüdgens brutale Attacke erklären.«

Krumme nickte. »Die Spurensicherung in Dagebüll soll in dem Apartment unbedingt nach Spuren von ihr suchen.«

»Wäre gut, wenn sie irgendwelche DNA-Proben von hier zum Abgleich hätten.«

Krumme stöhnte. »Aber diese Clara ist schon vor einem halben Jahr verschwunden. Auch dank Frau Nowaks Arbeit werden wir wohl kaum noch auf Spuren von ihr stoßen. Wir müssen die Frau unbedingt finden.« Er sah Pat an. »Vielleicht wäre das ja ein Job für deinen Freund?«

»Er ist nicht mein Freund.«

»Aber du magst ihn offensichtlich, so wie du ihn die ganze Zeit anschmachtest. Das würde Mike bestimmt nicht gefallen.«

Pat verdrehte die Augen. »Meine Güte, Theo. Bo war einer meiner Dozenten auf der Polizeischule. Und glaub mir, alle Frauen waren verknallt in ihn.«

Krumme verzog den Mund. »Die Kollegen haben gesagt, er wäre Däne.«

»Bo ist Mitglied der dänischen Minderheit in Schleswig-Holstein, das ist was anderes. Aber er ist auch ein Spitzenpolizist. Hat schon für das BKA, Europol und was weiß ich noch gearbeitet.«

»Na und? Ich war bei der Hauptstadt-Kripo in Berlin.«

Pat starrte ihn mit ungläubiger Miene an. »Auf einmal ist dir das wichtig? Nach all den Jahren? Sag bloß, du bist eifersüchtig auf Bo?«

Krumme schnaufte. Pat hatte recht, die Bemerkung hätte er sich wirklich sparen können.

»Schon gut, hab verstanden. Er ist ein Supercop. Aber jetzt reicht es nur noch für die Kripo Eckernförde. Und kannst du mir mal verraten, warum er mitten im Verhör einfach aufsteht und abhaut?«

Pat seufzte, steckte ihr Handy weg und sah ihn nachdenklich an. »Ja, das hat mich allerdings auch gewundert.«

# 13

Joris hatte gehofft, dass sich im Laden auf irgendeine unverdächtige Weise ein Gespräch ergeben würde. Für den Anfang hatte er so getan, als wolle er etwas von dem Nordsee-Nippes kaufen, und sich einzelne Exponate genauer angeschaut. Spiegel, umrahmt von Muscheln. Zusammengeklebte Steine, die aussahen wie Robben. Mit *Moin*, *Digger* oder *Kaltschale, bitte* beschriftete Magnetplättchen für den Kühlschrank. Seifenspender in Form von kleinen Leuchttürmen. Schließlich hatte er in einem der ausgewählten Nordseekrimis gelesen, die ebenfalls zum Angebot des Nordsee-Stübchens gehörten und dort in einem hübschen alten Regal standen.

Außer ihm bummelte aktuell nur ein Ehepaar mit schwäbischem Akzent zu den leisen Klängen eines Radios im Laden herum.

Joris schaute zum Tresen, wo eine Verkäuferin Geschenke einpackte. Er hatte im Internet ein Foto von Annika Groth gefunden. Aber die junge Frau hinter der Kasse sah ihr kein bisschen ähnlich.

Was jetzt? Sollte er sie nach ihrer Chefin fragen? Aber wie sollte er das begründen? Er hatte keine Ahnung. Gerade als er sich entschied, zum Tresen zu gehen, betrat eine Polizistin in Uniform den Laden. Sofort drehte er sich um und tat so, als würde er sich die Auslage im Schaufenster ansehen.

Trotzdem stellte sie sich neben ihn. »Entschuldigung«, sagte sie. Joris zuckte so heftig zurück, dass er fast einen Kartenständer umgeworfen hätte.

Die Polizistin lächelte. »Verzeihung, ich will Sie nicht erschießen. Ich möchte nur mal kurz an die Figur da«, sagte sie und griff an ihm vorbei nach einem Porzellanmännchen in Badehose.

»Bitte, gerne«, stammelte Joris und beobachtete, wie sie mit der kleinen Statue zum Tresen ging. Erleichtert atmete er aus. Himmel, er durfte sich nicht so auffällig benehmen, sonst würde er noch alles verderben.

»Brauchen Sie Hilfe?«, erkundigte sich auf einmal eine freundliche Stimme hinter ihm.

Joris drehte sich überrascht um. Und da stand sie vor ihm: Annika Groth, Claras Freundin. Sie war es, kein Zweifel. Er hatte ihr Bild bei Instagram gesehen. Eine kleine sympathische Frau in heller, sommerlicher Kleidung, die Sonnenbrille stylisch in die weiß-blond gefärbten Haare geschoben. Braune Augen und ein warmes Lächeln.

Trotzdem war Joris im ersten Augenblick total überfordert. »Oh, ja, danke«, erwiderte er stotternd. »Ich … ich glaube, ich schaue mich nur um.«

Annika lächelte und zeigte auf einige kleine Kunstwerke aus Strandgut. »Wir haben gerade ein paar wunderbare neue Stücke von einem Künstler aus Bornhörn auf Eiderstedt bekommen. Ich kann sie Ihnen gerne mal zeigen.«

»Interessant«, murmelte er.

»Nicht wahr? Welches gefällt Ihnen denn besonders gut?«

»Eigentlich sind alle toll. Aber wenn ich ehrlich bin, habe ich eigentlich eine andere …«

Weiter kam er nicht. Ein Ruf von Annikas Mitarbeiterin hinter dem Tresen unterbrach ihn. »Annika, komm schnell. Hier ist ein Anruf für dich. Bente aus Dagebüll. Sie sagt, es ist wichtig!«

Annika zögerte einen kurzen Moment, entschuldigte sich dann aber, als ihre Kollegin sie erneut rief und ihr den Telefonhörer hinhielt.

Joris trat ein Stück näher an den Tresen heran, versuchte, aus der Entfernung etwas mitzuhören.

»Was? Lasse ist tot? Ermordet?«, rief Annika aus.

Erschrocken hielt sie sich die Hand vor den Mund und hörte ihrer Freundin mit wachsendem Entsetzen zu.

Es war kein Mord, es war ein Unfall, wollte Joris der schluchzenden Frau zurufen, tat es aber nicht. Sollte er ausgerechnet jetzt zu Annika, ihrer Kollegin und der Polizistin zum Tresen zugehen? Er überlegte, was er tun sollte, hatte aber absolut keine Idee.

Schließlich verließ er den Laden. Denn so viel wusste er: Einen schlechteren Zeitpunkt, um mit Annika Groth über Clara zu reden, gab es nicht.

# 14

»Wenn ich richtig verstehe, ist noch nicht wirklich bewiesen, dass Herr Lüdgen ein Mörder ist«, sagte Professor Johannsen, Leiter der Neurologie der Uniklinik in Kiel. »Und selbst wenn. Es gilt immer noch die ärztliche Schweigepflicht, das sollten Sie als erfahrener Kommissar eigentlich wissen.«

Krumme saß zusammen mit Pat in Lüdgens Küche. Zwischen ihnen auf dem Tisch lag sein Handy. Pat hatte auf Lautsprecher gestellt, damit sie mithören konnte. Aber sie hatten vereinbart, dass er das Gespräch führte. Allerdings war der zuständige Oberarzt, Doktor Sanders, den Lüdgen vor einem halben Jahr angegriffen hatte, verhindert. Die offizielle Version. Krumme nahm an, dass Sanders lieber nichts mehr mit dem Fall Lüdgen zu tun haben wollte, der seine Reputation als Arzt in der Öffentlichkeit beschädigt hatte. Dass sein Patient jetzt sogar im dringenden Verdacht stand, jemanden umgebracht zu haben, machte es nicht besser.

Warum auch immer, das Gespräch mit Krumme hatte nun sein Vorgesetzter, Professor Johannsen übernommen.

»Natürlich, das ist mir bewusst«, erwiderte Krumme.

»Aber uns geht es darum, die Krankheit, unter der Herr Lüdgen ja offensichtlich leidet, besser zu verstehen. Auch um einschätzen zu können, ob ihn das zu einer Gefahr für die Allgemeinheit macht.«

»Tja, so einfach ist das nicht zu sagen ... Vor allem ist so ein Tumor natürlich gefährlich für die erkrankte Person selbst.«

»Weil ...?«

»Weil der Tumor zu heftigen Stimmungsschwankungen führen kann.«

»Wutattacken zum Beispiel?«

»Eher Depressionen.«

»Und was ist mit Lüdgens Auftritt in Ihrem Krankenhaus?«

»Das war eine Ausnahmesituation, die neben der Krankengeschichte auch ... mit dem ganz speziellen Charakter von Herrn Lüdgen zusammenhängt.«

»Eine Ausnahme war dieser Ausbruch leider nicht. So wie es aussieht, ist Lüdgen nun wirklich zu einem Mörder geworden. Was vielleicht nicht passiert wäre, wenn Ihr Kollege seine Anzeige damals nicht zurückgezogen hätte. Nun steht er unter Umständen wieder in Lüdgens Fadenkreuz.«

Langes Schweigen auf der anderen Seite.

»Herr Professor ...?«

»Vielleicht sollten wir das Gespräch mit einem Anwalt weiterführen.«

Krumme verdrehte die Augen. »Herr Professor, ich will Ihnen nicht drohen. Unser Problem ist, dass wir praktisch nichts über Herrn Lüdgen wissen. Aber wir müssen ihn unbedingt genauer kennenlernen und verstehen, um ihn möglichst schnell zu finden.«

»Tut mir leid, aber ich habe Herrn Lüdgen persönlich nie kennengelernt.«

»Er hat gedroht, einen Ihrer Kollegen umzubringen, weil er ihm eine Mitschuld an seiner Krankheit wegen falscher Medikation gegeben hat.«

»Haltlose Vorwürfe, zu denen ich nichts sagen kann und möchte. Und die Herr Lüdgen später auch zurückgenommen hat.«

»Nachdem Ihr Kollege auf eine Anzeige verzichtet hat.«

Krumme konnte hören, wie der Professor auf der anderen Seite leise stöhnte.

Krumme beschloss, ihm zu helfen. »Herr Professor, versuchen wir es anders. Was passiert ganz grundsätzlich mit Patienten, die an einem potenziell tödlichen Hirntumor leiden? Was sind die Symptome?«

»Schwere Stimmungsschwankungen. Depressionen, wie schon gesagt.«

»Kopfschmerzen?«

»Kommt auf die Lage des jeweiligen Karzinoms an, aber ja, kann gut sein.«

»Mich würde es wahnsinnig, wütend und aggressiv machen, Kopfschmerzen zu haben, gegen die ich nichts tun kann und die ein Zeichen dafür sind, dass ich bald sterben werde.«

»Das ist natürlich möglich. Und hängt von der jeweiligen Persönlichkeit ab. Jeder geht mit so was anders um.«

»Herr Lüdgen ist bei Ihnen in der Klinik komplett durchgedreht.«

»Wie schon gesagt. Ich war nicht dabei und kann nichts dazu sagen.«

Krumme verdrehte die Augen. »Natürlich, die ärztliche Schweigepflicht.«

»Ganz genau, Herr Kommissar.«

Pat hatte etwas auf einen Zettel geschrieben und zeigte ihn Krumme.

»Wie sieht es mit Wahnvorstellungen aus?«, sagte er. »Kann so was auch Folge eines Hirntumors sein?«

»Möglich, muss aber nicht«, erwiderte der Professor ungeduldig. »Hören Sie, machen wir es doch so: Wenn Sie Herrn Lüdgen gefunden haben, bringen Sie ihn zu uns, dann werden wir ihn sorgfältig untersuchen. Sowohl was seinen physischen wie auch seinen psychischen Zustand angeht.«

Krumme sah Pat nachdenklich an, zuckte hilflos mit den Schultern. Auf diese Weise würden sie nichts über die Hintergründe von Lüdgens Verhalten erfahren. Also beendete er das Gespräch mit dem Neurochirurgen, kündigte aber an, gegebenenfalls wieder von sich hören zu lassen.

»Okay, da hatte ich mir mehr erhofft«, sagte er, als er das Handy ausschaltete. »Immerhin, jetzt haben wir die Bestätigung, dass irgendwo da draußen ein sehr gefährlicher Mann unterwegs ist, der unter Schmerzen, Depressionen und vielleicht auch Wahnvorstellungen leidet.«

Pat schüttelte den Kopf. »Offiziell bestätigt hat der Professor das nun gerade nicht.«

»Klar ist er vorsichtig«, erwiderte Krumme. »Nicht nur wegen der ärztlichen Schweigepflicht. Stell dir vor, er bestätigt, dass Lüdgen ein gefährlicher Irrer ist, und irgendein nervöser Kollege erschießt ihn. Und dann stellt sich heraus, alles war nur ein Missverständnis. Und wer ist schuld? Der Herr Professor.«

Pat überlegte. »Wir sind schon sicher, dass der Lüdgen Harms' Mörder ist, oder nicht?«

Krumme nickte. »Die Kollegen der Spurensicherung vergleichen noch die Fingerabdrücke von hier mit denen im Apartment in Dagebüll. Danach sollte es keine Zweifel mehr geben.«

Er stand auf, ging um den Tisch herum und betrachtete die Notizen, die Pat nicht nur in ihr Notebook getippt, sondern schon sehr übersichtlich in ein Diagramm sortiert hatte. Immer wieder beeindruckend, fand Krumme.

Er kratzte sich an der Stirn. »Die Frage bleibt, was hat ein IT-Fachmann von der Ostsee mit einem Fährschiffkapitän von der Nordsee zu tun?«

»Haben wir doch schon drüber gesprochen. Vielleicht gehörte diese Clara ja auch zu den Frauen, die Harms in seiner Liebeshöhle vernascht hat?«, sagte Pat. »Ich muss immer an diese Schüssel mit den Kondomen denken.«

Krumme nickte. »Schick auch Holger mal das Foto von der jungen Frau. Vielleicht erinnert sich ja einer der Nachbarn in Dagebüll an sie.«

Sie lächelte. »Habe ich doch schon längst gemacht.«

»Du bist die Beste.«

Pat grinste. »Ich weiß.«

Krumme ging zum Schrank und betrachtete wieder das Foto von Lüdgen und Clara. »Okay, wir wissen immer noch nicht, warum der Kerl gestern in Dagebüll war. Aber wo verdammt noch mal steckt er jetzt?«

»Er weiß, dass wir ihm auf der Spur sind, und versteckt sich irgendwo«, riet Pat. »Hat sich vielleicht nach Dänemark abgesetzt.«

Krumme verzog das Gesicht. »Was ist mit dem Auto?« Natürlich hatten sie den Volvo in dem Moment, in dem sie richtige Nummer ermittelt hatten, zur Fahndung ausgeschrieben.

Pat schüttelte den Kopf. »Noch keine Spur.«

»Es ist zum Kotzen. Wir wissen nichts. Gibt denn sein Rechner was her?« Er zeigte zu dem teuren Laptop auf Lüdgens Schreibtisch. »Er muss doch Freunde haben. Kunden, für die er arbeitet.«

»Hat er bestimmt«, erwiderte Pat. »Aber es wird eine Weile dauern, bis wir den knacken. Wenn überhaupt. Lüdgen ist IT-Experte. Der weiß, wie er sich absichert.«

Krumme stöhnte und schaute hinaus in den sonnigen Tag, der seine trüben Gedanken aber nicht vertreiben konnte. »Wo könnte dieser Mistkerl nur sein?«

Da fiel ihm etwas ein. »Apropos: Wo steckt eigentlich dein Dänenfreund?«

»Bo ist kein richtiger Däne, und er ist auch nicht mein Freund.«

Krumme nickte. »Ist er etwa wieder nach Eckernförde zurückgefahren?«

»Keine Ahnung. Ich habe ihn nicht mehr gesehen.«

»Braucht ihr uns noch, oder können wir abrücken?«

Yeginer stand in der Tür. Krumme war einverstanden, sie und ihr SEK-Team konnten abziehen. Theoretisch konnte es zwar immer noch passieren, dass Lüdgen auftauchte und Ärger machte. Aber für diesen Fall reichten ein paar Kollegen der Schutzpolizei als Aufpasser.

Krumme begleitete die Kollegin nach unten ins Wohnzimmer und verabschiedete sie und ihr Team. Er wollte gerade zurück nach oben zu Pat gehen, als er durch ein Terrassenfenster Bo entdeckte, der mit beiden Händen in den Taschen im Garten auf und ab ging und mit sich selber plauderte. Erst beim zweiten Hinschauen erkannte Krumme, dass Bo zwei kleine Kopfhörer in den Ohren stecken hatte und telefonierte. Offenbar hatte er Spaß dabei, denn er lächelte und zündete sich gerade zufrieden eine Zigarette an.

Komischer Typ, dachte Krumme. Vorhin beim Gespräch mit der Putzfrau hatte er noch besorgt und erschrocken gewirkt. Der Bursche mochte ja ein toller Polizist sein. Tatsächlich konnte Krumme ihn sich als gute TV-Besetzung für einen amerikanischen Spezialcop vorstellen. Trotzdem traute er ihm nicht über den Weg und wurde den Verdacht nicht los, dass er ihnen etwas verheimlichte.

Für einen kurzen Moment überlegte er, in den Garten zu gehen und seinen neuen Kollegen zur Rede zu stellen. Ließ es dann aber bleiben. Später, sagte er sich. Vielleicht arbeitete er einfach nur lieber allein.

Krumme war es früher bei der Kripo in Neukölln ähnlich gegangen. Nachdem er damals wegen seiner Aussage, die einen anderen Kommissar vor Gericht belastete, von seinen Kollegen gemieden wurde, hatte er es auch vorgezogen, ohne Partner oder Partnerin zu ermitteln. In Husum hatte er sich dann erst wieder daran gewöhnen müssen, im Team mit der viel jüngeren Pat zusammenzuarbeiten. Mittlerweile funktionierte das sehr gut, gerade weil sie so unterschiedliche Talente hatten und sich perfekt ergänzten.

Und das war jetzt auch nötig. Sie mussten Lüdgen so schnell wie möglich finden. Krumme dachte an die Artikel und Notizen in seinem Büro und hatte bei dem IT-Mann ein sehr schlechtes Gefühl.

Egal, was der Professor in Kiel sagte, Lüdgen war ein gefährlicher Mann und bewaffnet. Er hatte den Arzt bedroht und wohl den Kapitän umgebracht.

Niemand wusste, wo er sich im Augenblick herumtrieb. Vielleicht hatte er genau in diesem Moment schon sein nächstes Opfer im Visier.

# 15

Wie ein Gespenst, versunken in seine Gedanken, schlich Joris durch die Touristenhorden, die an diesem heißen Sommertag durch die Innenstadt strömten. Die Familien, die herumtollenden Kinder, die laut rufenden Händler hinter ihren Ständen, das normale Chaos am Husumer Binnenhafen – all das rauschte an ihm vorbei, nichts davon nahm er wirklich wahr.

Schließlich spürte er, dass sein Hemd – das, in dem er im Auto geschlafen hatte – von der schwülen Hitze, die wie ein nasses Tuch über der Stadt lag, völlig durchgeschwitzt war. Dazu schmerzten seine Füße vom ungewohnt langen Gehen.

Und sein Magen knurrte. Am vorigen Abend hatte er das letzte Mal etwas gegessen – einen Schokoriegel.

In dem großen Fischladen am Eingang der Altstadt kaufte er sich jetzt zwei Fischbrötchen, dazu ein Alsterwasser und fand draußen unter der Markise einen Platz, wo er in Ruhe essen konnte.

Zum ersten Mal beobachtete er bewusst die anderen Menschen. So viele Leute, das verunsicherte ihn. Er war gewohnt, sein Haus an der Ostsee nur selten zu verlassen. Die Einzigen, mit denen er redete, waren seine Putzfrau und die Handvoll Kunden, für die er als IT-Spezialist arbeitete. Und meistens musste er dafür sein Haus noch nicht mal verlassen. Video-Chats und E-Mail-Nachrichten reichten oft, um alle Fragen zu klären.

Joris hatte lieber seine Ruhe.

Doch gerade änderte sich alles, sein Leben lag in Trümmern. Und es gab nur eine Person, die ihm helfen konnte, die Dinge wieder zusammenzufügen, bevor es zu spät war und er nicht mehr die Kraft dafür hatte.

Er beobachtete ein verliebtes Pärchen am Nebentisch, das so vernarrt ineinander war, dass es die anderen Menschen um sich herum kaum wahrnahm.

So war es auch bei ihm und Clara gewesen. Gut, vor allem am Anfang und dann nur, wenn sie allein am Kliff spazieren gegangen waren. Der Ärger hatte angefangen, als Clara woanders hinfahren wollte, um abends auszugehen und sich unter Leute zu mischen. Da hatte er ständig das Gefühl gehabt, sie zu verlieren und auf sie aufpassen zu müssen.

Nachdenklich beobachtete er, wie das junge Pärchen ihre leeren Flaschen in eine Kiste stellte und dann Hand in Hand Richtung Markt bummelte.

Er holte Luft. Schluss mit dem Grübeln. Er musste sich endlich wie ein Erwachsener verhalten und der Herausforderung stellen.

Nur ein paar Minuten später marschierte er durch die in der Hitze flimmernde Gasse Richtung Laden. In Gedanken sprach er bereits mit Annika Groth, legte sich schon ein paar charmante Sätze zurecht, wollte ihr Sortiment loben, um schließlich zu privaten Themen zu kommen. Zum Beispiel, was alte Freundinnen wohl gerade so trieben.

Doch dann sah er aus einiger Entfernung, wie die Inhaberin des Nordsee-Stübchens aus dem Laden trat, sich umschaute und dann Richtung Markt spazierte.

Verwirrt schaute er auf die Uhr. Hatte das Stübchen schon geschlossen? Nein, durch die Scheibe sah er diverse Kunden und Annikas Angestellte, die sich um sie kümmerte.

Jackpot. Das war die Chance, allein mit Annika zu reden!

Joris folgte ihr quer durch das Zentrum über die in der grellen Sonne liegende Großstraße, dann wandte Annika sich auf einmal nach links in eine kühle Gasse Richtung Husumer Schloss.

Kurz darauf setzte sie sich in ein kleines, in einem Schatten liegendes Café. Joris hatte Glück. Ganz in der Nähe ihres Tisches war ein Stuhl frei. Er nahm Platz, saß mit dem Rücken zu ihr.

Jetzt galt es. Eine größere Chance, mit ihr ins Gespräch zu kommen, gab es nicht.

Aber wie?

Er bestellte einen Espresso und versuchte, sich an die Strategie zu erinnern, die er sich überlegt hatte. Doch als die junge Bedienung ihm das kleine Tässchen auf den Tisch stellen wollte, flatterte die Serviette von einer Böe erfasst davon. Die Kellnerin schnappte nach ihr – und verschüttete den Espresso über Joris' Finger.

Er fluchte, das heiße Getränk verbannte ihm fast die Hand. Die junge Frau war untröstlich, entschuldigte sich vielmals und machte sich sofort auf den Weg, um eine neue Tasse zu holen.

»Schon wieder Pech?«

Joris dreht sich überrascht um und sah in Annika Groths vom Weinen immer noch gerötete, aber freundliche Augen.

»Wie bitte?«

»Na, vorhin in meinem Laden, da habe ich Sie einfach stehenlassen. Und jetzt wollen Sie nur einen Kaffee und verbrennen sich die Finger.«

Joris starrte sie an wie eine Außerirdische.

»Sie waren doch in meinem Laden?«, half ihm Annika weiter. »Im Nordsee-Stübchen?«

Endlich lächelte er. »Ja, stimmt. Und Sie …?«

»… ich habe Sie einfach stehenlassen. Dabei haben Sie sich gerade für meine Strandgutkunst interessiert.«

»Ja, die war wirklich … wunderschön.«

Sie lächelte. »Sie übertreiben. Aber ja, ich bin auch Fan von dem Künstler. Und der einzige Laden in Husum, der diese kleinen Kunstwerke führt«, ergänzte sie stolz mit erhobenem Zeigefinger.

Joris konnte sein Glück nicht fassen. Während er noch über seine Strategie grübelte, hatte Annika Groth – zum zweiten Mal – die Initiative ergriffen und ihn direkt angesprochen. Und schien darüber hinaus überaus redselig zu sein. Er nickte nur, als sie ihn einlud, nachher wieder in ihren Laden zu kommen, um sich ihr Sortiment noch einmal genauer anzuschauen.

Die Bedienung brachte ihm einen neuen Espresso. Überflüssigerweise, denn jetzt war er hellwach. »Aber

Sie werden dann nicht mehr dort sein, oder?«, fragte er Annika.

»Warum?«

»Na ja, weil …« Er räusperte sich. »Ich habe ja keine Details mitbekommen, aber es schien da irgendein Problem zu geben.«

Sie seufzte leise. »Ja, schon. Aber das Leben muss weitergehen.«

Er drehte seinen Stuhl in ihre Richtung. »Sie haben geweint. Was war denn los?«

Annika lächelte verlegen und versuchte, seinem forschenden Blick auszuweichen.

»Entschuldigung, was rede ich denn?«, sagte Joris. »Das geht mich gar nichts an.«

Annika nippte an ihrem Kaffee, holte tief Luft. »Schon gut. Es war nur … Ich habe gerade erfahren, dass ein sehr guter Freund von mir gestorben ist.«

»Wie schrecklich. Ein Unfall?«

»O nein. Stellen Sie sich vor, er ist ermordet worden. Oben in Dagebüll.«

»O Gott.«

»Ja, schlimm.« Annikas Blick ging in die Ferne. Sie schwieg.

»Ein sehr guter Freund?«, fragte Joris, der sich nicht vorstellen konnte, dass sich so eine nette Person wie Annika mit so einem Angeber wie Lasse Harms abgegeben hatte.

Tatsächlich schien Annika einen Moment zu überlegen.

»Ja, ein guter Freund. Er kam wie ich aus Föhr. Und

wir Insulaner halten immer zusammen«, antwortete sie schließlich. »Und nun ist er tot.«

Joris sah, wie ihr eine Träne über die Wange lief.

»Ich verstehe gut, wie Sie sich jetzt fühlen müssen«, behauptete er. »Ich habe vor gar nicht langer Zeit auch eine geliebte Person verloren. Von einem Moment zum anderen war sie weg und mein Leben öde und leer.«

Annika schaute auf. »Wie schrecklich. Auch durch ein … Unglück?«

Er überlegte, erinnerte sich, dass er mit Claras Freundin sprach. Und lieber nicht zu viele Einzelheiten über ihr Verhältnis und die Umstände ihres plötzlichen Verschwindens preisgeben sollte. Überhaupt: Wenn sie Kontakt zu Clara hatte, hatte sie ihr sicher von ihm erzählt.

»Wissen Sie mehr über die Hintergründe?«, fragte er statt einer Antwort. »Was genau ist denn in Dagebüll passiert?«

»Keine Ahnung. Bis jetzt weiß ich auch nur, dass Lasse tot ist. Und dass die Polizei dem mutmaßlichen Mörder auf der Spur ist.« Sie hielt ihr Handy hoch. »Ich wollte gerade eine gemeinsame Freundin anrufen und fragen, ob sie mehr weiß.«

Joris spürte, wie sich seine Nackenhaare aufrichteten. »Eine Freundin? Wohnt die auch in Dagebüll?«

»Entschuldigung?« Annika hatte gerade auf ihr Handy geschaut und nicht zugehört.

»Ihre Freundin, die Sie anrufen wollen, wohnt die auch in Dagebüll?«

»Nein, wieso?«

Joris presste die Lippen zu einem angestrengten Lächeln zusammen. »Ich dachte nur, denn dann wüsste sie natürlich mehr über die Sache.«

»Nein, Sternchen wohnt woanders.«

Joris' Kopf zuckte wie von einem Stromschlag getroffen nach vorne. »Sternchen?«, echote er.

»Ach, Tschuldigung«, erwiderte Annika mit zerstreutem Lächeln. »Ist nur ein Spitzname. So heißt sie natürlich nicht wirklich.«

»Sondern wie?«, fragte Joris mit heiserer Stimme.

»Annika!«, rief auf einmal eine Frauenstimme. Er schaute überrascht auf. Eine etwas ältere Dame trat zu ihnen an den Tisch. »Du armes Ding, ich war gerade im Laden und habe von Jessica gehört, was mit Lasse passiert ist. Ist es nicht schrecklich?«

Sie nahm Annika in den Arm, bei der auf einmal alle Dämme brachen. Schluchzend ließ sie sich von ihrer Freundin drücken, die sich zu ihr an den Tisch setzte, um mit ihr über die schlimme Neuigkeit zu reden.

Joris beachtete sie nicht mehr.

# 16

Inzwischen war die Spurensicherung da und hatte die im Haus gesicherten Fingerabdrücke mit denen aus Harms' Apartment verglichen. Sie waren identisch. Krumme hatte den Kollegen gesagt, dass sie hier im Haus auch nach Claras Fingerabdrücken suchen sollten, um so eventuell eine Verbindung zwischen ihr und dem nordfriesischen Kapitän zu belegen.

Er saß derweil mit Pat immer noch in Lüdgens Büro. Hier oben unterm Dach war es so warm wie in einer Sauna. Während ihm der Schweiß in Strömen den Nacken herunterlief, arbeitete er sich gemeinsam mit Pat durch die auf dem Schreibtisch liegenden Unterlagen und suchte nach einem Ansatz, wie sie ihren Tatverdächtigen finden konnten.

Krumme zeigte auf sein eigenes Telefon, das vor ihm auf dem Tisch lag.

»Ich habe das immer noch nicht ganz kapiert. Wir wissen, dass Lüdgen ein Handy hat, kennen seine Handynummer.« Er zeigte auf einen Brief, den Lüdgen einer Telefongesellschaft geschrieben hatte. »Aber trotzdem können wir ihn nicht über das Teil orten?«

Pat schüttelte den Kopf. »Nein. ich habe unsere Experten in Kiel gefragt. Keine Chance.«

»Wieso denn nicht?«

»Also, ich bin nicht gerade eine IT-Spezialistin. Lüdgen schon. Und wie wir hier überall an den Wänden sehen, fühlt er sich von der ganzen Welt bedroht. Entsprechend hat er sich wohl eine SIM-Karte von einem Schwarzmarkt in den Niederlanden organisiert.«

»Spricht grundsätzlich schon mal für seine kriminelle Energie, oder?«

»Zumindest für seinen energischen Wunsch nach Privatsphäre. Als IT-Mann weiß er eben genau, was heute möglich ist und was nicht.«

Krumme betrachtete seine junge Kollegin nachdenklich. »Also kein Versuch, seine Spuren zu verwischen und damit eine Art Schuldbekenntnis?«

Pat zuckte mit den Schultern. »Noch kann er nicht wissen, dass wir ihm bereits auf der Spur sind.«

Er überlegte, seufzte dann. »Was ist mit dem Wagen?«

»Die Fahndung an alle Kollegen im Norden ist raus, das weißt du doch«, sagte Pat.

»Ja, aber er hat doch so ein teures Auto, das hat bestimmt so einen Tracker, oder wie das heißt. Können wir ihn über den finden?«

»Tatsächlich gehört der bei Lüdgens Wagen wohl zur Ausstattung. Allerdings wird nur er den Aktivierungscode haben. Für den Fall, dass der Wagen geklaut wird und er ihn wiederfinden will.«

»Mist.«

Pat überlegte. »Ich frag noch mal beim Autohändler nach, wie das Ding funktioniert.«

»Wie sieht's mit Lüdgens Internetseiten aus?«

»Du meinst Social Media?« Sie zeigte auf ihr geöffnetes Notebook. »Da bin ich noch dran. Er ist schon ziemlich aktiv, meckert und kommentiert überall. Aber ich habe nichts gefunden, was uns verrät, wieso er zu unserem Kapitän nach Dagebüll gefahren ist. Oder wo er sich jetzt aufhalten könnte.«

Krumme streckte die Arme. Genau wie Pat hatte er letzte Nacht nur wenig geschlafen.

»Soll ich uns ein Wasser holen?«

»Gerne.«

Krumme ging hinunter in die leere Küche. Frau Nowak hatten sie erst einmal nach Hause geschickt. Bei Fragen würden sie sich bei ihr melden.

Er suchte einen Krug, füllte ihn mit kaltem Leitungswasser und schnappte sich zwei Gläser. Bevor er zu Pat zurückkehrte, warf er einen Blick in den Garten. Was zum Teufel trieb ihr neuer Kollege immer noch hier? Langsam ging es ihm auf die Nerven, dass er sich so gar nicht an der Arbeit beteiligte.

Krumme fand Jepsen auf der Terrasse, wo er allein auf einer Holzbank saß und mit einer Zigarette im Mund Richtung Meer schaute, das von hier nur zu hören, aber nicht zu sehen war. Hatte er vorhin noch entspannt telefoniert, wirkte sein Anblick jetzt wie die Aufnahme aus einem Kinofilm mit einem melancholischen James Dean. Sogar ein passendes Jackett trug er, trotz der Hitze. Obwohl sie hier in der Sonne kaum auszuhalten war, schien Jepsen im Gegensatz zu ihm kein bisschen zu schwitzen.

Krumme schnappte sich einen Stuhl. »Darf ich, Herr Jepsen?«

Sein Kollege nickte. »Bo reicht.«

Krumme setzte sich. Er hatte schon gehört, dass man sich in Dänemark schneller duzte. Trotzdem brummte er nur, und verzichtete darauf, Bo auch umgekehrt das Du anzubieten.

Für einen Moment schwiegen sie. Krumme atmete tief durch, suchte in der Luft nach einem Unterschied zur Nordsee, konnte jedoch keinen feststellen. Es war der Wind, der anders war. Sehr viel wärmer, sanfter. Nicht so wild und herausfordernd wie in Nordfriesland, wo es selbst bei so heißen tropischen Temperaturen wie in diesem Sommer immer auszuhalten war.

»Was wird jetzt passieren?«, fragte Bo.

Krumme sah ihn überrascht an. War die Frage ernst gemeint? »Na ja, Pat und ich«, fing Krumme mit deutlichem Vorwurf in der Stimme an, »haben die Fahndung nach Lüdgen und seinem Wagen organisiert, falls er nicht von allein wieder auftaucht. Ich hatte gerade einen Telefontermin mit einem von Lüdgens Ärzten, was leider nicht viel gebracht hat. Ach ja, und die Spurensicherung hat schnell gearbeitet und kann beweisen, dass Lüdgens Fingerabdrücke mit denen am Tatort in Dagebüll übereinstimmen. Ansonsten versuchen Pat und ich alles, um uns ein Bild davon zu machen, was für ein Mensch Lüdgen ist und wo er jetzt stecken könnte.«

Hatte Bo überhaupt zugehört? Immerhin nickte er gedankenverloren. »Diese Frau, die oben in dem Schrank auf diesem Foto zu sehen ist …«, fing er an.

»Sie heißt Clara, hat Frau Nowak gesagt.«

»Ich kenne sie.«

Krumme hob den Kopf. »Ach ja?«

»Wir sind zusammen aufgewachsen.«

»Wirklich?« Er konnte es nicht fassen. »Sie kennen sie? Und Pat und ich recherchieren uns oben einen Wolf, um rauszukriegen, wer die Frau ist und was für eine Verbindung sie zu Lüdgen hat.«

»Und? Schon was gefunden?«

»Nein! Aber vielleicht hätten wir das, wenn Sie mit uns gesprochen hätten.«

Bo zuckte mit den Schultern. »Sorry, aber ich war mir zuerst nicht sicher. Ich habe Clara eine Ewigkeit nicht gesehen. Aber als die Putzfrau dann ihren Namen erwähnte …«

»… da rennen Sie einfach weg, ohne uns einen Hinweis zu geben? Mein lieber Freund, wir sind ein Team. Da müssen Sie auch mit uns reden.«

Bo schaute ihn mit seinen wasserblauen Augen irritiert an. Weil er ein schlechtes Gewissen hatte? Oder weil er seine Verärgerung nicht verstand? Krumme hatte keine Ahnung.

»Sie haben recht«, sagte Bo schließlich. »Aber ich wollte zuerst klären, ob mein Verdacht richtig war.«

Krumme betrachtete ihn immer noch verärgert. Er beschloss, später noch mal mit seinem neuen Kollegen über sein Verhalten zu reden. Jetzt ging es erst einmal um die junge Frau.

»Dann ist Clara also auch eine … halbe Dänin?«

Bo sah ihn überrascht an. »Halbe Dänin?«

»Na ja, Pat meinte …« Krumme zeigte verlegen auf

Bo, noch wollte das ungewohnte Du nicht über seine Lippen kommen.

Bo lächelte. »Pat sagt, ich wäre ein halber Däne?«

»So ähnlich«, brummte Krumme.

Bo schüttelte den Kopf. »Nein, ich bin in Deutschland geboren. In Flensburg. Aber meine Familie gehört zur dänischen Minderheit. Oder zur Minderheit der dänischen Südschleswiger, wie es genau heißt.«

»Aha, und diese Clara ist auch ...?«

»Nein, aber wir sind auf die gleiche Schule gegangen. In Flensburg. Auf die Grundschule. Später in der sechsten Klasse ist sie dann weggezogen. Nach Niebüll.«

»Eine Freundin also?«

Bo überlegte. »Nein, nur eine Bekannte. Ihr Nachname ist Gerland.«

»Na dann ist es doch bestimmt einfach, herauszufinden, wo sie jetzt steckt.«

»Leider nicht. Ich habe gerade mehrere Anrufe gemacht. Alte Freunde und Bekannte aus der Schulzeit. Clara hat damals allein bei ihrer Mutter gewohnt, aber die ist schon lange tot. In Niebüll lebt sie auch nicht mehr. Meine Freunde in Flensburg haben schon seit vielen Jahren nichts mehr von ihr gehört.«

»Und Sie ... du?«, presste Krumme heraus.

»Ich habe Clara seit der Schulzeit nicht mehr gesehen.«

»Trotzdem. Man muss doch herausfinden können, wo sie jetzt ...«

»Aber sie hat mich angerufen«, unterbrach Bo ihn.

»Wie bitte?« Krumme fiel fast vom Stuhl.

»Ist schon eine Weile her. Über ein halbes Jahr.«

»Was? Also genau zu der Zeit, wo sie hier bei Lüdgen gewohnt hat?«

Bo nickte. »Wir haben nur kurz gesprochen. Ich hatte gerade im Ausland zu tun, in Singapur, und konnte sie kaum verstehen. Ich habe sogar einen Moment gebraucht, bis ich kapiert habe, wer sie ist.«

»Was wollte sie denn?«

»Das war mir damals auch nicht klar. Ein bisschen quatschen, dachte ich. Sie hat sich erkundigt, was ich so tue und wo ich gerade bin. Aber jetzt glaube ich, dass sie aus einem ganz anderen Grund angerufen hat.«

»Nämlich?«

Bo strich sich mit beiden Händen übers Gesicht, stöhnte wieder. »Sie hat um Hilfe gerufen.«

Krumme nippte an seinem Wasser und beobachtete Bo dabei sehr genau. »Was hat sie gesagt?«

»Die Verbindung war wirklich mies. Und ich war abgelenkt, hatte damals ganz andere Dinge im Kopf. Aber ich glaube, sie sagte, sie würde gerade in einer schwierigen Beziehung stecken. Mit einem ziemlichen übergriffigen und eifersüchtigen Mann. Ich habe gefragt, ob ich ihr irgendwie helfen kann. Nicht nötig, hat sie damals behauptet und dabei sogar gelacht, meinte, sie hätte alles im Griff. Aber das war wohl nur so dahingesagt, nachdem ihr klargeworden ist, dass ich mich auf einem ganz anderen Kontinent befinde. Ich habe das Gespräch dann schnell beendet. Und bis heute nicht mehr daran gedacht.«

Bo zündete sich eine neue Zigarette an. Seine Finger zitterten.

»Auf der Schule war sie ein bisschen verknallt in mich, nichts Ernstes, aber sie hat mich immer so angeguckt, den Kopf schief gelegt und mich angestrahlt, weißt du, was ich meine?«

Krumme hatte nur eine grobe Ahnung, nickte aber trotzdem.

»Deshalb dachte ich jetzt, sie wollte wieder mit mir flirten, auf der Suche nach einem Ritter, der sie aus einer unglücklichen Beziehung retten würde.«

»Und heute …?«

»Heute denke ich, sie hat den einzigen Polizisten angerufen, den sie kannte, weil sie ernsthafte Probleme hatte. Sie hätte Hilfe gebraucht, lebte hier wie im Gefängnis, aber ich habe ihr nicht richtig zugehört.«

Krumme betrachtete den aufgewühlten Bo, der auf einmal gar nichts mehr von James Dean hatte, sondern nur wie ein Häufchen Elend wirkte.

»Ich bin sicher, wir finden sie.«

»Wie denn?«

Krumme überlegte, schaute wieder in den Garten, lauschte dem Meer, dessen Rauschen auf einmal alles andere als friedlich und harmlos wirkte.

»Versuchen Sie«, fing er an und stockte. »Versuch weiter, irgendjemanden zu erreichen, der Clara noch kennt und eine Ahnung hat, wo sie stecken könnte.«

Bo nickte.

Krumme seufzte. »Und wir werden hier ganz sorgfältig nach Spuren suchen. Nach Lüdgen. Und nach Clara. Im ganzen Haus.« Und am besten auch im *Garten*, dachte er, wollte es im Moment aber noch nicht aussprechen.

# 17

Nicht zu fassen. Annika Groth und ihre bescheuerte Freundin hatten ihm einfach den Rücken zugedreht. Inzwischen quasselten sie schon fast eine Stunde über den toten Kapitän, Kinder, die Arbeit, das heiße Scheißwetter und die Gewitterfront, die in den nächsten Tagen aus Spanien heraufziehen sollte.

Erst quatschte sie ihn von der Seite an, um ihn dann wie einen Idioten in der Luft hängen zu lassen. Unverschämt!

Und wie kam ihre dämliche Freundin Merle dazu, sich so in ihr Gespräch zu zwängen? Genau in dem Moment, wo Annika im Begriff war, ihm zu verraten, wo Clara steckte.

Es war zum Kotzen. Joris starrte die beiden Weiber an, die ihm gegenüber nicht den geringsten Respekt zeigten.

Genug. Das hatte er nicht verdient.

Joris griff in seine Jacke, spürte den glatten Stahl seiner Pistole. Er holte tief Luft, stand mit einem Ruck auf und zog seine Waffe.

»Schnauze«, brüllte er. »Haltet endlich die Klappe!«

Alle starrten mit weit aufgerissenen Augen zu ihm. Auch Annika und ihre kuhäugige Freundin Merle.

»Sind Sie verrückt?«, stammelte sie.

Er schoss ihr in die Stirn. Ihr Kopf zerplatzte wie eine überreife Melone, ihr Hirn spritzte Annika ins Gesicht und verteilte sich über alle Tische.

Stille im Café, überall nur Entsetzen, während er die Pistole auf Annika richtete.

»Schluss jetzt mit dem Gerede! Sag mir endlich, wo Clara steckt, sonst klebt dein verdammtes Hirn genauso auf dem Boden wie das von deiner verdammten Freundin!«

Plötzliches Babyschreien ließ ihn zusammenzucken. Es war quälend, kaum zu ertragen. Ein heftiger Kopfschmerz bohrte sich in seinen Schädel. Stöhnend hielt er sich die Hände auf die Ohren, senkte den Kopf.

Und bemerkte, dass er sich alles nur eingebildet hatte.

Nicht das weinende Baby. Eine Mutter an einem Nebentisch bemühte sich, ihr Kleines zu beruhigen, das wie verrückt in seinem Kinderwagen herumzappelte.

Baby und Mutter waren real.

Seine blutige Attacke auf Annika und ihre Freundin war es nicht. Die beiden saßen immer noch zusammen und unterhielten sich.

Joris schnaufte erschöpft. Alles nur ein schrecklicher Tagtraum. Langsam schien er komplett durchzudrehen und ein Fall für das Irrenhaus zu werden.

Aber er konnte selbst kaum fassen, wie gut sich dieser Traum angefühlt hatte. Wie unglaublich befriedigend und erfüllend es gewesen war, einfach dazwischenzugehen und diesem dämlichen Weib die Birne wegzublasen.

Was stimmte mit ihm nicht?

Waren das die Gene seines Vaters? Der hatte sich früher auch oft in Gewaltfantasien verloren!

Er hatte keine Ahnung.

Es fühlte sich an, als wäre sein Kopf kurz vorm Platzen. Lag es am Lärm im Café? An dem viel zu heißen Tag? An dem Baby, das nicht aufhören wollte zu schreien? Daran, dass er die letzten Nächte kaum geschlafen hatte, oder doch an diesem Scheiß-Tumor, der in seinem Kopf immer größer wurde? Als würde in seinem Schädel ein kleiner Teufel sitzen, der breit grinsend mit dem Hammer auf einen Amboss prügelte!

Er musste weg hier, sofort.

Joris kramte in seiner Hosentasche hastig nach ein paar Euro, legte sie auf den Tisch und stand mit leisem Ächzen auf.

Endlich erinnerte sich Annika an ihn.

»Alles in Ordnung?«, fragte sie. Was für eine dumme Frage! Sein Hemd klebte durchgeschwitzt am Körper, er zitterte. Sah sie denn nicht, wie beschissen es ihm ging?

Er wich ihrem forschenden Blick aus. »Ich … brauche ein bisschen Luft«, brummte er. »Die Hitze … Die macht mich fertig.«

»Ach so, verstehe. Wen nicht? Heute ist es wirklich besonders schlimm.« Schon lächelte Annika wieder. »Kommen Sie aus Husum?«

»Nein«, krächzte er.

»Dann machen Sie hier nur Urlaub?«

Er starrte sie an, nickte langsam.

»Sehen wir uns nachher noch mal im Laden? Ich biete Ihnen auch einen Sonderpreis für meine Strandgutkunst.«

Joris nickte nur mit zusammengepressten Lippen und machte, dass er wegkam. Mit weiten Schritten marschierte er die Gasse hinauf Richtung Husumer Schloss. Den Kopf nach unten gerichtet, stieß er aus Versehen gegen ein Rentnerpaar.

»He, pass doch auf, du verdammter Junkie«, schimpfte der Mann.

Aber Joris beachtete ihn nicht. Noch bevor er die am Ende der Gasse kreuzende Straße erreichte, sprang er in eine kleine Hausecke und übergab sich, immer und immer wieder. Sein komplettes Mittagessen, die Brötchen, der Matjes, der verfluchte Espresso und der Kuchen, den er in dem Kaffee heruntergewürgt hatte, alles landete in einer engen Ecke, bis er nur noch grüne Galle spuckte.

# 18

»Theo?«

Krumme saß mit Pat wieder oben in Lüdgens Büro. Nachdem er seiner überraschten Kollegin von Bos Geständnis erzählt hatte, arbeitete er sich jetzt mit ihr durch die vielen Zeitungsartikel in Lüdgens Büro, als sein neuer Kollege durch die Tür schaute.

Krumme sprang auf. »Hast du Erfolg gehabt? Weiß jemand, wo deine Freundin Clara steckt?«

Bo schüttelte den Kopf. »Noch nicht, leider. Aber ich bleibe dran. Aber unten ist jemand, der uns mehr über Lüdgen erzählen kann. Vielleicht ja sogar auch, wo Clara geblieben ist.«

Er führte Krumme auf die Terrasse, wo zu seiner Überraschung eine ältere Dame auf sie wartete, die seiner Einschätzung nach mindestens siebzig, wenn nicht sogar schon achtzig Jahre alt sein musste. Mit lässig übereinandergeschlagenen Beinen saß sie wie eine elegante Grande Dame in einem Korbstuhl und rauchte eine Zigarette.

»Bleiben Sie ruhig sitzen«, bat er sie, aber die Dame nickte nur und hatte gar nicht die Absicht gehabt, zur Begrüßung aufzustehen. Krumme setzte sich in Ermangelung einer Alternative auf einen Plastikhocker.

»Theo«, sagte Bo, »darf ich dir Frau Hübner vorstellen? Sie ist die Nachbarin von Herrn Lüdgen und wohnt dort hinten in dem Haus, das wir durch die Bäume gesehen haben.«

»Sie haben ja für ganz schön Unruhe gesorgt in unserem kleinen Ort«, sagte die alte Dame mit überraschend tiefer Stimme.

»Ach ja?«

»Tauchen hier so früh mit Ihrer Armee auf. War das denn nötig? Der halbe Ort hat das mitbekommen. Die Leute fragen sich, was hier los ist.«

»Tut mir leid für die Umstände«, sagte Krumme. »Wir wussten nicht, was uns hier erwartet.«

»Hat er jemanden umgebracht?«

Krumme blickte fragend zu Bo, doch der schüttelte den Kopf. Von ihm hatte sie diese Info nicht.

Frau Hübner nahm einen tiefen Zug aus der Zigarette. »Hab vorhin gehört, wie Ihre Kollegen auf der Straße darüber gesprochen haben.«

Krumme seufzte. »Sie scheinen eine sehr aufmerksame Dame zu sein, Frau Hübner. Vielleicht können Sie uns ja weiterhelfen.«

»Klar, was wollen Sie wissen?«

»Erzählen Sie uns was über Herrn Lüdgen. Wir müssen unbedingt mehr über ihn erfahren. Über seine Freunde. Seine Hobbies. Seinen Alltag.«

»So gut kenne ich ihn nun auch nicht. Er ist nur mein Nachbar. Nicht mein Sohn.«

»Sagen Sie uns einfach, was Sie wissen.«

Frau Hübner nahm einen tiefen Zug aus ihrer Zigarette, schlug die Asche über dem Terrassenboden ab und lehnte sich wieder zurück.

»Zuerst: Ich will nichts Schlechtes über ihn sagen.«

»Aber?«

»Nein, im Ernst. Wir sehen uns praktisch nie, im Prinzip ist er ein ruhiger Nachbar, der keinen Ärger macht und auch keine wilden Partys feiert. Aber er ist schon ein bisschen verrückt.«

»Was meinen Sie damit?«

»Manchmal brüllt er rum. Und kann richtig aggressiv werden.«

»Aggressiv? Warum?«

Frau Hübner überlegte einen Moment, blickte dabei gedankenverloren zu einem Greifvogel, der oben am blauen Himmel seine Kreise zog. »Na ja, zum Beispiel, Norbert, mein Mann, der ist vor zwei Jahren gestorben. Einmal hat er mit unseren Enkelkindern Fußball gespielt. Dabei ist der Ball rüber in Lüdgens Garten geflogen. Norbert ist kurz über den Zaun geklettert und dann durch die Büsche gekrochen. Dabei hat ihn der Lüdgen erwischt. Meine Güte, wie der sich aufgeregt hat. Hat geschimpft und geflucht. Meinte, das Betreten des Gartens sei absolut verboten, so ein Blödsinn.«

»Nun, es ist sein Grundstück«, sagte Krumme. »Was würden Sie sagen, wenn er zu Ihnen aufs Grundstück klettern würde?«

»Ach was, Schnickschnack.« Frau Hübner wischte seinen Einwand mit einer verächtlichen Handbewegung zur Seite. »Norbert hat ihm die Situation genau erklärt. Es war doch nur für die Kinder, und es ging nur um den

Fußball. Trotzdem hat Lüdgen gewütet wie ein Irrer. Meine Enkel haben sich total erschrocken.«

Krumme blickte zu Bo, der nur mit den Schultern zuckte. Das war nicht unbedingt eine Information, die ihnen weiterhalf.

»Aber ich nehm's ihm nicht übel. Der Junge hat es in seinem Leben nicht einfach gehabt. Die Mutter hat sich kurz nach der Geburt abgesetzt. Der cholerische Vater hat ihn immer wie Dreck behandelt. Dazu keine Freunde. Ist zu lange allein geblieben.«

»Wir haben die Information, dass er zumindest bis vor einem halben Jahr eine Freundin hatte.«

»Die hübsche Blonde meinen Sie?«

Krumme nickte.

Frau Hübner kratzte an der ledrigen Haut ihrer schmalen Nase. »Nett war die. Da hatte ich auch die Hoffnung, es wird besser. Nicht, dass ich sie beobachtet hätte, aber ich weiß, dass sie das Haus und den Garten kaum verlassen hat. Oft sind sie noch Hand in Hand herumgebummelt, ganz süß. Soweit ich weiß, waren sie sogar zusammen segeln.«

Krumme dachte an das Foto, das sie im Schrank gesehen hatten. »Hat er ein eigenes Segelschiff?«

Sie überlegte. »Nein, nicht, dass ich wüsste. Aber er hat es schon als Kind gelernt. Zuerst auf diesen kleinen Dingern.«

»Optimisten?«, fragte Bo.

Sie zuckte mit den Schultern. »Aber später ist er mit seinem Vater auch auf größeren Booten unterwegs gewesen.«

»Auch mit der jungen Frau …?«

»Ja, einmal glaube ich. Hab gesehen, wie sie vom Meer zurückkamen. Der Lüdgen hat ganz glücklich gewirkt. So fröhlich hatte ich ihn lange nicht mehr gesehen. Hat mich sogar ganz freundlich gegrüßt, als er mich im Garten gesehen hat.«

»Haben Sie mit ihm geredet? Hat er was über seine Freundin erzählt?«, fragte Bo.

Frau Hübner schüttelte den Kopf. »Nein, wenn wir mal ein paar Worte gewechselt haben, dann nur über das Wetter. Über Privates wollte er nie reden. Aber so richtig lange hat das sowieso nicht gedauert. Auf einmal war sie weg.«

»Wie weg? Wohin weg?«

Frau Hübner verdrehte die Augen. »Keine Ahnung, woher soll ich das wissen? Aber die beiden hatten am Ende oft Streit. So laut und heftig, dass ich es bis zu meinem Haus hören konnte.«

»Worum ging es da? Konnten Sie das verstehen?«

»Nicht wirklich. Nur, dass er immer mit ihr geschimpft hat.«

»Er mit ihr? Weshalb?«

»Warum hörst du mir nicht zu?, hat er geschrien«, verriet Frau Hübner und hob dabei dramatisch die dünnen Arme. »Halt den Mund! Oder: Warum verstehst du das denn nicht? So schwer ist das doch nicht!«

»Okay«, sagte Krumme nachdenklich. »Und die junge Frau, was hat sie dazu gesagt?«

»Das eine Mal ist sie weggelaufen. Hat geweint, das arme Ding. Wollte, dass er sie endlich in Ruhe lässt.

Dass sie kein Kind mehr sei und die Schnauze voll hätte von seiner ständigen Besserwisserei. Aber er hat weiter geschimpft. Hat gerufen, dass er nicht akzeptieren wird, dass sie ihn so stehen lässt.«

»Nicht akzeptieren? Was meinte er damit?«, fragte jetzt Bo.

»Ich weiß es nicht.« Die alte Frau genoss es offensichtlich, so aufmerksame Zuhörer zu haben. Sie nahm einen letzten Zug aus ihrer Zigarette, warf sie dann achtlos zu Boden und beugte sich plötzlich wieder nach vorne. »Soll ich Ihnen noch etwas erzählen?«

»Ja bitte.«

»Vor drei, vier Wochen habe ich gehört, wie er wieder mit ihr gestritten hat. Ganz laut. Richtig geschrien hat er.«

Bo schaute überrascht auf. »Mit Clara? Vor drei Wochen?«

Die alte Dame hob die Schultern. »Keine Ahnung, wie sie hieß. Ist ja auch egal. Denn als ich nachgeschaut habe, stand er ganz allein im Garten. Da war niemand außer ihm.«

»Da war niemand außer ihm im Garten?«, wiederholte Krumme.

Frau Hübner nickte. »Er lief allein über den Rasen, kreuz und quer und wedelte dabei mit den Armen. Es sah aus, als redete er mit einem Geist.«

»Vielleicht hat er telefoniert?«, fragte Bo. »Mit diesen kleinen Kopfhörern, die man sich in die Ohren steckt.«

»Und die aus der Entfernung gar nicht zu erkennen sind«, ergänzte Krumme, stolz, dass er auch mal etwas zu einem technischen Thema sagen konnte.

»Nein, ich kenne die Dinger, habe selber welche für meine Hörbücher. Das war es nicht. Der war ganz allein.«

Krumme tauschte einen skeptischen Blick mit Bo. Dann wandte er sich wieder an Frau Hübner.

»Erstaunlich, was Sie alles von Ihrem Grundstück aus gesehen haben. Der Zaun ist doch ein gutes Stück entfernt.«

Auch Bo betrachtete die alte Dame misstrauisch. »Der Garten ist nicht besonders gut einzusehen. Sind Sie wirklich sicher, dass da nicht doch noch jemand war? Clara vielleicht, hier auf der Terrasse?«

Frau Hübner musterte ihn abschätzig, mochte es offensichtlich überhaupt nicht, wenn ihre Glaubwürdigkeit angezweifelt wurde.

»Junger Mann«, erwiderte Frau Hübner. »Ich bin ganz sicher, dass da niemand war, auch nicht auf der Terrasse. Vielleicht bin ich alt, aber nicht taub oder verrückt. Ganz im Gegensatz zu meinem Nachbarn.«

»Sie halten Lüdgen für verrückt?«

»Ein bisschen schon.«

»Auch für gefährlich?«

Sie schaute ihn nachdenklich an, schien sich zu fragen, worauf er hinauswollte.

»Frau Hübner, wissen Sie, dass Herr Lüdgen eine Pistole besitzt?«

Sie holte tief Luft. »Jeder im Ort weiß das.«

»Weil er zusammen mit seinem Vater mal im Garten herumgeschossen hat?«

»Ach, das ist schon viele Jahre her. War eine große Sache bei uns im Dorf.« Die alte Dame beugte sich nach vorne. »Aber ich habe den jungen Lüdgen auch danach noch mal mit der Pistole gesehen.«

»Wann?«

»Vor drei, vier Monaten. Im Garten.«

»Er hat schon wieder auf Dosen geschossen?«

»Nein, rumgeknallt hat er gar nicht. Aber er hat hier gesessen und die Pistole auseinandergenommen.«

Krumme und Bo entspannten sich wieder. »Na gut, er hat einen Waffenschein. Gegen das Reinigen der Waffe ist nichts zu sagen.«

Frau Hübner schüttelte den Kopf, lächelte verschwörerisch. »Aber das war nicht alles.«

Krumme und Bo beugten sich wieder neugierig nach vorne.

Sie grinste. »Eigentlich wollte ich ja nicht darüber reden.«

»Was hat er gemacht?«, fragte Krumme. So langsam ging ihm Frau Hübner auf die Nerven.

»Als er fertig war, hat er die Pistole hochgehalten und dann in verschiedene Richtungen gezeigt.« Sie hob die dünnen Arme und demonstrierte mit ausgestreckten Zeigefingern, was sie meinte.

Krumme tauschte einen Blick mit Bo. »Hm, das hört sich auch noch nicht so gefährlich an.«

»Und dazu hat er laut gerufen. Noch ein Wort und ich knall dich ab!«

»Aber außer ihm …«

»… war niemand da, nein.«

Krumme seufzte nachdenklich. »Scheint, als ob Ihr Nachbar Probleme hätte.«

»Der arme Junge ist völlig durchgeknallt. Aber das ist ja auch kein Wunder.«

»Wieso?«

»Bei dem Vater, da musste er ja verrückt werden.«

Krumme streckte den Rücken, was auf dem kleinen Hocker nicht einfach war. »Was genau meinen Sie damit? Können Sie uns ein bisschen mehr über den Vater erzählen?«

# 19

Erschöpft hockte Joris sich auf den Boden, versuchte, wieder zur Ruhe zu kommen. Eine einzelne Passantin spazierte vom Schloss kommend die Gasse hinunter. Sie bemerkte ihn, drehte hastig den Kopf zu Seite und ging schnell weiter.

Joris blickte ihr verächtlich hinterher. Bestimmt dachte sie, er wäre irgendein Obdachloser oder Junkie. Tatsächlich fühlte er sich wie ein Drogensüchtiger. Alles tat ihm weh, und nach seiner Attacke nahm er vieles nur schemenhaft wahr. Endlich beruhigte sich sein Magen wieder, und auch die Kopfschmerzen hörten langsam auf. Stöhnend wischte er sich die Schleimfäden ab, die ihm vom Kinn heruntertropften, und griff in seine Jackentasche nach einer kleinen Schachtel mit Tabletten. Nicht der Scheiß, den sein Arzt ihm verschrieben hatte. Sondern die teuren Pillen, die er sich über einen Versand von einem Naturmediziner aus Südfrankreich kommen ließ.

In Ermangelung von Wasser musste er seine Medizin trocken herunterwürgen. Aber egal, jetzt würde es nicht mehr lange dauern, bis es ihm besser ging.

Wie ging es jetzt weiter?

Es widerstrebte ihm, erneut zu diesem verdammten

Laden zu gehen, aber Annika Groth war seine einzige Chance, an Claras Adresse zu kommen.

Ächzend richtete er sich auf, wollte nicht länger neben seinem eigenen Erbrochenen sitzen. Ihn schwindelte, stöhnend hielt er sich an der Wand fest.

Er entschied, erst einmal in den Husumer Schlosspark zu gehen, um zu Kräften zu kommen. So eine schlimme Schmerzattacke hatte er schon lange nicht mehr gehabt. Er brauchte unbedingt ein Weilchen, um wieder klar denken zu können.

Er setzte sich auf eine Bank ganz in der Nähe des Theodor-Storm-Denkmals, genoss den Schatten der alten Bäume, die nach Gras und Nordsee riechende Luft und beobachtete, wie die Spatzen sich über die Wiese jagten.

Eine halbe Stunde später stand er erneut vor dem Nordsee-Stübchen. Und er hatte Glück, Annika arbeitete wieder hinten in ihrem Laden.

Im Schlosspark hatte er über sein weiteres Vorgehen nachgedacht und beschlossen, Annika direkt nach Clara zu fragen. Keine alberne Konversation mehr, dazu fehlte ihm die Kraft. Und für den Fall, dass sie Zicken machte, hatte er seine Pistole.

Doch als er den Laden betrat, war er wieder nicht der einzige Kunde. Annika stand zusammen mit einer Frau vor einem Regal mit aus Muscheln gefertigten Bilderrahmen. Er überlegte, direkt dazwischenzugehen, als eine Stimme in seinem Kopf ihn ermahnte, kein Vollidiot zu sein. Also stellte er sich an den Tresen und wartete.

»Kann ich Ihnen helfen?«, erkundigte sich eine ihm

nur zu bekannte Stimme. Überrascht drehte er sich um. Vor ihm stand Merle, Annikas Freundin aus dem Café, die offensichtlich im Laden aushalf.

»He, Sie haben vorhin neben uns am Tisch gesessen, oder?«, erinnerte sie sich.

Joris Hand umfasste unwillkürlich seine in der Jackentasche versteckte Pistole. Er nickte nur, während seine Kopfschmerzen plötzlich mit dröhnender Macht zurückkehrten.

»Was kann ich für Sie tun?«, fragte sie und strahlte ihn mit ihrem breiten, mit zu viel Lippenstift beschmierten Mund an.

»Merle, Schatz, lass mal.« Annika trat dazwischen. »Übernimm du die Dame, ich kümmere mich um den Herrn.«

Merle zog ab, während Annika ihn freundlich anlächelte. »Geht's Ihnen wieder besser?«

Er starrte sie fragend an.

»Na, vorhin im Café, da haben Sie ein wenig angegriffen gewirkt.«

»Mir geht's wieder gut, danke«, brummte er.

»Wie nett, dass Sie noch mal vorbeischauen. Sie haben sich für die Strandgutkunst interessiert, stimmt's?«

»Ja, aber eigentlich wollte ich was anderes …«, fing er an, doch Annika ließ ihn nicht aussprechen.

»Sie haben Glück«, unterbrach sie ihn, »gerade habe ich eine neue Lieferung bekommen. Warten Sie mal hier, ich schaue kurz, wo das Paket ist.«

Und schon war sie durch einen Vorhang in den hinteren Bereich des Ladens verschwunden.

Joris atmete aus. Nein, verdammt, er hatte jetzt keine Lust auf beschissene Kleinkunst. Er wollte von ihr wissen, wo Clara …

Er hielt inne, blickte auf eine Wand direkt neben der Kasse. Auf einer ebenfalls mit Muscheln beklebten Korkwand waren mehrere Postkarten festgepinnt. Urlaubsgrüße von Freunden und Stammkunden, eine Ansicht der Akropolis, ein Strandmotiv aus Italien, die doofe Merle neben einem Gipfelkreuz irgendwo in den Alpen.

Daneben hing eine Postkarte mit einem Sternchen. Einem Seesternchen.

Joris' Nacken fühlte sich an, als hätte er einen Stromschlag erhalten. Kein Schmerz, eher ein wohliger Schauer, wie das zarte Tasten eines Engels.

Er drehte sich um, sah, dass Merle mit dem Rücken zu ihm stand und immer noch mit der Kundin beschäftigt war.

Ohne lange nachzudenken, griff er sich die Karte von der Pinnwand, drehte sie um und las, was dort in einer ihm bekannten Schrift geschrieben stand:

*Danke für den netten Abend und das tolle Essen, liebste Anni! Viele Grüße aus Tönning, C,* dahinter ein Ausrufezeichen, bei dem der Punkt wie eine kleine Sonne aussah.

Ein seliges Lächeln breitete sich auf Joris' eben noch müdem Gesicht aus.

Kaum zu fassen, das Schicksal meinte es trotz allem gut mit ihm. Er war auf dem richtigen Weg.

## 20

Am Nachmittag legte sich eine schwüle, alles erdrückende Hitze auf das Land, die selbst die vom Meer heraufkommende Brise nicht zerstreuen konnte.

Krumme saß mit Pat und Bo auf der Terrasse. Bo hatte in einem Schuppen einen Sonnenschirm gefunden und für sie aufgestellt. Die drei Kripobeamten nippten an ihren Wassergläsern und beobachteten schweigend, wie die Spurensicherung ihre Arbeit tat. Bisher hatten sie nur im Haus gearbeitet, doch nach dem Gespräch mit Frau Hübner und einer Ansage von Krumme hatten die Beamten Verstärkung gerufen, um auch den Garten genauer in Augenschein zu nehmen.

»Irgendwie tut Lüdgen mir fast leid«, sagte Krumme und dachte an das, was Frau Hübner ihnen erzählt hatte. »Die Mutter verdrückt sich kurz nach der Geburt. Und er muss allein beim Vater aufwachsen, einem Choleriker, der ihn sein ganzes Leben lang wie Abfall behandelt, beschimpft und sogar schlägt. Und trotzdem hat Lüdgen diesen Mistkerl am Ende sogar noch zwei Jahre bis zu seinem Tod gepflegt. Hier in diesem schönen Haus am Meer. Ich glaube nicht, dass ich so gutmütig sein würde.«

Bo nickte. »Und dann stellt sich als Belohnung heraus, dass er genau wie sein Vater selbst auch Krebs hat und bald sterben wird.«

»Na ja, wenn ich die Unterlagen oben im Büro richtig verstanden habe, war das nicht nur Pech«, sagte Pat. »Es hätte durchaus eine Chance auf Heilung bestanden, wenn er einer OP zugestimmt und sich nicht auf die Medikamente aus diesem seltsamen Versandhandel verlassen hätte.«

»Das lässt sich leicht sagen, wenn man nicht selbst betroffen ist. Aber grundsätzlich scheint er schon kein einfacher Charakter zu sein«, erwiderte Bo. Er hatte in der Hitze die obersten Knöpfe seines Leinenhemds geöffnet. Darunter war nun deutlich seine nicht nur braungebrannte, sondern auch durchtrainierte Brust zu erkennen. Krumme bemerkte, wie Pat immer wieder heimliche Blicke in Richtung ihres neuen Kollegen warf.

»Ob er Clara wirklich etwas angetan hat?«, fragte Pat.

Krumme bemerkte Bos besorgten Blick, zuckte selbst aber mit den Schultern. »Mir erschien diese Frau Hübner nicht besonders vertrauenswürdig. Mag sein, dass sie von der anderen Zaunseite überraschend vieles beobachtet hat, aber ob sie mit ihren Vermutungen auch richtigliegt? War Lüdgens Vater wirklich so ein Monster?«

Pat nickte. »Hat sie tatsächlich gesagt, sie hätte über viele Jahre beobachtet, wie Lüdgens Vater ihn misshandelt, ihn beschimpft und sogar geschlagen hat? Warum hat sie ihm dann nicht geholfen? Oder das Jugendamt gerufen?«

»Und auch Clara hätte wohl ein bisschen Beistand gebraucht. Wenn sie jetzt tatsächlich hier irgendwo …« Bo

beendete den Satz nicht, sondern seufzte nur niedergeschlagen.

Krumme stand mit einem leisen Ächzen auf. »Wir
werden sehen. Höchste Priorität bleibt, dass wir Lüdgen endlich finden. Hast du schon mal diesen Autohändler angerufen, Pat?«

»Ich probiere es gleich noch mal. Vorhin war er mit
einem Kunden unterwegs.«

Krumme nickte zufrieden. Er beschloss, sich ein bisschen die Beine zu vertreten und bei der Gelegenheit ein
paar Worte mit dem Leiter der Spurensicherung im Garten zu wechseln. Dieses lange Sitzen tat seinem Rücken
gar nicht gut. In Husum hatte er sich angewöhnt, jeden
Tag eine Runde durch die Altstadt zu drehen, um die
Gelenke geschmeidig zu halten.

Wie schön musste es sein, in einem Haus mit einem so
großen Garten wie dem von Lüdgen zu leben. Sonny
würde es hier lieben, so viel Platz zum Herumtoben,
und zum Meer war es auch nicht weit. Lüdgen schien
nicht bewusst zu sein, was für ein Glück er hatte. Rasen,
Bäume und Hecken wirkten sehr ungepflegt.

Er ging zu der Stelle neben ein paar Rhododendron-
büschen, von der Frau Hübner behauptete, hier hätte sie
gesehen, wie Lüdgen mit der unsichtbaren Clara gesprochen hatte. Aber war das wirklich möglich? Er
blickte in die Richtung, in der sich der Garten der alten
Dame befand. Die Sicht wurde von weiteren Büschen
verdeckt. Hatte sie also gelogen und gar nichts beobach-
ten können? Oder war es hier damals noch nicht so zu-
gewuchert gewesen?

Er spürte, wie ihn eine frische, vom Meer kommende Brise erfasste. Herrlich. Krumme schaute nach oben in den blauen Himmel, wo nur ein einige wenige Schäfchenwolken vom sanften Sommerwind landeinwärts trieben. Was für ein Paradies, dachte er, lächelte, den Blick nach oben gerichtet – und stolperte in ein kleines Kaninchenloch im Rasen.

Sofort spürte er einen heftigen Schmerz in der Seite. Als ob ein Unbekannter ihm ein Messer in den Rücken rammte. Krumme schrie erschrocken auf und ging laut fluchend in die Knie.

Sofort sprangen die Kollegen hinzu. Pat und Bo waren die Ersten, die bei ihm waren.

»Was ist, Theo?«, erkundigte sich seine junge Partnerin besorgt.

»Mein Rücken«, ächzte Krumme. »Ein Hexenschuss, glaube ich.«

»Komm, wir bringen dich zurück auf die Terrasse, da gibt es eine Liege.«

Gemeinsam mit Bo wollte sie ihn unter den Armen greifen, aber Krumme schrie auf. »Nein, nein, bitte nicht so!«

Seine Kollegen versuchten es noch mal anders, doch egal wie sie ihn anpackten, für Krumme fühlte es sich jedes Mal an, als würden sie ihm Nägel in den Körper schlagen.

»Du bist total verkrampft, Theo«, klagte Pat, die ihm gern helfen wollte, aber nicht wusste wie.

»Nicht aufgeben«, empfahl Bo. »Du musst gegen den Schmerz arbeiten, dann geht's wieder. Meistens.«

»Was?« Der inzwischen völlig nassgeschwitzte Krumme starrte ihn mit aufgerissenen Augen an. »Was soll ich?«

Schließlich gaben Pat und Bo auf und beschlossen, Krumme vorläufig auf den Rasen zu legen.

Krumme ächzte und stöhnte. So sehr er es auch versuchte, er konnte keine Position finden, die wenigstens halbwegs erträglich war.

Noch nie hatte er eine so entwürdigende Situation erlebt. Da befand er sich nun mitten im Garten, halb liegend, halb kauernd auf dem Rasen, um ihn herum Pat und Bo und mittlerweile auch die anderen Kollegen der Spurensicherung und der Zweigstelle Eckernförde. Alle wollten wissen, was hier passierte und glotzten mit verständnislosen Mienen zu ihm herunter.

»Beweg dich nicht, Theo, alles wird gut«, versuchte Pat, ihn zu beruhigen. »Ich habe einen Notarzt angerufen.«

»Einen Notarzt?« Krumme sah erschrocken zu seiner Partnerin hinauf.

»In ein paar Minuten ist er da. Dann bekommst du eine Spritze, und zack ist alles wieder gut.«

»Meinst du wirklich? Zack?«

Pat nickte und strich ihm mit einem verlegenen Lächeln vorsichtig durch die völlig verschwitzten Haare.

»Ich schäme mich so«, flüsterte Krumme, der noch immer keine schmerzfreie Position gefunden hatte.

»Ach was, Theo«, sagte Bo, der hinter ihr stand. »Ist doch nicht so schlimm. So was hatten wir alle schon mal.«

Was Krumme bezweifelte.

# 21

Joris konnte sein Glück kaum fassen. Als Annika aus ihrem Lager zurückgekommen war, hatte er die Postkarte mit dem Seestern schon wieder zurück an die Pinnwand geheftet. Niemand hatte etwas bemerkt, weder Annika, weder ihre dämliche Freundin Merle noch einer der Kunden im Laden.

Joris war auf einmal so euphorisiert, dass er sogar seine Kopfschmerzen vergaß. Am Ende ließ er sich von Annika sogar bequatschen, eine ihrer seltsamen Strandkunstfiguren zu kaufen.

»Sie strahlen ja auf einmal so?«, bemerkte sie, als sie den kleinen aus Treibholz geschnitzten Surfer einpackte.

»Warum auch nicht? Endlich habe ich ein schönes Geschenk gefunden.«

»Für Ihre Freundin? Oder Frau?«

Er zögerte nachdenklich, bevor er antwortete. »Für meine Freundin. Aber mal schauen, was sich ergibt.«

Annika lächelte und überreichte ihm das kleine Paket. »Na dann, viel Glück. Wie schön, dass ich Ihnen helfen konnte!«

Nun saß er wieder im Auto. Euphorie rauschte durch seine Adern, und er war so guter Dinge, dass er sogar das Radio anstellte und einen deutschen Schlager so laut mitsang, dass Passanten ihn durch das offene Fenster hörten und sich erstaunt nach ihm umdrehten.

Es war nur noch eine Frage der Zeit, bis er Clara wieder in die Arme schließen konnte.

Nach Tönning also. Noch kannte er die kleine Stadt an der Mündung der Eider nicht. Aber von Husum aus war es nur ein Katzensprung. Einfach die B5 Richtung Süden, dafür brauchte er keinen Routenplaner.

Die Nachmittagssonne strahlte hell vom Himmel. Dreißig Grad las er auf der Anzeige des Wagens. Aber ihm war die schwüle Hitze egal. Die Fensterscheibe hatte er wieder geschlossen, dank der Klimaanlage herrschten in seinem Volvo angenehme zwanzig Grad. Die frische Luft aus dem Gebläse ließ ihn die Welt in den rosigsten Farben sehen.

Verrückt, dass selbst Annika sein Karma erkannte und vermutete, dass am Ende das Glück einer festen Beziehung auf ihn wartete.

Hätte er sich doch direkt nach ihrer genauen Adresse erkundigen sollen? Er überlegte einen Moment, fragte sich, ob Annika sofort eine Verbindung vom Tod des Kapitäns zu seinem Auftauchen bei ihr im Laden gesehen hätte.

Nein, es war sicherer, wenn er unter dem Radar von Claras Freunden blieb. Nicht dass Annika auf die Idee kam, ihrer Freundin zu verraten, dass er unterwegs zu ihr war. Die Überraschung war sicher größer, wenn er plötzlich vor ihr stand und den Augenblick nutzen konnte, ihr alles zu erklären. Am besten begleitet von einem Strauß Blumen. Weiße Rosen, die liebte sie besonders.

Ein Schild an der Straße riss ihn aus seinen Gedanken. Es kündigte eine große Baustelle und eine damit verbundene Vollsperrung der Bundesstraße 5 an. Der Verkehr nach Tönning und zur kurz darauf beginnenden Autobahn 23 nach Hamburg wurde über eine Umgehungsstraße über Friedrichstadt und weiter nach Lunden und schließlich zurück auf die B 5 umgeleitet.

Joris fluchte leise. Er hatte den Kirchturm von Tönning schon zu sehen geglaubt, und nun dieser lange Umweg. Die Hoffnung, dass das Schild nicht mehr aktuell sein könnte, erfüllte sich nicht. Hinter einer Kurve hörte die B 5 auf einmal auf und führte auf die B 202 Richtung Osten nach Friedrichstadt.

Kurz darauf stand er in einem kilometerlangen Stau.

Das durfte doch nicht wahr sein. Gerade hatte er geglaubt, das Schicksal nach der Katastrophe von Dagebüll wieder auf seiner Seite zu haben. Jetzt hing er hier im Nirgendwo fest. Wieso hatten die im Radio nichts davon gesagt? Nun ging es nur im Schneckentempo voran und mit jeder Minute immer weiter weg von Tönning.

Und von Clara.

Joris hasste Störungen. Alles, was den Gang des Lebens beeinträchtigte und ihn vor plötzliche Herausforderungen stellte, war ihm ein Graus. Deshalb hatte er sich auch dieses große Auto gekauft. Der Volvo gab ihm das Gefühl, vor allen Unwägbarkeiten geschützt zu sein. Doch jetzt stand er mit den anderen Idioten in der gleichen Schlange. Vor sich blickte er auf einen schäbigen alten Mercedes, dessen Dieselgestank er trotz Klimaanlage riechen konnte. Und im Rückspiel sah er die

Stoßstange eines gewaltigen Lasters, der sich einen Spaß daraus zu machen schien, ihm so dicht wie möglich auf die Pelle zu rücken.

Joris wusste schon, warum er sein ruhiges Haus an der Ostsee so selten verließ.

Stöhnend fasste er sich an die Schläfen. Denn als wäre seine aktuelle Situation nicht schon nervig genug, meldete sich das Pochen in seinem Kopf zurück.

Er war ja selbst schuld. Wieso hatte er sich in Husum kein Wasser gekauft? Den ganzen Tag in der Hitze herumlaufen und das in seinem Zustand – er hätte viel mehr trinken müssen. Aber in der Vorfreude auf das Wiedersehen mit Clara hatte er sich darum keine Gedanken gemacht.

Clara.

Lächelnd schloss er die Augen und erinnerte sich an ihr freundliches Gesicht, stellte sich vor, wie sie im warmen Licht eines perfekten Tages liebevoll nach seiner Hand griff.

*Halte durch, auch dieser bescheuerte Stau wird dich nicht aufhalten können!*

»Du dämlicher Schwachkopf!«, meldete sich auf einmal eine andere, ihm nur zu bekannte tiefe Stimme. »Was hast du schon erreicht? Du kennst nur den Ort, wo sie wohnt, aber keine Straße, keine Adresse. Wie willst du sie denn finden, du Blödmann?«

Joris blinzelte, rieb sich mit den Händen über die Schläfen. Er schaute nervös zu dem leeren Beifahrersitz. Auf einmal hatte er das Gefühl, nicht mehr allein im Auto zu sein.

»Ich werde sie finden«, erklärte er. »Genauso wie ich

im richtigen Moment den Hinweis im Laden entdeckt habe.«

»Nachdem du vorher stundenlang wie ein Zombie durch die Stadt geirrt bist.«

»Ich habe nachgedacht! Mir überlegt, wie ich am besten vorgehe. Und ich hatte Erfolg. Endlich weiß ich, wo Clara lebt.«

»Einen Scheiß weißt du! Du hast keine Adresse. Noch nicht mal die Straße kennst du!«

»Na und? Tönning ist ein kleiner Ort. Ich werde sie schon finden.« Joris spürte, wie seine Stimme zitterte. Ein Zeichen der Unsicherheit und Schwäche, die er ausgerechnet IHM nicht zeigen wollte.

»Blödsinn. Du wirst versagen, so wie du immer versagt hast, wenn es darauf ankommt. Genau wie deine Mutter«, rief die tiefe Stimme. Ein spöttisches Lachen füllte den Wagen wie eine dunkle Wolke.

»Halt die Klappe! Halt endlich die Klappe!«, zischte Joris.

»Angenommen, du findest sie. Was willst du Versager dann tun?«, fragte die Stimme voller Verachtung. »Ihr den Kopf wegblasen?«

Er schnappte nach Luft, brauchte einen Moment, bis er die Kraft für eine Antwort hatte. »Ich werde mit ihr reden. Ihr beweisen, dass es ein Fehler war, mich zu verlassen.«

Spöttisches Lachen, so laut, dass die Luft im Wagen zu vibrieren schien. »Du bist so ein Schlappschwanz! Sie hat dich sitzengelassen. Dich verarscht, dich wie einen Idioten aussehen lassen. *Sie* sollte *dir* beweisen, dass es ein Fehler war, sich einfach zu verdrücken. Und wenn sie das nicht kann, würde ich sie zur Hölle schicken. Verrecken soll sie!«

Joris atmete schwer. »Aber ich bin nicht du.«

Wieder dieses Lachen. »Ach nein? Willst du mich loswerden? Das wird dir nie gelingen. Ich stecke in dir, bis zum Ende deiner jämmerlichen Tage.«

Joris schloss die Augen, die zitternden Hände in den Lenker gekrallt.

»Aber es ist ja sowieso egal«, zischte die Stimme so nah an seinem Ohr, dass er die Augen nicht öffnen wollte, aus Angst, in einen Abgrund zu fallen. »Du bist ein Mörder. Die Polizei wird dich finden und wegsperren. Früher oder später.«

»Wird sie nicht!«, brüllte er so heftig, dass Spucke an der Frontscheibe herunterlief.

Eine laute, dröhnende Hupe riss ihn zurück in die Realität. Verwirrt schaute er sich um, bemerkte erst jetzt, dass sich die Autos vor ihm bereits über hundert Meter entfernt hatten. Zu viel für den Laster hinter ihm, der sich voller Ungeduld ein weiteres Stück an ihn herangeschoben hatte.

Wieder dieses mächtige, alles zerstörende Hupen.

»Ja, ja, verdammt, du Arschloch!«, brüllte Joris in das Dröhnen hinein. »Ich fahr ja schon!«

Hastig gab er Gas. Der Volvo machte einen Sprung nach vorne und stand nur einen Augenblick später wieder hinter dem Mercedes. Aber auch der LKW war ihm gefolgt, der Anblick des Kühlers füllte die komplette Rückscheibe aus.

Joris atmete schwer, zitterte vor Wut. Er hatte große Lust, auszusteigen und diesem Dreckschwein gehörig die Meinung zu sagen.

»Tust du ja doch nicht«, meldete sich wieder sein unsichtbarer Beifahrer. »Dafür fehlen dir die Eier!«

Joris krallte seine Hände in das weiche Leder des Lenkrads. Wann war dieser verfluchte Stau endlich zu Ende? Wie lange musste er noch in dieser Einöde stehen? Er stöhnte, als sein wild pochendes Hirn wie ein gequältes Tier an die Schädeldecke stieß. Schnell würgte er ein paar der Tabletten aus Frankreich herunter, wieder ohne Wasser. Diese Schmerzen mussten endlich aufhören, bitte!

Vielleicht sollte er einfach Gas geben und die Abkürzung mitten durch die Felder nehmen. Deshalb hatte er doch dieses Auto gekauft! Um notfalls auszubrechen und sich seine eigenen Wege zu erobern.

Aber leider gab es auf beiden Seiten der Landstraße tiefe Gräben, in denen das Wasser in der späten Nachmittagssonne glitzerte. Sein Auto müsste schon fliegen können, um da rüberzukommen.

Wieder hatte er nicht aufgepasst und eine große Lücke zu dem Wagen vor ihm gelassen, dessen Konturen sich in der vor Hitze flimmernden Luft bereits auflösten.

Und erneut hörte er das laute Dröhnen der Hupe seines Verfolgers.

»Scheiße!«, brüllte er.

Schluss jetzt! Joris gab Gas und trieb den Volvo auf die linke Spur, um diesen ganzen verdammten Stau zu überholen. Bisher war der Verkehr auf der anderen Seite kaum der Rede wert gewesen und auch jetzt war kein Auto zu sehen. Mit einem Triumphschrei raste er an dem Stau vorbei, das Hupen der wartenden Spießbürger auf der rechten Spur interessierte ihn nicht. Sollten sie hier doch weiter ausharren, die Büttel waren selbst schuld, wenn sie sich ihre kleinen Hirne in der Hitze kochen ließen.

Hinter einer Kurve kam ihm plötzlich ein anderes Auto entgegen. Ein Kombi, was für eine Marke konnte Joris nicht erkennen. Alles passierte im Bruchteil einer Sekunde. Er schrie auf – hielt aber starr auf den anderen Wagen zu, wie ein Ritter auf einem Pferd in der Arena. Er schloss die Augen, hörte den brüllenden Motor seines Volvos, das entsetzte Hupen des anderen.

Dann öffnete er wieder die Augen, erkannte, dass der Kombifahrer im letzten Moment ausgewichen war. Im Rückspiegel sah er, wie der Wagen in den Graben rauschte und dann wie ein großer Käfer auf der Seite im Wasser zum Liegen kam.

Joris riss einen Arm hoch, ballte die Faust, jubelte. Ja, so ging das! Niemals aufgeben, immer weiterkämpfen! Auf einmal fühlte er sich unbesiegbar, ja, trotz der Schmerzen unsterblich. Er war ein Gott, losgelöst in seiner eigenen Welt. Die anderen Autos nur ein lärmender Strom aus Farben und in der Sonne funkelnden Scheiben.

Wieder eine Kurve. Und danach zwei Männer, die ihre Autos verlassen und sich mitten auf die Straße gestellt hatten, um zu sehen, wie lange der Stau war.

Joris schrie auf, sah ihre erschrockenen Gesichter, die aufgerissenen Augen und Münder.

Aber es war zu spät, er konnte ihnen nicht mehr ausweichen. Und hörte, spürte, wie der schwere Wagen die beiden Körper mit brutaler Gewalt erfasste.

## 22

Gemeinsam hatten zwei Männer der Spurensicherung, ein uniformierter Schutzpolizist und natürlich Bo es doch geschafft, ihn auf die Terrasse zu tragen und auf Lüdgens Gartenliege zu hieven. Krumme war vor Schmerzen fast ohnmächtig geworden.

Mittlerweile war der Notarzt eingetroffen. Er hieß Doktor Hansen, war kaum älter als Pat und drückte ihm eine furchterregend lange Spritze in den Rücken.

»Muss er ins Krankenhaus?«, erkundigte sich Pat besorgt.

»Nein, aber er braucht Ruhe. Und dann einen guten Orthopäden.«

Krumme lag wie eine Krabbe mit angezogenen Beinen auf der Liege. Mit zusammengebissenen Zähnen versuchte er, sich etwas aufzurichten.

»Geht schon«, ächzte er.

Aber keiner beachtete ihn. »Wie lange wird es dauern, bis er sich wieder normal bewegen kann?«, fragte Pat.

»Na, eine Woche mindestens«, erwiderte der Arzt.

»Eine Woche? Das geht nicht!«, rief Krumme unten von der Liege.

»Aber natürlich nur, wenn er sich schont und die entsprechenden Übungen macht.« Der Arzt unterhielt sich über seinen Kopf hinweg weiter mit Pat.

Krumme wollte protestieren, aber Pat drückte ihn an der Schulter sanft nach unten. »Und was, wenn er sich nicht an die Empfehlung hält?«, fragte sie.

»Dann wird es schlimmer.«

»Hallo!«, unterbrach Krumme aufgebracht das Gespräch der beiden jungen Leute, »darf ich auch mal was sagen?«

»Ja, was denn?«, erwiderte Doktor Hansen und begann, seine Sachen zusammenzupacken.

»Ich kann jetzt keinen Urlaub machen. Wir müssen den Kerl schnappen, bevor er noch mehr anrichtet. Es geht um Leben oder Tod!«

»Machen Sie, was Sie wollen. Aber ich glaube kaum, dass Sie ihn schnappen können, wenn Sie ihm auf allen vieren hinterherkrabbeln«, sagte Hansen. Dann verabschiedete er sich und ließ sie auf der Terrasse zurück.

Pat setzte sich auf einen Stuhl neben Krummes Liege, während Bo mit verschränkten Armen im Hintergrund blieb.

»So, genug gealbert«, sagte Krumme, »machen wir weiter. Lass uns noch mal überlegen, wie wir diesen Lüdgen finden.«

Pat seufzte. »Theo, hast du nicht gehört? Du musst dich schonen. Mindestens eine Woche.«

»Quatsch, ich weiß ja wohl besser, wie's mir geht. Und ich fühl mich super.« Damit stemmte er sich hoch, wollte sich wieder aufrecht hinsetzen.

»Theo, nicht!«, rief Pat.

Aber auch ohne ihre Warnung erkannte er, wie dumm die Idee war. Ein plötzlicher Stich ließ ihn wie von einem heftigen Stromschlag getroffen zusammenfahren. Stöhnend sank er wieder nach hinten auf die Liege.

»Scheiße …«, murmelte er niedergeschlagen.

Pat lächelte. »Du Armer.« In dem Moment klingelte ihr Handy. »Oh«, machte sie, als sie den Namen auf dem Display sah. »Einen Moment, da muss ich ran«, sagte sie und ging mit dem Handy ein wenig zur Seite.

Bo trat jetzt näher an die Liege. »Pat hat recht. Auch der härteste Cop braucht eine Pause, wenn er krank ist.« Er grinste.

Bo war im Gegensatz zu ihm immer noch kein bisschen verschwitzt und wirkte mit seiner geraden, aufrechten Körperhaltung auf fast obszöne Weise gesund. »Mach du deine Witze. Irgendwann wirst auch du mal alt. Ich hoffe nur, dass du dann nie solche Rückenprobleme bekommst.«

»He, auch ich habe schon mal Rückenschmerzen gehabt.«

»Ach ja? Du? Auch einen Hexenschuss?«

Bo verzog das Gesicht, zögerte einen Moment. Dann zog er sein Leinenhemd hoch und zeigte ihm seinen nackten Rücken. »So was Ähnliches«, sagte er.

Krumme staunte. Er sah eine schlimme Narbe, eindeutig von einer großkalibrigen Waffe! »O mein Gott! Was ist passiert?«

Bo zog das Hemd wieder herunter, schien zu überlegen, ob er Krumme alles erzählen sollte, als Pat zurückkam.

»Wir haben ihn!«, jubelte sie.

»Was? Lüdgen?!« Krumme streckte den Hals, vergaß dieses Mal aber den Schmerz.

»Na ja, erst mal nur sein Auto. Also so gut wie. Der Autohändler, bei dem Lüdgen das Auto gekauft hat, hat sich gemeldet. Der Wagen war gebraucht. Der Händler hat die Nummer vom ersten Besitzer noch auf dem Handy und kann …«

Wieder klingelte ihr Telefon. Pat nahm ab und meldete sich.

»Was? Im Ernst?!«, rief sie auf einmal und drehte sich weg, als hätte sie Angst, dass die beiden Männer mithören könnten.

Das Gespräch dauerte nicht lange. Doch nachdem Pat aufgelegt hatte, schwieg sie erst mal, offenbar noch benommen von dem, was sie gerade erfahren hatte.

»Und?«, fragte Bo voller Ungeduld.

»Wir brauchen den Autohändler nicht mehr. Wir haben den Wagen. Steht auf einem Parkplatz bei Friedrichstadt.«

»Friedrichstadt?«, echote Krumme überrascht. »Und Lüdgen?«

»Ist flüchtig. Aber vorher hat er in einem Verkehrsstau zwei Männer über den Haufen gefahren.«

»O Gott …«, stammelte Krumme.

Auch Bo fehlten die Worte. »Sind Sie …?«

Pat schüttelte den Kopf. »Nein. Aber beide sind schwer verletzt. Bei dem einen, einem Familienvater, steht es noch auf der Kippe, ob er überlebt.«

Für einen Moment schwiegen alle betroffen.

Krumme sprach als Erster. »Also los. Dann ab nach Friedrichstadt.«

Pat und Bo tauschten einen Blick.

»Was ist?«, wollte Krumme wissen. »Wollt ihr mir nicht hochhelfen?«

»Ja, aber nach Friedrichstadt kommst du nicht mit«, sagte Pat.

»Spinnst du?«

»Theo, wir machen allein weiter«, sagte Pat.

Bo nickte. »Und sorgen vorher dafür, dass du nach Husum gebracht wirst.«

Krumme konnte es nicht fassen. »Aber … Lüdgen …?«

Pat legte ihm freundlich die Hand auf die Schulter. »Den übernehmen wir. Werde du erst mal wieder gesund.«

## 23

Pat half Theo in den Wagen, mit dem ein Kollege ihn nach Husum fahren würde. Es war Theo anzumerken, was für Schmerzen er beim Einsteigen hatte. Trotzdem schwieg er trotzig und weigerte sich, sie und Bo anzuschauen.

»Wehe, du rufst mich nicht regelmäßig an«, brummte er, als der Kollege ihm mit dem Gurt half, und sah Pat dabei tief in die Augen.

»Versprochen«, sagte sie und schloss für ihn die Tür. Sie wusste, dass es die richtige Entscheidung war, ihn allein zurückzuschicken. Aber als das Auto wegfuhr und sie Theo hinterherwinkte, nagte dennoch das schlechte Gewissen an ihr.

»Der Arme«, sagte Bo, der neben ihr stand.

»Er hasst es, wenn Kollegen sehen, dass er nicht mehr der Jüngste ist.«

Bo nickte. »Wer weiß, wie lange wir für diesen Fall noch brauchen. Ich bin sicher, er kann später wieder einsteigen.« Er klatschte in die Hände. »Also dann, ab nach Friedrichstadt. Bist du schon mal in einem englischen TVR gefahren?«

Pat schaute verlegen. »Ich hoffe, ich passe da rein.«

»Aber natürlich. Ich doch auch. Und ich bin fast genauso groß wie du.«

Das stimmte. Bo war ein kräftiger Mann mit breiten Schultern. Aber sie war sogar noch einen Tick größer.

»Geht's?«, fragte Bo, als sie sich in den Wagen zwängte.

»Kein Problem«, erwiderte Pat. Niemals würde sie etwas anderes zugeben.

Kaum zu fassen, sie saß neben Bo Jepsen in seinem Sportwagen! Alle Kolleginnen der Kieler Polizeischule hätten sie darum beneidet.

»Dann los«, rief Bo und startete den Motor. Ein ohrenbetäubendes Blubbern erklang, dann setzte sich der Wagen in Bewegung.

»Hört sich geil an, oder?«, rief Bo Pat zu, und zum ersten Mal sah sie ein ehrliches, strahlendes Lächeln auf seinem Gesicht. Sie nickte trotz des schweren, bedrohlichen Getöses des Sportwagens.

Bo ging zwar forsch in jede Kurve, war jedoch ein sicherer Fahrer. Pat hatte zunächst den Eindruck, er würde rasen. Aber ein Blick auf den Tacho zeigte, dass sich der TVR schnell anhörte, auch wenn er es gar nicht war.

»Du magst ihn gerne, deinen Theo, was?«, fragte Bo, als sie Eckernförde hinter sich gelassen hatten und auf der B 202 Richtung Rendsburg durch die grünen Felder flogen. Dabei röhrte der TVR so laut, dass Pat noch mal nachfragen musste, ob sie Bo richtig verstanden hatte.

»Schon. Theo kann manchmal ein sturer Bock sein. Aber er ist ein guter Mensch. Und ein toller Polizist«, rief sie und musste ihre Antwort ebenfalls wiederholen, damit Bo sie in dem lauten Sportwagen verstehen konnte.

Er schenkte ihr ein zustimmendes Lächeln. »Guter Mann mit viel Erfahrung. Und du bist seine perfekte Partnerin.«

»Findest du?«

»O ja. Hab schon viel Gutes von euch gehört. Von Theo, dem Berliner Kommissar. Aber auch von dir.«

»Tatsächlich?«

Er lächelte und zeigte dabei seine strahlend weißen Zähne. »Klar. Ich bin stolz, dass ich einmal einer deiner Lehrer sein durfte.«

»Jetzt übertreib nicht. Wen interessiert schon, was wir in unserem kleinen Husum treiben?«

Er grinste. »Hallo? Denkst du, in Eckernförde lesen wir keine Zeitung? Was ihr in den letzten Jahren in Nordfriesland geleistet habt, ist wirklich erstaunlich. Du und Theo, ihr seid ein super Team, das weiß bei den Kollegen jeder.«

Pat lächelte verlegen und spürte ein warmes Prickeln im Nacken. Sie hätte nie geglaubt, dass ausgerechnet Bo sie jemals so loben würde. Wenn das ihre Husumer Kripokollegen Friedrichs und Ludwig wüssten. Für die beiden Pfeifen würde sie immer die unfähige Polizeischülerin bleiben.

Für einen Moment fuhren sie schweigend weiter.

»Und du?«, fragte sie dann.

»Was?«

»Du bist jetzt bei der Kripo in Eckernförde gelandet?«

Er sah sie erstaunt an. »Was meinst du?«

Sie holte Luft. »Na ja, ist schon eine kleine Überraschung.«

»Eine Überraschung? Wieso?«

Sie verdrehte die Augen. Wieso machte er es ihr so schwer? »Nun, damals hast du fürs BKA gearbeitet. Oder war es Interpol?«

»Beides.«

»Wow. Was genau hast du denn da gemacht?«

Er schaute sie an, grinste wieder. »Könnte ich dir verraten. Aber dann müsste ich dich erschießen. Ist geheim.«

Er lachte und konzentrierte sich darauf, auf der engen Straße ein Treckergespann zu überholen.

Das war nicht die Antwort, die Pat hatte hören wollen. Aber Bo schien kein Interesse an Konversation zu haben, schaltete schließlich sogar das Radio an.

»Was dagegen?«, fragte er.

Hatte Pat nicht, obwohl die Musik gegen den laut bollernden Motor des TVRs kaum zu hören war.

Dann eben nicht. Pat war sicher, dass sich später noch die Gelegenheit für weitere Fragen ergeben würde. Sowieso war es besser, wenn Bo auf den Verkehr achtgab. Er hielt die jeweilige Höchstgeschwindigkeit zwar penibel ein, genoss aber die Fähigkeiten seines Sportwagens, ging in jede Kurve wie ein Rennfahrer und bremste auch vor roten Ampeln erst im letzten Augenblick ab. Dauerstress für Pat. Trotzdem wollte sie sich nichts anmerken lassen. Mit einem eingefrorenen Lächeln saß sie neben Bo und vermisste Theos braven Seniorenfahrstil.

Den Rest der Strecke schwiegen sie. Erst als sie sich Friedrichstadt näherten, bat Bo sie um Hilfe. Natürlich hatte der TVR kein Navi. Also navigierte Pats Handy sie zu dem Platz, den ihnen die örtliche Polizei in Nordfriesland verraten hatte.

Kurz darauf fuhren sie auf den Park-&-Ride-Parkplatz neben dem Friedrichstädter Bahnhof. Uniformierte Schutzpolizei hatte den Ort abgesperrt. Pat sah mehrere Streifenwagen und Fahrzeuge der Spurensicherung.

Als sie sich aus dem TVR zwängte, musste sie erst einmal ihren von der langen Tour tauben Körper sortieren. Immerhin, die plötzliche Ruhe nach der Fahrt mit dem Sportwagen tat gut. Und hatte sie in Lüdgens Haus an der Ostsee noch unter der Sommerhitze geächzt, spürte sie jetzt, wie ihr eine frische, von der nahen Nordsee kommende Brise sanft durch die verschwitzten Haare strich.

Zwei Kolleginnen aus Husum kamen ihr aus dem mit einem Flatterband abgesperrten Bereich entgegen. Ihre Freundin Steffi, Polizeikommissarin und Hundeführerin, und eine weitere uniformierte Kollegin, die Pat nur mal kurz gesehen hatte. Sie meinte sich zu erinnern, dass sie Dörte hieß.

Steffi begrüßte sie als Erste. »Hallo, Pat, was für ein dramatischer Auftritt!«, sagte sie leise und wies mit dem Kopf frech grinsend zu Bo, der jetzt ebenfalls ausstieg und zu ihnen kam. »Hast du Theo endlich gegen ein jüngeres Modell ausgetauscht?«

Pat zeigte ihr ein gequältes Lächeln. Sie berichtete

ihren Kolleginnen von Theos Hexenschuss und stellte ihnen dann Bo vor.

»Tolles Auto. Ein TVR?«, fragte Dörte.

Bo sah sie überrascht an. »Du kennst dich aus?«

Die blonde Beamtin nickte. »Mein Freund hatte auch mal einen. Mein Exfreund«, ergänzte sie grinsend.

Bo nickte nur. Er zeigte zu einem auf dem Parkplatz stehenden Volvo. »Ist das Lüdgens Wagen?«

Er wartete ihre Antwort gar nicht ab und ging, ohne zu zögern, auf den von der Spurensicherung abgesperrten Bereich zu. Pat folgte ihm zusammen mit Dörte und Steffi. Gelegenheit für ihre blonde Kollegin, ihr einen verschwörerischen Blick zuzuwerfen.

Beim Wagen angekommen, konnte Pat die blutig verschmierten Stellen an der mächtigen vorderen Stoßstange des Volvos erkennen.

»Erzähl uns noch mal, was genau passiert ist«, wandte sie sich an Steffi.

»Euer Mann stand in einem Stau auf der B 202 und scheint auf einmal die Nerven verloren zu haben. Er gab Vollgas und sauste an den anderen vorbei Richtung Friedrichstadt. Drei Kilometer vor dem Ort raste er in eine kleine Gruppe, die ihre Wagen verlassen hatte, um zu sehen, was der Grund des Staus war. Er erwischte zwei Personen, verletzte beide schwer.«

»Mittlerweile haben wir erfahren, dass einer von ihnen, der Vater von zwei kleinen Kindern, seinen Verletzungen erlegen ist«, ergänzte Dörte.

Steffi nickte, musste schlucken, bevor sie weitersprach. »Trotzdem fuhr der Volvo, ohne die Geschwindigkeit zu reduzieren, weiter, bis hierhin, wo wir den Wagen schließlich gefunden haben.«

Pat tauschte einen betroffenen Blick mit Bo. »Und Lüdgen?«, fragte er.

Dörte schüttelte den Kopf. »War nicht mehr da.«

»Keine Ahnung, wohin …?«

»Doch«, unterbrach ihn Steffi, »ein bisschen was wissen wir schon. Kommt mit.«

Sie führte sie zu ihrem STW und holte ein Notebook heraus. »Wir haben uns die Aufnahme der Überwachungskamera vom Bahnsteig angeschaut.«

»Sag bloß, er ist mit dem Zug abgehauen?«, fragte Pat.

Steffi schüttelte den Kopf. »Sieh selbst.«

Sie sahen eine Aufnahme des Bahnsteigs, auf dem einige Fahrgäste auf die nächste Bahn warteten.

Bo griff in seine Jackentasche und holte zu Pats Überraschung eine Brille hervor, um besser sehen zu können. Ein erstes Zeichen dafür, dass die vergangenen Jahre auch an ihm nicht spurlos vorübergegangen waren.

»Steht er da irgendwo?«, fragte er.

»Nein.« Steffi vergrößerte den Ausschnitt, damit sie den Hintergrund besser erkennen konnten. Und tatsächlich: Da erschien auf einmal Lüdgen. Pat erkannte sofort seinen etwas gebückten Gang und seinen dunklen und für die Sommertemperaturen bestimmt viel zu warmen Hoodie wieder, den sie bereits auf den Aufnahmen in Dagebüll gesehen hatte. Für einen kurzen Augenblick schaute er sogar direkt in die Kamera. Kein Zweifel: Es war Lüdgen. Und er ging nicht auf den Bahnsteig, sondern lief mit einem Rucksack auf der

Schulter vom Parkplatz kommend auf die andere Seite der Gleise und verschwand dann aus dem Bildausschnitt.

Pat schaute sich um, versuchte, das Gesehene örtlich einzuordnen.

»Er ist …«

»… Richtung Stadt gelaufen«, half Steffi und zeigte zu einem Pfad, der am vor Friedrichstadt gelegenen Bahnhof und Parkplatz vorbei durch eine Grünanlage hinüber zu einer Brücke in die Altstadt führte.

Pat seufzte. »Er könnte überall sein. In einem Hotel oder einer Pension. Vielleicht hat er sich aber auch in ein Taxi oder einen Bus gesetzt und ist längst weitergefahren. Wohin auch immer«, ergänzte sie niedergeschlagen.

Bo nickte. »Vielleicht kommt er aber auch zurück und nimmt doch noch die Bahn.«

»In dem Fall hätten wir ihn«, sagte Steffi. »Ein Kollege in Zivil sitzt am Bahnsteig. Falls er sich doch noch entscheidet, mit dem Zug abzuhauen.«

Bo lächelte. »Gute Arbeit. Ich bin beeindruckt.«

»Danke«, sagte Dörte und streckte den Rücken. »War meine Idee.«

»Sehr schön«, erwiderte Bo, »aber wir werden noch viele gute Ideen brauchen, um diesen Mistkerl zu schnappen. Oder um herauszufinden, wo er hinwill.« Ein Klingelton aus seiner Tasche erklang. Bo zog sein Handy heraus und sah überrascht auf das Display.

»Einen Moment«, sagte er zu Pat, »da muss ich unbedingt ran.« Dann ging er ein paar Schritte zur Seite, um in Ruhe zu sprechen.

»Hast du ein Glück«, flüsterte Dörte und gab ihr einen sanften Stoß in die Seite.

»Was?«, erwiderte Pat, sah aber nur besorgt zu ihrem Partner. Mit wem telefonierte Bo bloß, dass er auf einmal so aufgeregt schaute?

»Der Typ ist so scharf! Gegen den ist Theo nur ein alter Opa!«

Steffi verdrehte die Augen. »Dörte«, zischte sie. »Jetzt beruhig dich mal.« Sie verstummte. Bo legte schon wieder auf und trat zu ihnen.

»Die Spurensicherung in Stohl«, sagte er mit besorgter Miene zu Pat. »Sie haben in Lüdgens Garten eine Leiche gefunden.«

## 24

»Theo, du benimmst dich wie ein kleines Kind!«

»Kannst du dir vorstellen, wie weh das tut?«

Marianne betrachtete ihn von oben herab mit einem mitfühlenden Lächeln und schüttelte vorwurfsvoll den Kopf. »Nein, nicht wirklich. Aber der Arzt hat gesagt, dass du dich unbedingt bewegen sollst.«

»Aber wenn es doch nicht geht!«

»Nur ein bisschen. Versuch bewusst, gegen den Schmerz zu arbeiten.«

Krumme stöhnte. »Das hat dieser dänische Blödmann auch gesagt.«

»Dann kann er gar nicht so blöd sein«, erwiderte Marianne und half ihm, sich auf dem Sofa in die Position zu legen, die Doktor Jost Heinze Krumme empfohlen hatte. Er war ein Bekannter von Marianne und hatte seine Orthopädie-Praxis in einem exklusiven Stadthaus in der Theodor-Storm-Straße neben dem Husumer Schlosspark. Er sah blendend aus, hatte dunkles, volles Haar und eine tiefe nach Leonard Cohen klingende Stimme. Als Krumme mit dem Auto von der Ostsee in Husum angekommen war, hatte er bereits gemütlich mit Marianne im Wohnzimmer bei Kaffee und einem Stück ihres selbst gebackenen Apfelkuchens gewartet. Für seinen Geschmack verstanden sich die beiden viel zu gut miteinander.

Gemeinsam mit dem jungen Kollegen aus Eckernförde hatte der Doktor ihn nach oben in die Wohnung gebracht. Auch Marianne hatte mit anpacken müssen. Nie hatte Krumme sich so jämmerlich gefühlt. Die drei hatten ihn praktisch die Treppe hinaufgetragen.

Zuerst hatte Krumme versucht, allein zu gehen. Aber sein Heldentum war schon bei der ersten Treppenstufe gescheitert, als der Schmerz plötzlich wie ein glühender Pfeil in seinen Rücken gefahren war.

Doktor Heinze gab ihm genaue Anweisungen und zum Glück auch ein Schmerzmittel. Erst nach einer Stunde konnte Krumme ihn endlich überzeugen, dass er ab jetzt allein klarkam.

Marianne tat alles, um es ihm so bequem wie möglich zu machen. Sie hatte Kissen geholt und damit ein gemütliches Lager auf dem Sofa im Wohnzimmer gebaut. Nun wollte sie ihm bei einigen der Übungen helfen, die ihnen Doktor Heinze empfohlen hatte.

Doch für heute hatte Krumme genug. »Finger weg, bitte! Ich kann nicht mehr«, stöhnte er, als er erneut ihre Hand an seinem Rücken spürte.

»Das bin ich doch gar nicht«, sagte Marianne.

Krumme drehte sich überrascht um – was einen erneuten Schmerz in seinem Rücken auslöste – und sah Sonny. Besorgt um sein leidendes Herrchen versuchte der Hund, ihn mit Nasenstupsern wieder auf die Beine zu bringen.

»Nein, Sonny, nicht. Geh weg, aus«, ächzte Krumme. Aber erst Marianne gelang es, den großen Hund mit sanftem Druck zur Seite zu schieben. Ein kurzes Wort reichte, und schon verzog er sich in seine Ecke auf ein riesiges Kuschelkissen.

Marianne strich Sonny lächelnd über den Kopf. »Süß, oder? Er möchte dir auch helfen.«

»Ich will aber keine Hilfe. Lasst mich einfach in Ruhe«, stöhnte Krumme, der gerade meinte, eine Position gefunden zu haben, in der seine Schmerzen auszuhalten waren.

»Ist ja gut«, erwiderte Marianne. »Ich denke, bald wird auch die Medizin helfen, die Jost dir gegeben hat.«

»Wir werden sehen, ob …«

In dem Augenblick war das Klingeln seines Handys zu hören. Marianne schaute sich um und fand es im Flur. Sie blickte auf das Display.

»Es ist Pat.«

Krumme schnellte ruckartig hoch – und erstarrte sofort laut ächzend, von einem so brutalen Stich erfasst, als würde ein Raubtier seine langen Zähne in seine Leiste schlagen!

Marianne entschied sich, das Gespräch selbst anzunehmen.

»Hallo, meine liebe Pat«, rief sie und ignorierte Krummes zitternde, nach dem Handy ausgestreckte Hand. »Ja, Theo ist zu Hause angekommen. … Ja, gerade geht es ihm nicht so gut. Er muss sich noch ein bisschen ausruhen. Was gibt's denn?«

Sie lauschte, was Pat zu berichten hatte, murmelte »O mein Gott« und drehte ihm den Rücken zu.

Krumme starrte Marianne fassungslos an.

»Wie schrecklich«, hörte er sie sagen.

»Lautsprecher …«, krächzte er, und selbst das eine Wort ließ ihn schon wieder vor Schmerzen zusammenzucken.

Marianne drehte sich erschrocken um. »Oh, klar natürlich«, sagte sie und schaltete das Handy auf laut. »Pat, Theo kann dich jetzt auch hören.«

»Oh, hallo, du Armer, wie geht es dir denn?«

»Gut, sehr gut«, schnaufte er, während der Schweiß ihm übers Gesicht lief. »Morgen bin ich wieder im Büro.«

»Ach ja?«

Marianne sah ihn überrascht an und schüttelte stumm den Kopf.

»Was gibt's Neues? Habt ihr …« Erneut wurde sein Rücken von einem brennenden Rucken gepeinigt. Verzweifelt schloss er die Augen und stöhnte.

»Theo …?«, hörte er Pats besorgte Stimme aus der Ferne, aber dieses Mal konnte er ihr nicht antworten.

»Ich glaube, wir machen erst mal Schluss, Pat«, erklärte Marianne.

»Okay, ich habe dir ja alles erzählt.«

Marianne nickte. »Ich werde ihm berichten.« Damit beendete sie das Gespräch, schnappte sich einen Hocker und setzte sich neben Krumme. Er stöhnte leise, wollte sich keinen Millimeter rühren und konnte ihr in dieser verrenkten Stellung nur den Rücken zeigen.

»Du willst morgen wieder ins Büro? Niemals«, sagte sie.

»Jetzt sag schon. Was hat sie dir erzählt?«, flüsterte er, um nicht einen neuen Schmerzanfall auslösen.

Marianne berichtete, dass sie nur Lüdgens Wagen mit den Spuren seiner Opfer gefunden hatten. Dass er flüchtig war und sie ihn irgendwo in Friedrichstadt vermuteten.

»Und dann hat mir Pat noch was von dem Garten an der Ostsee erzählt«, fuhr Marianne fort. »Weißt du, was sie dort unter ein paar Hortensienbüschen gefunden haben? Pat sagt, ganz in der Nähe der Stelle, wo du deinen Hexenschuss hattest.«

Sie machte eine dramatische Pause. Krumme war gerade nicht in Stimmung für Spielchen. »Ja, was? Sag schon!«

»Die Leiche einer Frau.«

»Was?!«, rief Krumme überrascht aus, wollte sich ruckartig umdrehen und wurde sofort dafür bestraft. Verzweifelt drehte er sich wieder zurück, sank den Tränen nahe auf sein Kissen.

Marianne legte ihm vorsichtig die Hand auf die Schulter.

»Ganz ruhig, Theo. Ich kann dir auch später noch alles erzählen, wenn es dich zu sehr aufregt.«

»Nein, nein, bitte sprich weiter! Was ist mit der Leiche? Konnte sie schon identifiziert werden?«

»Pat sagt nein. Sie scheint dort aber schon seit vielen Jahren zu liegen.«

Krumme überlegte. Also handelte es sich nicht um die tote Clara Gerland. Aber um wen dann? Für welche dunklen Geschichten war dieser unheimliche Kerl noch verantwortlich? Oder hatte sein Vater etwas damit zu tun?

Für einen Moment vergaß Krumme seinen kranken Rücken und fragte sich, was jetzt wohl gerade in Friedrichstadt passierte.

Wieso war Lüdgen ausgerechnet dorthin gefahren?

Hatte es etwas mit seiner Arbeit zu tun?

Oder war er nach den Ereignissen in Dagebüll auf der Flucht und wollte sich dort verstecken?

Und was trieb Pat zusammen mit diesem Bo in dem kleinen nordfriesischen Städtchen? Krumme überlegte fieberhaft, was er selbst dort machen würde, um Lüdgen zu finden. Wahrscheinlich eine Suchmannschaft organisieren, um dann von Haus zu Haus zu gehen und …

»Theo?«

Krumme merkte, dass er sich so in seinen Gedanken verloren hatte, dass er Marianne komplett ausgeblendet hatte.

»Was?«, fragte er.

»Hast du mir nicht zugehört? Ich habe dich gefragt, ob du Hunger hast. Soll ich uns etwas zu essen machen?«

»Essen? Ich weiß nicht …«

»Ich habe noch einen Krug Gazpacho im Kühlschrank. Das wäre vielleicht das Beste bei der Hitze. Mal gucken, vielleicht finde ich auch noch ein bisschen Matjessalat aus deinem Lieblingsladen am Hafen.«

»In Ordnung, danke.«

Er spürte, wie ihm Marianne einen zärtlichen Kuss auf den Nacken gab, und hörte dann, wie sie Richtung Küche lief.

Sofort musste er wieder an den Fall denken. Und

daran, dass die Ermittlungen nun ohne ihn stattfanden. Auf einmal fühlte er sich alt und wertlos. Ein Hexenschuss! Nur weil er sich in diesem verfluchten Garten vertreten hatte! Ein einziger falscher Schritt hatte ausgereicht, um ihn komplett außer Gefecht zu setzen! Wie konnte das nur sein? Er dachte an die Kollegen bei der Kripo. Friedrichs und sein dämlicher Kumpel, der dicke Ludwig, lachten sich bestimmt schlapp, wenn sie von seiner Gebrechlichkeit erfuhren. Er musste unbedingt so schnell wie möglich wieder auf die Beine kommen.

Langsam schienen die Medikamente von diesem Kurpfuscher zu wirken. Er spürte eine allgemeine Müdigkeit und ein Nachlassen der Verspannung in seinem Rücken. Doch als er versuchte, sich ein bisschen aus der verdrehten Haltung zu lösen, in der er auf dem Sofa lag, machte sich sein Hexenschuss sofort wieder bemerkbar.

Also lieber nicht bewegen.

Aber was war das? Auf einmal spürte er einen allgemeinen Druck hinter sich auf dem Sofa. Jemand kuschelte sich vorsichtig an ihn, drückte ihn mit sanfter Gewalt in die Kissen.

War Marianne ausgerechnet jetzt nach Zweisamkeit? Wusste sie nicht, dass er gerade überhaupt nicht in Stimmung war?

Aber nein. Es war nicht seine Freundin, die es sich neben ihm auf dem Sofa bequem machte. Sondern wieder Sonny. Und dieses Mal schob der Hund ihn mit seinem mächtigen Körper einfach zur Seite, klemmte ihn zwischen sich und den Kissen ein.

Und kaum zu glauben: Auf einmal hörte er deutlich ein leises Schnarchen. Sonny war eingeschlafen!

Im ersten Moment wollte Krumme ihn wieder vom Sofa herunterschieben. Aber war es die Wirkung der Pillen oder die neue Position, mit der ihn Sonny gegen die Sofalehne drückte? Auf einmal spürte Krumme eine angenehme Wärme in seinem Rücken. Zum ersten Mal seit Stunden gelang es ihm, sich ohne Schmerzen ein paar Zentimeter zu bewegen.

Aber warum bewegen? Krumme seufzte erleichtert, schloss die Augen. Und fiel schon nach wenigen Momenten ebenfalls in einen sanften, erlösenden Schlaf.

# 25

»Aber wir sind heute Abend doch bei Marie und Sören zum Grillen eingeladen!« Pat konnte Mikes Enttäuschung deutlich heraushören.

»Tut mir leid, das werde ich nicht schaffen. Wir organisieren hier gerade die Großfahndung nach einem mutmaßlichen Mörder.«

»Die ganze Nacht?«

»Was denkst du denn? Das ist ein absoluter Psycho. Der hat heute Nachmittag zwei Männer über den Haufen gefahren. Einer davon ist gerade gestorben.«

»Ja, ja, schon klar.« Pat hörte, wie ihr Freund auf der anderen Seite Geschirr aus der Spülmaschine zurück in den Küchenschrank sortierte. »Schade«, brummte er. »Ich habe vorhin mit Sören gesprochen. Der hat sogar schon einen Film für nach dem Essen organisiert und …«

»Sorry, Mike«, unterbrach Pat ihren Freund. Bo kam von einem Gespräch zurück in das Hotelfoyer, in dem sie auf ihn wartete. »Lass uns später noch mal telefonieren. Dann sehen wir, wie die Lage ist.«

»Okay, okay, abgemacht. Bis dann. Pass auf, dass dir nichts passiert. Und grüß Theo von mir.«

Pat stutzte. »Theo?«

»Er soll aufpassen, dass du nicht von fremden Männern mitgeschnackt wirst.«

»Ich … sage ihm Bescheid«, erwiderte Pat vorsichtig und beendete das Gespräch.

Was war sie doch für ein mieser Mensch! Ihr Freund erkundigte sich freundlich, wie es ihr ging, wollte mit ihr gemeinsame Freunde besuchen. Und sie hatte ihn frech angelogen!

Wieso hatte sie ihm nicht die Wahrheit gesagt, ihm verraten, dass Theo mit Hexenschuss in Husum lag? Dass sie hier stattdessen mit einem anderen, sehr attraktiven Kollegen an dem Fall arbeiten musste?

Vielleicht, weil sie das viel lieber tat, als den Abend mit Mikes langweiligen Kollegen von der Rettungswache zu verbringen.

»Und?«, fragte Bo, als er sich zu ihr an den Tisch setzte. »Alles geregelt mit deinem Freund?«

Pat nickte verlegen.

»Gibt's ein Problem?«, fragte Bo. Pat fiel auf, dass sie ihn einen längeren Moment beobachtet hatte.

Sie wurde rot. »Alles gut, war nur in Gedanken.«

Verdammt, sie benahm sich wie ein Groupie, das musste unbedingt aufhören.

»Was sagen die Kollegen?«, erkundigte sie sich. »Irgendwelche Spuren von Lüdgen?«

Bo goss sich aus einem Krug ein Glas Wasser ein. »Nein, keine Spur. Obwohl die beiden Wachtmeister aus Friedrichstadt durch die Straßen patrouillieren und die Bushaltestationen kontrollieren. Und deine Freundinnen aus Husum sich durch die Geschäfte und Hotels fragen.«

»Vergiss nicht den Hubschrauber, der die Umgebung absucht.«

Bo trank das Glas in einem Schluck aus und schüttelte den Kopf. »Wir jagen ein Phantom. Niemand hat Lüdgen gesehen. Wer weiß, ob er überhaupt noch in der Stadt ist.«

»Er hat kein Auto mehr. Und die Bushaltestellen und der Bahnhof werden überwacht.«

»Trotzdem. Wenn er sich wirklich noch hier aufhalten sollte, müsste ihn doch jemand gesehen haben. So groß ist der Ort ja nun wirklich nicht.«

Sie beschlossen, die Kollegen bei ihrer Arbeit zu unterstützen und sich mit dem Foto, das sie in Lüdgens Haus gefunden hatten, ebenfalls in der Stadt umzuschauen. In Absprache mit Steffi und Dörte klapperten sie verschiedene Restaurants, Hotels und Pensionen ab. Aber niemand meinte, Lüdgen gesehen zu haben. Nur einmal glaubte ein Portier, dass er bei ihm ein Zimmer gemietet hatte. Doch als sie dann an die betreffende Tür klopften, stellte sich heraus, dass die einzige Gemeinsamkeit des Gastes mit Lüdgen ein dunkler Hoodie war.

Es dauerte nicht lange, und sie hatten praktisch schon an der Hälfte aller Haustüren geklingelt. Denn Friedrichstadt war offiziell zwar eine Stadt, hatte jedoch nicht einmal dreitausend Einwohner, weniger als die meisten Dörfer. Dafür war das im 16. Jahrhundert gegründete Städtchen, malerisch gelegen zwischen den Flüssen Treene und der in die Nordsee mündenden Eider, einer der schönsten Orte Schleswig-Holsteins mit seinen

Backsteinhäusern im holländischen Stil und den vielen Grachten, die sich durch die Stadt schlängeln.

Die Straßenlaternen schalteten sich schon an, als sie später in das Foyer des Hotels am Friedrichstädter Markt zurückkehrten. Steffi und Dörte warteten dort auf sie.

»Und? Habt ihr was gefunden?«, fragte Pat die beiden.

Steffi schüttelte den Kopf. »Nichts. Keine Spur von dem Kerl.«

»Unser Kollege am Bahnhof dachte, Lüdgen wäre wieder am Bahnsteig aufgetaucht«, berichtete Dörte. »Er war's aber nicht. Trotzdem gab es ein kleines Gerangel. Der Mann dachte erst, unser Kollege würde ihn überfallen.« Sie grinste.

Steffi stöhnte. »Es wäre einfacher, wenn wir mehr über diesen Mann wüssten. Hat er irgendwelche Marotten? Tattoos? Und überhaupt: Was will er hier in Friedrichstadt?«

Pat, die wieder vor ihrem Notebook saß, in dem sie alle ihre Notizen sammelte, seufzte. »Genau das ist ja das Problem. Wir wissen nur sehr wenig über ihn. Nicht, warum er nach Dagebüll zu Lasse Harms gefahren ist. Und auch nicht, wo genau er jetzt hinwill. Es gibt auch keinen Hinweis darauf, dass Friedrichstadt sein eigentliches Ziel war.«

Bo nickte. »Aber der Zwischenfall auf der Straße zeigt, dass er unter großem Druck steht. Was ihn zusammen mit seiner Erkrankung natürlich besonders unberechenbar macht.«

»Und gefährlich«, ergänzte Pat.

Steffi stand seufzend auf. »Komm, Dörte, wir haben noch ein paar Straßen.«

Ihre Kollegin blickte zu Bo. »Wie wär's, wenn wir mal die Partner tauschen? Ein bisschen Abwechslung.«

Bo schüttelte den Kopf. »Nein, wir machen so weiter wie bisher. Ihr beiden seid ein eingespieltes Team. Wie ihr die ersten Schritte nach Lüdgens Attacke auf der Landstraße eingeleitet habt, war gute Arbeit. Pat und ich bleiben hier und gehen noch mal die Fakten durch, die wir bisher haben. Vielleicht finden wir einen neuen Ansatz.«

Die beiden Kolleginnen machten sich auf den Weg. Pat betrachtete Bo, der aufstand, sich müde streckte und hinaus in den rotglühenden Abendhimmel starrte.

»Ist was?«, fragte er, als er ihren Blick bemerkte.

»Nichts. Ich hatte nur den Eindruck, dass Dörte gerne auch bei dir erste Schritte eingeleitet hätte.« Pat lächelte.

Bo sah sie nur völlig verständnislos an und schwieg. Pat war verwirrt. Hatte er es satt, dass ihm alle Frauen hinterherrannten? Oder hatte er das Interesse der Kollegin an ihm gar nicht bemerkt?

Tatsächlich schien er mit seinen Gedanken komplett woanders, wodurch die Stimmung seltsam angespannt war. Wäre Mike hier gewesen, hätte er Pat mit irgendwelchen schrägen Anekdoten über seine Arbeit als Rettungssanitäter zum Lachen gebracht. Bo dagegen hatte schon bei ihrer Suche in der Stadt kaum etwas gesagt und starrte auch jetzt mit ernster Miene in die Nacht.

»Ich muss mir noch ein Zimmer hier im Hotel mieten«, sagte er auf einmal, ohne sich umzudrehen.

»Hier? In Friedrichstadt? Wir können auch nach Husum fahren.«

»Nein, solange wir Lüdgen in der Nähe vermuten, bleibe ich auch hier. Du kannst natürlich zurück nach Hause.«

Pat verzog das Gesicht. Wie lange sollte das hier heute denn noch gehen? Und wie konnte sie nach Hause fahren, wenn Bo hierblieb? Schließlich waren sie doch jetzt ein Team.

Bo blickte immer noch aus dem Fenster.

»Was ist eigentlich los mit dir?«, fragte sie.

Bo schaute sie erstaunt an. »Was soll denn sein?«

»Sag du's mir. Du bist so … komisch.«

»Komisch?«

»Na ja, du redest kaum und starrst nur traurig vor dich hin.«

Bo sah sie völlig verständnislos an. »Tue ich das?«

Sie nickte.

Bo überlegte einen Moment und atmete dann tief durch. »Du hast recht. Entschuldigung. Ich bin in Gedanken wirklich woanders.« Er ließ sich mit einem Seufzer wieder in den Sessel sinken. »Ich muss ständig an Clara denken. Ich fühle mich so … schuldig.«

»Wieso denn das?«

»Sie hat mich vor einem halben Jahr angerufen. War verzweifelt und wollte meine Hilfe. Und ich habe nicht reagiert, es noch nicht einmal bemerkt.«

»Weil sie eben auch nicht wirklich gefragt hat.«

Bo starrte sie verwirrt an.

»Das hast du selbst gesagt.«

Er überlegte. »Ich versuche, mich immer wieder daran zu erinnern, wie genau ihre Worte gelautet haben. Ich denke, sie war schon deutlich. Aber ich habe nicht richtig zugehört.«

»Weil du beschäftigt warst. Mit einem deiner supergeheimen Jobs.«

Sie grinste, hatte einen Witz machen wollen. Aber Bo blieb ernst. Weil er keinen Humor hatte? Oder weil es sogar die Wahrheit war? Pat hatte keine Ahnung.

»Ich kann mich kaum noch an Clara erinnern. Obwohl wir in der Grundschule immer zusammen gespielt haben«, sagte er auf einmal.

»Wie süß.«

»Später habe ich sie komplett vergessen. Aber umgekehrt soll sie wohl auch Jahre danach noch von mir gesprochen haben. Habe ich gehört.«

Pat beugte sich vor. Jetzt wurde es interessant. »Wie? Das hast du *gehört*?«

»Ein Freund hat mir das erzählt.«

»Ein Freund?«, echote Pat.

»Ja, Piet. Er war später kurz mit ihr zusammen.«

»Hast du ihn mal angerufen und gefragt, ob er weiß, wo sie ist?«

»Ja, klar. Er wollte sich umhören. Ich warte schon die ganze Zeit auf seinen Rückruf.«

Pat nickte nur. Wieso sagte er ihr all das erst jetzt? »Erzähl doch mal ein bisschen was über Clara.«

Er sah sie verwirrt an. »Warum …?«

»Na ja, sie scheint nicht nur dir, sondern auch Lüdgen sehr wichtig zu sein. Wenn wir wissen, was für Interessen sie hat, könnte das auch was über ihn verraten.«

Bo überlegte, zuckte dann mit den Schultern. »Meine Güte, das ist so lange her, wir waren Kinder. Ich weiß nicht.«

»An irgendetwas wirst du dich doch erinnern.«

»So richtige gemeinsame Themen hatten wir damals nicht. Ich habe mich für Fußball und überhaupt für Sport interessiert. Sie vor allem für Tiere. Pferde natürlich, aber auch für Hunde und Katzen. Und Musik, sie hat in einem Kinderchor gesungen, hatte eine wunderschöne Stimme.«

Pat lächelte. »So eine Freundin hätte ich gerne gehabt.«

Bo blickte in ihre Richtung, aber auch an ihr vorbei, als ob er sie gar nicht gehört hätte. Dann schaute er auf seine Hände. »Aber du bist doch ein ganz anderer Typ.«

»Was für ein Typ bin ich denn?«

»Eine junge Frau, die ihren Weg gegen alle Widerstände gefunden hat. Eine Kripobeamtin, die gelernt hat, sich in einer Männerwelt durchzusetzen.«

»Ach ja?«

»Ich kann mich noch genau an dich erinnern. In der Polizeischule warst du ein großes, schüchternes Mädchen. Und schau dich jetzt an! Was du zusammen mit Theo erreicht hast! Was für spektakuläre Fälle ihr gelöst habt.«

Pat schwieg. Bos Analyse war gut gemeint, aber irgendwie gefiel sie ihr trotzdem nicht. Auf einmal verspürte sie eine große Sehnsucht nach Mike.

»Okay«, sagte sie. »Bleiben wir bei Clara. Ich kapiere, dass du dir Sorgen um sie machst. Aber zum Glück scheint ja alles gar nicht so schlimm zu sein. Die Leiche, die sie auf Lüdgens Grundstück gefunden haben, ist sie schon mal nicht. Wenn ich richtig verstanden habe, muss die Tote bereits vor langer Zeit gestorben sein.«

Bo stieß einen tiefen Seufzer aus. »Das heißt nicht, dass Clara nichts zugestoßen ist. Die Kollegen haben gerade angefangen, den Garten abzusuchen. Wer weiß, wen oder was sie noch finden.«

Pat nickte. »Dieser Lüdgen scheint wirklich total irre zu sein.«

»Ganz genau«, stimmte er ihr zu. »Und wir haben keine Ahnung, wo er steckt und was genau er vorhat. Also zurück an die Arbeit.« Er sah, dass sie wieder auf ihr Handy schaute. »Oder möchtest du noch mal mit deinem Freund telefonieren, bevor wir weitermachen?«

Pat wurde rot. Tatsächlich hatte sie gerade überlegt, sich erneut bei Mike zu melden.

»Was ist mit dir?«, fragte sie.

»Was meinst du?«

»Musst du dich nicht auch bei irgendjemanden abmelden? Sagen, dass du später kommst?«

Bo sah sie verwirrt an, bevor er verstand, was sie wollte. »Du willst wissen, ob ich mit jemandem zusammen bin?«

Sie grinste. »Wo wir doch so viel über mich geredet haben.«

»Tschuldigung, ich wollte dich nicht so bedrängen.«

»Nein, nein, schon gut.«

Er verdrehte die Augen, grinste. »Ist so eine Macke von mir. Ich bin irgendwie immer im Dienst und nerve auch meine Freunde mit meinen ständigen Fragen. Eine Ex hat deshalb sogar mal Schluss gemacht.«

Pat horchte auf. »Eine Ex? Wie sieht's denn mit deinem aktuellen Beziehungsstatus aus?«

Dieses Mal erwiderte er ihr Lächeln, schwieg aber und überlegte einen Moment.

»Ist kompliziert«, sagte er dann.

»Macht nichts, wir haben Zeit.«

Er nickte – genau in dem Moment, als sein Handy klingelte. Bo schaute auf das Display und erstarrte. »Einen Moment.« Er stand auf, nahm das Gespräch an und trat ein paar Schritte zur Seite.

Pat atmete aus. So ein Mist, gerade als es spannend wurde, kam das bescheuerte Telefon dazwischen. Sie beobachtete, wie er sich am Handy unterhielt. Zum ersten Mal nach langer Zeit strahlte er aus tiefstem Herzen. Mit wem sprach er wohl? Mit seiner Freundin? Oder einem Freund? Oder *seinem* Freund? Nach den Erfahrungen des heutigen Tages wollte Pat nichts ausschließen.

Endlich beendete er das Gespräch und kam zurück zu ihr.

»Und? Alles geregelt mit deiner Freundin?«, versuchte Pat, ihn aus der Reserve zu locken.

Aber Bo ging gar nicht darauf ein. »Das war Piet, mein Kumpel aus Flensburg.«

»Der Ex von Clara«, erinnerte sich Pat.

Bo nickte. »Er hat sich bei ihren Freunden noch mal

genauer umgehört. Wie's aussieht, muss ich mir um sie doch keine Sorgen machen.«

»Nein? Wo ist sie?«

Bo lächelte. »In Sicherheit. Weit weg von hier in Australien.«

# 26

»Wach auf!«

Joris hörte wieder die wütend-verächtliche Stimme. Er öffnete die Augen, blickte nach oben, blinzelte in die Sonne, sah gegen das grelle Licht nur den Schatten.

Jetzt erkannte er ihn. Sein Vater, natürlich. Er stand direkt neben ihm und sah voller Verachtung zu ihm herab. Seine wie Kohle glühenden Augen und den Gestank der Zigaretten, der sich in seine Kleidung gefressen hatte, würde er nie vergessen.

Joris schüttelte den Kopf. »Verschwinde. Du bist nicht real, nur ein hässlicher Traum. Ich lass mir von dir nichts mehr sagen.« Er drehte sich zur Seite, wandte ihm den Rücken zu.

Doch sein Vater versetzte ihm wütend einen Tritt in die Seite. »Wach endlich auf, du Idiot!«, brüllte er. »Wach auf, sonst wirst du sterben!«

Seine tiefe Stimme klang wie das Brüllen eines Raubtiers. Mit einem erschrockenen Stöhnen richtete Joris sich ruckartig auf.

Offenbar hatte er tatsächlich geschlafen. Immer noch benommen schaute er sich um, brauchte einen langen Moment, um zu verstehen, wo er sich befand und was geschehen war. Und dass sein Vater recht hatte.

Er lag am Rande eines Feldes im hohen Gras. Ein neuer Tag. Einzelne Strahlen der schon hochstehenden Sonne fielen durch die Blätter einer großen Eiche auf sein Gesicht.

Verzweifelt versuchte er, sich zu erinnern. Nur Bilder, verzerrt von Panik und Angst. Die quälende Erinnerung an das Geräusch, als er mit dem Volvo die beiden Männer erfasste. Niemals würde er das hässliche Knacken vergessen.

Seine Flucht nur mit seinem Rucksack auf der Schulter, weg von dem mit Blut verschmierten Wagen, von dem einsamen Bahnhof hinein in die Stadt. Die kleinen, enger werdenden Gassen. Die Polizeisirenen, zunächst in der Ferne, dann immer näher. So schnell es ging, verließ er die Stadt, blieb nicht auf den Straßen, rannte einfach auf die Felder.

Richtung Tönning und Nordsee.

Richtung Clara.

Das Dröhnen eines Hubschraubers im Tiefflug. Sie suchten ihn, natürlich taten sie das. In seiner Not hatte er sich im Gestrüpp eines Knicks versteckt, sich Hände und Arme in den Dornen eines Brombeerstrauches aufgerissen.

Der Stress, die erneute Schmerzattacke, die seinen Kopf fast auseinandergerissen hatte.

Dann wusste er nichts mehr.

Nun war das Dröhnen wieder da. Aber dieses Mal handelte es sich nicht um einen Hubschrauber. Und auch nicht um den Sturm in seinem Kopf.

Ein Bauer mit einer Mähmaschine zog langsam seine

Bahnen über das Feld. Nicht mehr lange und er würde auch ihn in seinem Versteck im hohen Gras erreichen.

Hastig griff Joris nach dem Rucksack. Stopfte den Kapuzenpullover, den er in der Nacht als Kissen benutzt hatte, hinein.

Der Trecker mit der Mähmaschine näherte sich – und hielt plötzlich ein paar Meter vor ihm an. Der Fahrer hatte den Sonnenschutz heruntergeklappt, er konnte sein Gesicht nicht sehen. Mit einem letzten Stottern ging der Motor aus.

Joris erstarrte überrascht. Was passierte jetzt?

Reflexartig fühlte er im Rucksack nach der Pistole, zog sie aber nicht heraus. Noch nicht.

Die Tür des Treckers öffnete sich, und ein Mann erschien in der Öffnung. Ein großer, kräftiger Bursche in einer Latzhose und schweren Stiefeln. Erdbeerblonde Haare und Bart. Und blau leuchtende Augen, so klar und strahlend wie das Meer. Er schaute zu Joris, nickte ihm zu.

»Moin«, grüßte er freundlich, stieg von seinem Trecker herunter und kam zu ihm.

»Guten Morgen«, erwiderte Joris, unsicher, ob er einfach weglaufen oder den Mann erschießen sollte. Doch er hatte noch nie einen Menschen erschossen. Und der Kerl wirkte nicht wirklich bedrohlich, auch wenn er fast einen Kopf größer war als Joris. Ihm fiel es schwer, sein Alter einzuschätzen. Dreißig Jahre? Oder vierzig?

»Das stimmt«, sagte der Mann, blieb kurz vor ihm stehen und betrachtete ihn mit einem freundlichen, aber irgendwie auch verstörenden Buddhalächeln.

»Was stimmt?«, fragte er den Bauern.

»Na, es ist wirklich ein guter Morgen.«

Joris nickte. Für einen Moment schwiegen beide.

»Viel zu tun heute, was?«, fragte Joris, um die Stille zu beenden.

»Joah …« Der Riese nickte langsam, die Hände tief in den Taschen seiner Hose vergraben, und ließ den Blick über das große Feld schweifen, wirkte dabei auf eine verwirrende Weise eins mit sich und der Welt um ihn herum.

»Gehört das alles Ihnen?«, fragte Joris.

»Was?«

»Na ja, das Feld hier?«

»Ne«, erwiderte der Riese und schüttelte lachend den Kopf. »Das gehört doch Bauer Harmsen. Ich helfe ihm nur beim Heumachen.«

»Aha«, machte Joris.

Wieder Schweigen.

Langsam verlor Joris die Geduld. Konnte er sich einfach verabschieden? Was, wenn auf einmal doch die Polizei auftauchte?

»Ich glaube, ich werde jetzt mal …«, fing er an. Aber der Mann ließ ihn nicht ausreden.

»Und du so?«, fragte er.

»Wie bitte?«

»Was machst du so?«, fragte der Riese und wirkte dabei neugierig wie ein kleines Kind.

»Ich …« Fieberhaft überlegte Joris, was er sagen sollte. Auf geheimnisvolle Weise hatte er das Gefühl, diesen Mann nicht anlügen zu können. »Ich bin … auf einer Wanderung.«

»Oh.« Die Miene seines neuen Freundes hellte sich auf. »Reisen ist gut.«

»Ja, schon.«

Der Mann hob den Zeigefinger. »Aber nur, wenn man ein Ziel hat.«

Joris überlegte. »Das stimmt wohl.«

»Was für ein Ziel hast du?«

Er stutzte. Sollte er ausgerechnet diesen Schwachkopf in seinen Plan einweihen? »Ich glaube nicht, dass dich das etwas angeht.«

Wenn sich der Riese von ihm beleidigt fühlte, ließ er sich nichts anmerken. Stattdessen wiegte er nur langsam den Kopf und betrachtete ihn dabei mit seinen Kristallaugen.

»Durst?«, fragte er unvermittelt.

»Wie bitte?«

»Ich habe im Trecker kaltes Wasser. Und sogar ein paar Bier«, ergänzte der Friesen-Buddha mit einem Augenzwinkern.

Joris starrte ihn mit offenem Mund an. Hau ab, vergiss den Idioten und hau ab!, rief die wütende Stimme seines Vaters. Aber als Joris schluckte, spürte er seine staubtrockene Kehle. Er nickte.

Der Traktorfahrer wies ihn mit einer Geste an, ihm zu folgen. Was Joris nach kurzem Zögern tat. Aber als ihm sein seltsamer Freund den Rücken zeigte, zog er schnell die Pistole aus dem Rucksack und steckte sie sich hinten in die Hose, versteckte sie unter seinem langen Leinenhemd. Sicher war sicher.

Aber der Riese mit den strubbeligen Haaren und Bart

gab ihm tatsächlich nur eine Flasche Wasser und holte sich selbst ein kühles Bier aus einer Kühltasche.

Joris trank einen Schluck. Noch nie hatte ihm Wasser besser geschmeckt. Mit einem seligen Seufzer leerte er fast die halbe Flasche – und bemerkte dann, dass der unbekannte Mann ihn sehr aufmerksam beobachtete.

»Was?«, fragte er und wischte sich den Mund ab.

Der Riese reichte ihm die schaufelgroße Hand. »Übrigens, ich heiße Harke.«

»Wie die Schaufel?« Joris grinste. Sein Gegenüber nicht. Er schien den Witz nicht verstanden zu haben.

Joris schlug in seine gewaltige Pranke ein. »Johann«, sagte er. Die Wahrheit. Johann war sein zweiter Vorname, den ersten brauchte dieser Freak nie erfahren. Schnell trank er auch den Rest der Flasche leer und gab sie Harke zurück.

Der stellte sie wieder in die Tasche und reichte ihm eine neue. »Hier, die wirst du auf deiner Reise noch brauchen.«

»Oh, danke.«

Harke nickte ihm freundlich zu, legte ihm dann zu seiner großen Überraschung plötzlich seine Hand auf die Schulter und sah ihn mit seinen meerblauen Augen an. »Johann, pass op! Vörsicht vör dat Füer«, sagte er dann.

»Was soll das heißen?«, fragte Joris verwirrt. Er sprach kein Plattdeutsch, versuchte, sich die Worte aber herzuleiten. »Vorsicht … vor dem … Feuer?« Er sah Harke fragend an.

Der Riese in der blauen Latzhose nickte nur, und dieses Mal lag tiefes Bedauern in seinem Blick. Er sah hinauf in den Himmel, beobachtete, wie sich in der Ferne über einem anderen Feld ein Schwarm Stare erhob.

Er lächelte. »Schön, oder?«

Dann drehte er sich mit einem Ruck um.

Joris griff reflexartig nach seiner Pistole, aber Harke stieg nur wieder zurück auf den Trecker.

»He!«, rief Joris.

Harke schaute von dem Traktor zu ihm hinunter. Auf einmal fühlte Joris sich wie ein Zwerg in einer Welt der Riesen.

»Wie komme ich von hier nach Tönning?«, fragte er.

Harke hob den Arm, schwang ihn in einem weiten Bogen herum, wohl um ihm die ungefähre Richtung zu zeigen. Dann kletterte er in die Fahrerkabine und startete den Motor. Kurz darauf setzte sich die schwere Maschine in Bewegung und fuhr langsam in einer geraden Linie weiter über das Feld.

Joris blickte Harke im Traktor hinterher, hielt die Pistole jetzt offen in der Hand.

Und fragte sich, ob das gerade wirklich passiert war oder ob er immer noch träumte.

## 27

Wasserblasen, die funkelnd wie Perlen zur Oberfläche aufstiegen. Grün strahlendes Moos, das sich in absoluter Stille in der Strömung sanft hin- und herbewegte. Seegras tanzte grazil zwischen den grauen Felsen, warf sich vor ein fast durchsichtiges Fischlein, das hier Schutz vor seinen Feinden suchte.

Ein kleiner Hai schob sich mit eleganten Schwüngen durch einen Schwarm aus glitzernden Fischleibern und verschwand in einer Spalte des Kliffs, das sich wie eine riesige Burg vom sandigen Meeresboden erhob.

Von Schwerelosigkeit umgeben richtete sich ihr Blick fasziniert auf den Eingang zu einer unergründlich erscheinenden Höhle.

Sie wusste genau, wer sich hier versteckte, wer hier in den Felsen sein Zuhause hatte. Und tatsächlich, als die Strömung den Sand wie eine unsichtbare Hand aufwirbelte, streckte ein blauer Hummer seine Schere aus dem Loch. Fast schien es, als würde er ihr einen Gruß schicken. Lächelnd hob sie die Hand und winkte zurück.

Ein Rochen schob sich plötzlich davor, schwamm mit eleganten Schwüngen zum Kliff, strich direkt über den Felsen. Dann schwebte er vorbei an der kleinen, großen Welt, die dort unten lebte, drehte sich nach oben und stieg zum Licht empor, das in einem fast göttlichen Schimmer in breiten Strahlen durch das klare Wasser fiel.

Sie holte tief Luft, blickte ebenfalls nach oben zur Wasseroberfläche, zutiefst ergriffen von so viel Schönheit und quirligem Leben.

Das Meer. Sie war früher nicht unbedingt ein gläubiger Mensch gewesen, war praktisch nie zur Kirche gegangen. Aber jetzt hatte sie die Schönheit der See entdeckt. Hier unter dem Wasser spürte sie vollkommenen Frieden. Dazu eine Freude und eine so leuchtende Liebe, wie es sie auf der grausamen Menschenwelt an der Oberfläche niemals geben würde.

Wenn es einen Gott gab, lebte er nicht über den Wolken zusammen mit seinen Engeln. Nein, dann war er hier unten zu finden, hier auf dem Grund der See zwischen den unzähligen blinkenden Fischen.

In jedem seiner Geschöpfe konnte sie sein Gesicht erkennen. Selbst in der bedrohlichen Fratze des unheimlichen Seewolfes, der sich gerade mit seinem schlangengleichen Körper aus einer anderen Felsenhöhle drängte.

Für einen Moment sah es so aus, als würde er einen friedlich vorbeischwimmenden Fisch attackieren. Doch dann drehte er sein halboffenes Maul in ihre Richtung, ihr Blick traf sich mit seinen kleinen blauen Knopfaugen. Und als würde er ihre Gedanken erraten, zog er sich langsam in sein dunkles Versteck zurück. Aber sie war nicht naiv. Sie wusste, der Seewolf würde wieder fressen, so war das hier in der Natur. Der Kreislauf des Lebens und Sterbens galt auch hier unter dem Meeresspiegel.

Was für ein Wunder diese Welt doch war. Und was für ein Glück sie hatte. Sie war gesegnet, dass sie hier unten in dieser feierlichen Stille bei ihnen sein durfte.

Plötzlich riss sie ein leises Rascheln aus ihren Gedanken.

»Tschuldigung, ich wollte dich nicht stören«, sagte der Mann, der sich neben ihr auf die Stufen setzte. Genau wie sie trug Robin die rangerartige Weste des Multimar, nur dass sie ihm viel besser stand als ihr. Sie war ihr etwas zu groß und flatterte um ihren schmalen Körper, während er damit wie eine Kopie von Indiana Jones aussah.

»Tut mir leid«, erwiderte sie verlegen. »Ich war gerade in Gedanken.«

»Ich kenne niemanden, der hier so komplett abtaucht wie du. Wie schade, dass du nicht wirklich tauchen kannst.«

Sie nickte traurig. Sie war keine besonders geübte Schwimmerin, und tauchen konnte sie schon gar nicht. Aber es gab Hoffnung: Sie und Robin würden bald einen Urlaub am Roten Meer machen, wo sie gemeinsam einen Tauchkurs belegen konnten.

»Schon in Ordnung«, sagte sie. »Ich soll hier ja eigentlich auch nicht mit den Fischen herumspielen, sondern aufpassen, dass unsere Gäste keinen Ärger machen.«

Robin strich ihr zärtlich übers Gesicht. »Ich bin sicher, in deiner Gegenwart ist jeder ganz lieb.« Er lehnte sich entspannt zurück und schaute sich um. »Abgesehen davon, dass die Atmosphäre hier vor dem Großaquarium fast so friedlich wie in einer Kirche ist.«

Sie lächelte und legte wie nebenbei ihre Hand auf sein Knie. »Nicht wahr? Das Multimar ist voller Wunder. Die vielen großen und kleinen Aquarien. Der Bereich mit den Walen. Die Schaukästen, wo die Kinder Ebbe und Flut erleben können – alles tolle Attraktionen. Aber das hier, dieser gemütliche Saal mit all seinen wundervollen Tieren, das ist mein absoluter Lieblingsort im Multimar.«

»Ach ja?« Er gab sich gekränkt. »Das darf ich meinen Ottern aber nicht verraten.«

Sie lachte. »Deine süßen Schätzchen. Die gehören für mich natürlich zur Familie. Du solltest sie unbedingt mal zu uns zum Essen einladen.«

Er grinste. »Gute Idee. Die kommen bestimmt. Aber nur, wenn du ihnen eine Fischtorte machst.«

»Bekomme ich hin.« Sie tauschten ein verliebtes Lächeln.

»Ach, hier steckt ihr! Hätte ich mir ja denken können.« Maike, eine schwarzhaarige Kollegin, ebenfalls in Multimar-Weste, stieg die Treppe im Mittelgang zu ihnen herab. »Ich habe mich schon gewundert, wo du bleibst.«

»Ist das wirklich okay, wenn ich heute früher nach Hause gehe?«, fragte sie Maike. Ihre Kollegin, eine geborene Schwedin, war die gute Seele des National-park-Zentrums und schon seit der Eröffnung 1999 dabei. Die gutmütige, etwas kräftigere Frau saß oben im Büro, hatte aber viele Jahre in der Ausstellung selbst gearbeitet und kannte jeden Fisch und jeden Krebs beim Namen.

»Aber klar. Irgendwann musst du auch mal schlafen«, antwortete sie. »Wie war denn deine Nachtführung?«

Sie dachte lächelnd zurück an den vergangenen Abend, als sie eine Gruppe von Eltern und ihre Kinder mit einer Taschenlampe durch das Multimar geführt und ihnen die Tierwelt der nächtlichen Nordsee gezeigt und erklärt hatte. Eine ihrer Lieblingsveranstaltungen. Die Andacht und Ehrfurcht vor allem der Kinder in der dunklen Ausstellung zu erleben, war für sie immer wieder eine zutiefst berührende und erfüllende Erfahrung.

»War wieder schön, sehr schön. Ein Traum«, sagte sie lächelnd und mit jetzt in der Dunkelheit des Großaquariums glänzenden Augen.

Robin streckte die Hand aus und half ihr beim Aufstehen. »Komm, Anna, ich bringe dich raus.«

»Aber nicht so lange knutschen, Robin«, ermahnte ihn Maike lächelnd. »Vergiss nicht, dass du gleich einen Termin hast. Die Leute stehen oben schon Schlange und warten darauf, dass du deine Otter fütterst.«

# 28

Endlich Tönning.

Kaum zu glauben. Trotz aller Umwege hat er es doch noch geschafft. War am Ende gar nicht so schwierig gewesen. Hatte nur länger gedauert.

Nach seinem Treffen mit diesem seltsamen Treckerfreak war er über viele Felder gewandert, vorbei an Knicks und dann an der Eider entlang auf verschiedenen Deichen Richtung Nordsee.

Quer übers Land. Was ihn zuerst ein bisschen Überwindung gekostet hatte. Eine Zeit lang hatte er das bedrohliche Rotieren eines Hubschraubers über sich gehört. Wohl wegen der Sache von gestern Nachmittag. Er hatte auch nach Drohnen der Polizei Ausschau gehalten. Aber falls die an diesem sonnigen Tag unterwegs waren, flogen sie so hoch, dass er sie nicht sehen oder hören konnte.

Doch nichts war passiert. Nach diesem Harke hatte er keinen Menschen mehr getroffen. Das sanfte Rauschen der Blätter in den Bäumen und Sträuchern war alles, was er hörte. Und das leise Knattern der Trecker und Mähdrescher, die auf den Feldern auf und ab fuhren.

Die viele frische Luft tat ihm gut. Anfangs gingen ihm noch die Ereignisse des letzten Tages durch den Kopf.

Er hatte zwei Menschen überfahren.

Aber wieso waren sie auch mitten auf der Straße herumgelaufen? Er hatte bei seiner Fahrt die Warnblinker angeschaltet. Warum hatten sie nicht besser aufgepasst?

»Hör auf, dich selbst zu belügen!«, rief die höhnische Stimme seines Vaters und brachte seinen Kopf wieder zum Dröhnen. »Du hast sie umgebracht und bist einfach weitergefahren! Ein Mörder bist du, ein feiger Mörder!«

Joris schüttelte sich. Nein, so etwas wollte er nicht hören, nicht so kurz vor dem Ziel. Schnell nahm er wieder ein paar Tabletten und spülte sie mit dem Wasser dieses Bauernburschen herunter.

Und tatsächlich, mit jedem Meter, den er sich von Friedrichstadt entfernte und sich gleichzeitig Tönning näherte, stieg die Spannung und die Zuversicht, dass er Clara bald wiedersehen würde.

Nun stand er auf dem Marktplatz. Er hatte die öffentliche Toilette neben der Stadtbücherei genutzt, um sich frisch zu machen und den Schweiß seiner Wanderung abzuwaschen. Und weil während der ganzen Zeit kein anderer Gast in die Toilette gekommen war, auch noch den Bart abrasiert. Zufrieden hatte er sich im Spiegel betrachtet und einen ganz anderen Mann gesehen. Wenn die Polizei ihn hier suchen sollte, hatte sie es auf jeden Fall schwerer, ihn wiederzuerkennen.

Gegenüber der Bücherei entdeckte er einen Blumenladen und beobachtete, wie eine Kundin mit einem wahren Kunstwerk von einem Strauß herauskam. Sollte er Clara ein paar schöne Rosen kaufen? Wenn sie ihm hier auf einmal über den Weg lief, war es gut, vorbereitet zu sein.

Nein, erst musste er sie finden. Nur wie? Auf seiner Wanderung und unter dem Einfluss seiner Pillen war er sicher gewesen, sie würde ihm hier praktisch direkt in die Arme laufen. Er hatte ihre Spur gefunden, war der Polizei entkommen und den halben Tag gewandert, ohne entdeckt zu werden. Konnte es sein, dass es seine Bestimmung war, Clara schnell zu finden?

Aber nun stellte sich die Lage doch schwieriger dar. Tönning war eine kleine Stadt mit vielen engen Gässchen und Straßen. Clara konnte theoretisch überall stecken. Wo sollte er auf seiner Suche nur anfangen?

Aus Angst vor möglichen Polizeistreifen entfernte er sich ein wenig vom Marktplatz und setzte sich auf eine einsame Bank an einem kleinen Kanal, der vom Ortskern hinaus zum Hafen führte.

Nachdenklich beobachtete er ein paar Enten im Wasser und einen Jogger, der in einiger Entfernung an ihm vorbeilief. Konnte es sein, dass der Mann einen Moment länger als angebracht in seine Richtung geschaut und ihn auch ohne seinen Bart wiedererkannt hatte? Hatte er vielleicht ein Fahndungsbild von ihm im Fernsehen gesehen? Oder in einer Zeitung? Auch eine ältere Frau, die mit ihrem Hund Gassi ging, sah kurz zu ihm rüber.

Als sich eine Gruppe Touristen näherte, erkennbar an ihrer Outdoorkleidung und ihren Fotoapparaten, senkte er den Kopf und vergewisserte sich, dass seine Pistole griffbereit in seinem Rucksack lag. Nervös spannte er den Körper an, in Erwartung, dass sie stehen blieben und laut schreiend mit verzerrten Mienen und langen Fingern auf ihn zeigen würden.

Und tatsächlich: »Entschuldigung«, hörte er auf einmal neben sich, und es war, als würde ihn ein Stromschlag treffen.

»Was?«, stöhnte er atemlos.

»Oh, Verzeihung«, sagte der Mann, der ihn angesprochen hatte, und hob beide Hände. »Ich wollte Sie nicht erschrecken.«

»Was ist denn?«, fragte er mit immer noch zitternder Stimme.

»Nur eine kurze Frage. Hier soll es irgendwo einen Fischladen geben.«

»Eine Fischergenossenschaft oder so. Mit den besten Fischbrötchen von Nordfriesland«, ergänzte eine aufgeregte Frau aus der Gruppe, bei denen es sich eindeutig um Schwaben handelte.

»Können Sie uns weiterhelfen?«, fragte wieder der Mann, dessen hohe Stirn im Sonnenlicht glänzte.

»Woher soll ich das wissen, verdammt?«

Die Gruppe tauschte einen irritierten Blick. »Kein Grund zu fluchen«, sagte der Glatzkopf. »Wir wollten nur fragen …«

Joris ließ ihn nicht ausreden. »Tut mir leid, ich kann Ihnen nicht helfen, lassen Sie mich in Ruhe!«

Der Mann verneigte sich höflich. »Okay, in Ordnung, noch mal Entschuldigung für die Störung.«

Damit spazierte die Gruppe weiter Richtung Hafen. Offensichtlich verwirrt von seinem ruppigen Auftritt drehte sich die eine Frau noch mal zu ihm um und schüttelte vorwurfsvoll den Kopf.

Er atmete aus. »Gut gemacht, du Blödmann«, spottete sein Vater, und es fühlte sich an, als würde er direkt neben ihm auf der Bank sitzen. »Wenn du dich weiter so dämlich benimmst, ist es nur eine Frage der Zeit, bis die Polizei dich schnappt. Aber du hast es ja auch nicht anders verdient.«

Leise stöhnend rieb er sich über beide Schläfen, spürte erneut diesen unangenehmen, stärker werdenden Druck im Kopf. Zeit, wieder ein paar Tabletten zu nehmen. Am besten, er schaute, ob er eine Apotheke fand, um Nachschub zu besorgen.

Ächzend stand er auf und stellte fest, dass sein frisch gewechseltes Hemd schon wieder völlig durchgeschwitzt war. Wegen der hohen Temperaturen oder durch die dauernde Anspannung, entdeckt zu werden? Er wusste es nicht.

Er ging durch den Schlossgarten zurück Richtung Markt, dieses Mal mit erhobenem Kopf. Ja, Schluss mit dem Gejammer und der Angst! Wenn er sich weiter wie ein gehetztes Tier benahm, durfte er sich nicht wundern, dass man auf ihn aufmerksam wurde.

Lächelnd genoss er, wie die friesische Sonne alles in ihr klares Licht tauchte und eine angenehme, vom Hafen kommende Brise über seinen Nacken strich. Es gab genug Gründe, den Tag positiv anzugehen.

Als er auf einmal Clara sah!

Sie war es, ohne Zweifel. Sie ging auf der anderen Seite des kleinen Kanals eine Straße entlang.

»Clara«, wollte er rufen. Doch so aufgeregt, wie er war, bekam er nur ein gequältes Keuchen über die Lippen. Aber egal, sie war sowieso zu weit weg, um ihn zu hören, und verschwand jetzt in einer Bank.

Unglaublich! Das Schicksal meinte es doch gut mit ihm. Die ganzen Mühen und Qualen der letzten Tage hatten ihn genau hierhin geführt, in diesen reizenden kleinen Ort, der auf einmal in den allerschönsten Farben zu leuchten schien. Endlich, er hatte sie wiedergefunden. Die große Liebe seines Lebens.

Schnell, er musste auf die andere Seite des Kanals. Sie durfte ihm nicht weglaufen. Nein, dieses Mal würde er sie festhalten und nie wieder loslassen.

Er rannte den Weg entlang, über eine Brücke auf ein älteres Ehepaar zu. Sie sahen, wie er auf sie zulief, traten zur Seite, um ihn vorbeizulassen. Dummerweise aber genau auf die Seite, auf der er sie passieren wollte. Er schaffte es nicht mehr, auszuweichen, und stieß mit dem völlig überforderten Paar zusammen. Die ältere Frau schrie erschrocken auf, als ihr Mann zu Boden ging. Aber auch Joris stolperte, konnte das Gleichgewicht nicht mehr halten und fiel auf die Holzplanken der schmalen Brücke.

»Hans! Hast du dir weh getan?«, rief die Dame und versuchte, ihrem Mann aufzuhelfen. Joris schaute genauso nervös zu dem alten Herrn, der jedoch schon tapfer abwinkte.

»Alles gut!«, rief er, »mir ist nichts passiert.«

Joris schon. Er hatte sich die Hand ein wenig aufgeschürft, und auch das Knie schmerzte vom Sturz. Aber das spielte jetzt keine Rolle. Er schaute zur Bank – und sah, wie Clara gerade wieder herauskam.

Ohne auf die beiden Alten zu achten, rappelte er sich auf und rannte los, hinüber auf die andere Kanalseite.

»Clara!«, rief er völlig außer Atem. Aber sie reagierte gar nicht, sondern ging jetzt wieder zurück, die Straße entlang, weg vom Markt.

Und von ihm.

Schon hatte sie fast die nächste Häuserecke erreicht.

Nein, schrie eine schrille Stimme in seinem Kopf, der bei jedem seiner Schritte auf dem Kopfsteinpflaster zu explodieren schien.

Nur noch ein paar Meter. Schon konnte er sehen, wie sich ihre Haare in dem frischen Wind bewegten und in dem Licht der Sonne wie zartes Gold glänzten.

»Clara!«, rief er sehnsuchtsvoll.

Und tatsächlich, endlich erreichte er mit der Hand ihre Schulter und hielt sie fest.

## 29

»In Australien?«, rief Krumme überrascht ins Telefon. »Clara Gerland ist in Australien?«

»Ja, sieht so aus«, erwiderte Pat. »Verrückt, oder? Hat ein Freund von Bo herausgefunden. Er war mal kurze Zeit mit Clara zusammen und hat ein bisschen in ihrem Bekanntenkreis recherchiert. Demnach hat Clara dort erzählt, dass sie in Down Under ein neues Leben als Tierpflegerin anfangen will.«

»Als Tierpflegerin?«

»Ja, Clara liebt Tiere über alles. Hatte früher wohl auch ein Pferd. Und hat mal ein Praktikum in einer See-hundstation in Friedrichskoog gemacht.«

»Und wann hat sie das mit Australien gesagt?«

»So ungefähr vor einem halben Jahr. Also kurz nach-dem sie Lüdgen verlassen hat.«

Krumme war baff. Nach dieser Neuigkeit musste er sich erst einmal setzen, merkte aber rechtzeitig, dass sein Rücken dazu noch nicht in der Lage war. Leise stöh-nend blieb er weiter in der Position stehen, die ihm an diesem Morgen am erträglichsten schien.

»Theo?«, erkundigte sich Pat besorgt. »Ist wirklich alles gut bei dir?«

»Habt ihr schon recherchiert, ob das wirklich stimmt?«

»Wir arbeiten dran. Ist natürlich nicht ganz einfach. Wir haben leider keine Ahnung, wo genau sie sein könnte. Ihre Freunde wussten auch nicht mehr als das, was ich dir gerade gesagt habe. Bo ist gerade dabei, eine Rundmail an alle Zoos und Tierparks in Australien zu schicken.«

»Wenn das stimmt, würde es tatsächlich bedeuten, dass sie in Sicherheit ist.«

»So sieht's aus.«

»Was für ein Glück!«

»Allerdings«, stimmte Pat zu. »Und damit gibt's auch keinen Grund, dass du dich ins Büro schleppst. Wir haben alles im Griff, und Lüdgen finden wir auch ohne dich.«

»Ihr seid immer noch in Friedrichstadt?«

»Ja. Ich habe heute Nacht in Husum übernachtet. Bo ist hier in einem Hotel geblieben.«

»Aber von Lüdgen noch keine Spur?«

»Nein«, sagte Pat. »Wir überlegen, ob er auf dem Weg nach Itzehoe war. Dort wohnt der Arzt, mit dem er diesen heftigen Streit hatte. Und der seiner Meinung nach schuld daran ist, dass es ihm so schlecht geht.«

Krumme nickte. Daran hatte er auch schon gedacht. »Wir sollten ihn warnen und für Polizeischutz sorgen«, schlug er vor.

»Hat Bo schon von Lüdgens Haus aus organisiert.«

»Ah, gut.« Krumme verzog den Mund. Dieser Däne war auf Zack. Ob ihm das gefiel, wusste er noch nicht. Immerhin hatte er gerade seinen Platz eingenommen.

»Eine andere Idee ist, dass Lüdgen auf dem Weg zum

Flughafen in Hamburg war«, fuhr Pat fort. »Um Clara hinterherzufliegen.«

»Nach Australien? Meinst du wirklich?«

»Wir werden das prüfen. Aber noch mal: Das bekommen wir auch ohne dich hin. Geh nach Hause, Theo. Und werde wieder gesund.«

»Aber das bin ich. Wegen Sonny. Er hat letzte Nacht neben mir auf dem Sofa gelegen.«

»Sonny? Neben dir auf dem Sofa? Da passt der doch höchstens allein drauf.«

»Wir sind eben ein bisschen zusammengerutscht. Und ob du's glaubst oder nicht: Heute Morgen waren die Schmerzen weg.«

»Theo! Hör auf zu flunkern.«

»Denkst du, ich lüge? Nein, im Ernst, es war wie ein Wunder! Ihr müsst nicht alle Mitleid mit mir haben. Dank Sonny fühle ich mich wie ein neuer Mensch.«

»Theo, ich weiß, Sonny ist ein toller Hund. Aber ich habe mit Marianne gesprochen. Sie hat mir alles verraten. Auch wenn es dir heute schon besser geht, die meiste Zeit bist du auf allen vieren durch die Wohnung gekrochen.«

»Sie übertreibt total.«

»Du kannst noch nicht mal gerade stehen, gib's zu!«

Das stimmte leider. Die einzige Position, in der er keine Beschwerden hatte, war, wenn er den Rücken so nach vorne beugte, dass er direkt auf den Boden vor ihm starrte. Aber das mussten Pat und ihr neuer toller Partner ja nicht unbedingt wissen.

»Ich komme klar. Ich schaue hier noch mal nach dem

Rechten. Und dann gehe ich ein bisschen früher nach Hause.«

»Du gehst *sofort* nach Hause.«

Krumme verdrehte die Augen. »Genug jetzt. Ja, es ziept noch ein bisschen im Rücken. Aber wenn ich wegen so einer Kleinigkeit nicht ins Büro komme, was denkst du, was dann die Kollegen sagen?«

»Vergiss die Idioten!«

»Ich will hier nicht der altersschwache Senior sein, der Kripo-Opa, dem man überhaupt nichts mehr zutraut.«

Er hörte Pats erschöpftes Seufzen. »Mach, was du willst, Theo. Aber sag später nicht, ich hätte dich nicht gewarnt.«

Krumme verdrehte die Augen. Er gab vor, noch ein paar Unterlagen über eine Einbruchsserie auf den Nordseeinseln durcharbeiten zu wollen, und versprach, dann wieder nach Hause zu gehen.

Schließlich beendete er das Gespräch mit Pat, bat sie aber vorher, ihn unbedingt über alles auf dem Laufenden zu halten. Dann legte er auf.

Und atmete tief durch.

Endlich konnte er sich in seinen Schmerzen verlieren, musste nicht mehr vorgeben, keine zu haben. Ja, nach der Nacht – und wohl auch durch Sonnys geheimnisvolles Voodoo – ging es ihm insgesamt besser als gestern. Aber als er heute Morgen trotz Mariannes heftiger Proteste zu Fuß zum Präsidium gewankt war, hatten ihn mehrere Passanten angesprochen, die ihm helfen wollten, weil sie dachten, er wäre gestürzt. Was ja eigentlich auch stimmte.

Am schlimmsten war das Treppenhaus im Präsidium gewesen. Zum Glück hatte sich kein Kollege mit ihm unterhalten wollen. Niemand hatte bemerkt, wie durchgeschwitzt er von der Anstrengung war, irgendwie nach oben in den vierten Stock zu kommen.

Am Ende hatte er sich völlig erschöpft auf seinen Bürostuhl gekauert. Und überlegte nun, wie er halbwegs würdevoll wieder von hier verschwinden konnte.

»Was treiben Sie hier, Krumme?«, hörte er auf einmal die strenge Stimme von Kriminalrat Krüger hinter sich. Krumme drehte sich vorsichtig um, konnte ihm aber aufgrund seiner Rückenschmerzen nicht in die Augen sehen.

»Patrizia hat mir schon verraten, dass Sie hier durch die Gänge schleichen, aber dass Sie so schlimm aussehen, hätte ich nicht gedacht.«

»Mir geht's super«, ächzte Krumme und warf seinem Chef von schräg unten einen kurzen Blick zu.

»Blödsinn. Gehen Sie nach Hause, Mann, bevor noch was Schlimmeres passiert.«

»Keine Sorge, ich bin gleich weg. Ich wollte nur kurz …«

»Ich fasse es nicht!«, hörte er jetzt eine weitere Stimme. Friedrichs, ausgerechnet. Er konnte ihn aus seiner Position nicht sehen, roch aber den Gestank von kaltem Zigarettenrauch.

»Du siehst ja aus wie Quasimodo«, lachte der hagere Kollege.

»Schluss jetzt, Friedrichs«, schimpfte Krüger. »Gehen Sie zurück in Ihr Büro und kümmern sich um Ihre Arbeit. Oder haben Sie keine? Dann kriegen Sie was von mir.«

»Nein, nein, ich habe genug auf dem Schreibtisch. Wir sitzen gerade an dem Fall Gerber und …«

Wieder ließ ihn Krüger nicht aussprechen. »Schon gut, halten Sie hier keine langen Vorträge. Abmarsch, an die Arbeit!«

Tatsächlich verzog sich Friedrichs ohne ein weiteres Wort.

»Danke«, flüsterte Krumme.

»Nichts zu danken«, sagte Krüger jetzt etwas versöhnlicher. »Los, ab nach Hause. Ich brauche Sie gesund. Nächste Woche habe ich wieder eine Schulklasse für Sie. Der Bürgermeister hat schon nach Ihnen gefragt. Die Kinder scheinen total neugierig auf Ihren Hund zu sein.« Er grinste.

»Eine Schulklasse? Schon wieder?«

»Am Mittwoch, also passen Sie bloß auf sich auf.« Damit machte sich Krüger auf den Weg und ließ ihn allein zurück in seinem Büro und in seinem Elend.

»Scheiße«, zischte Krumme verzweifelt. Das wurde ja immer schlimmer. War er jetzt komplett vom Fall Lüdgen abgezogen? Sollte er in Zukunft nur noch in Kindergärten und Schulen den Clown spielen? Leise fluchend packte er seine Sachen, als es wieder an der Tür klopfte.

»Nicht jetzt!«

»Kommissar Krumme?«

Überrascht riskierte er einen schrägen Blick nach oben. Vor ihm stand ein junger Kerl mit einer Tüte und einem kleinen Karton.

»Was gibt's denn?«

Der Mann hielt die Kiste hoch. »Mir wurde gesagt, ich soll das hier bei Ihnen abgeben.«

»Verdammt noch mal, Pakete bitte unten am Empfang!« Krumme ächzte, spürte, wie der Schmerz wieder von der Leiste bis hinauf in den Hals strahlte.

Der junge Mann sah ihn verwirrt an.

»Entschuldigung. Ich bin kein Kurierfahrer. Ich komme von der Spurensicherung. Mir wurde gesagt, Sie leiten den Fall Lüdgen.«

Tat er das wirklich? Er war sich nicht sicher. »Ja, das stimmt«, sagte er trotzdem.

»Dann bin ich hier richtig. Ihre Partnerin und der Kollege aus Eckernförde sind unterwegs. Deshalb soll ich die Sachen hier im Präsidium abgeben.«

»Was für Sachen?«

Der junge Mann stellte das Paket mit den dazugehörigen Unterlagen auf den Tisch.

»Das ganze Zeug, das wir in Friedrichstadt im verlassenen Wagen von Lüdgen gefunden haben.«

# 30

Das meiste, was die Kollegen in Lüdgens Volvo gefunden hatten, war tatsächlich nur langweiliger Kram. Pat hatte Krumme berichtet, dass Lüdgen auf Kameraaufnahmen am Bahnhof einen Rucksack bei sich trug. Offensichtlich hatte er alles für ihn Wichtige mitgenommen. In dem kleinen Pappkarton fand Krumme demnach nur, was für Lüdgen keinen Wert hatte: Quittungen von Restaurants, Supermärkten und Tankstellen, bei denen er immer bar gezahlt hatte. Ein großes Paket mit Plastikwasserflaschen, was unter Umständen vermuten ließ, dass er sich auf eine längere Reise eingestellt hatte. Eine halbvolle Packung Butterkekse. Leere Plastiktüten. Das übliche Autozubehör wie Parkscheibe, Rettungsweste und eine – abgelaufene – Erste-Hilfe-Kiste. Ein altes Buch mit Straßenkarten aus Deutschland, was bewies, dass Lüdgen als IT-Experte lieber analog unterwegs war und nicht unbedingt auf Dienste wie Google Maps oder sein Navi vertraute. Vielleicht hatten sie sein Handy nur deshalb nicht orten können, weil er es einfach komplett abgeschaltet und lieber auf seine Karte geschaut hatte.

Insgesamt hatten die Kollegen der Spurensicherung nur Unwichtiges und Müll gefunden. Immerhin: Eine aktuelle Rechnung über Kopfschmerztabletten aus einer

Apotheke bewies, dass Lüdgens Beschwerden aufgrund seines Hirntumors schlimmer wurden. Krumme fragte sich besorgt, mit was für gesundheitlichen Problemen Lüdgen noch zu kämpfen hatte.

Und dann gab es noch den Surfer, den die Spurensicherung eingeklemmt unter dem Fahrersitz gefunden hatte. Nur eine kleine Figur, hergestellt aus Muscheln und Strandgut wie blankgespülten Holzstückchen und Steinen.

Nicht besonders beeindruckend, fand Krumme, der zwar ein großer Freund der Nordsee war, aber nicht von albernem Touristennippes.

Doch als er sich die kleine Figur genauer anschaute, erkannte er überrascht an einer winzigen aufgemalten Signatur, dass sie von einem Künstler stammte, den er relativ gut kannte.

Alexander Sandrock. Der Frankfurter war vor vielen Jahren nach einem privaten Schicksalsschlag nach Bornhörn, einem kleinen Dorf auf der Halbinsel Eiderstedt, gezogen. Dort wohnte er in einem verwunschenen Häuschen in der Nähe der nördlichen Küste.

Krumme hatte Sandrock zusammen mit Pat vor einigen Jahren bei einem sehr dramatischen Fall kennengelernt. Eine Gruppe Schwerverbrecher hatte die kleine Dorfgemeinschaft überfallen und eine blutige Spur des Schreckens hinterlassen. Alexander Sandrock wurde schwer verletzt und wäre fast gestorben. Dass er am Ende überlebte, hatte er auch Krumme zu verdanken.

Seit dieser schlimmen Nacht waren Krumme und Pat immer wieder zu Besuch in Bornhörn gewesen, und auch zu dem Künstler war der Kontakt nie abgebrochen. Krumme kannte die Kunstwerke und Installationen aus Planken, Steinen, Muscheln, Fischernetzen und Blecheimern in Sandrocks Garten. Riesige Spiralen, die sich knirschend im Wind bewegten. Fliegende Wale aus Stacheldraht, meterhohe Stahlkreuze und gewaltige Glockenspiele. Krumme war nicht unbedingt ein Fan von Sandrocks manchmal verstörender Kunst, fand sie aber immer beeindruckend.

Dass er auch Minifiguren für Touristen herstellte, wusste er nicht.

Er beschloss, ihn anzurufen.

»Moin, Alex, was macht das Leben? Ich habe gehört, du hast eine neue Liebe gefunden?«, versuchte Krumme erst einmal das Eis zu brechen. Das Liebesleben des Künstlers mit den vollen weißgrauen Haaren war bei Marianne und ihren Freundinnen ein großes Thema. Sie hatte Krumme verraten, dass der verwitwete Alexander sich in eine Milchbäuerin aus Osterhever verguckt haben sollte.

»Vielleicht«, brummte sein Bekannter. »Aber erzähl mir nicht, dass ausgerechnet du Stinkstiefel deshalb bei mir anrufst.«

Krumme räusperte sich. »Tatsächlich wollte ich mit dir über dein neues Interesse für Kleinkunst sprechen.«

»Was für Kleinkunst?«

»Auf dem Minisurfer, der vor mir auf dem Schreibtisch steht, findet sich auf dem Board unten die Signatur AS. Das bist doch du, oder?«

Schweigen. »Stimmt«, gab Alexander zu. »Ich habe so

eine Kollektion gemacht. Meine großen Skulpturen für den Garten verkaufen sich nur so mittelprächtig. Und von irgendwas muss ich ja leben.«

»Es gibt eine ganze Kollektion?«

»Vor einem halben Jahr war eine Frau aus Husum bei mir. Sie war ganz vernarrt in meine Arbeit und hat mich gefragt, ob ich nicht exklusiv für sie was im Kleinformat machen kann. Sie hat da so einen Laden.«

Krumme horchte auf. »Einen Laden in Husum?«

»Ja, irgendwo in der Altstadt. Warum willst du das denn alles wissen?«

Krumme verriet ihm, dass er im Zuge seiner Ermittlungen um einen mutmaßlichen Mordfall auf den kleinen Surfer gestoßen war.

»Von mir hat er den nicht«, sagte sein Freund. »Wenn, dann kann er sich den nur bei dieser Frau geholt haben. Sie ist die Einzige, die die Dinger verkauft.«

Krumme ließ sich Name und Adresse des Geschäfts geben und beendete dann das Gespräch.

Nachdenklich betrachtete er den kleinen Surfer. Welche Bedeutung hatte er für diesen Fall? Krumme war in Lüdgens Haus gewesen. So etwas Ungewöhnliches und Verspieltes wie diese Figur passte überhaupt nicht zu dem Mann. Und wie kam sie in sein Auto? Hatte er sie in Husum – ausnahmsweise ohne Quittung – gekauft, bevor er anschließend bei Friedrichstadt in den Stau geraten war? Und wenn ja, dann bestimmt nicht, weil er seinem Intimfeind, dem Arzt in Itzehoe, ein Geschenk mitbringen wollte.

Was hatte Lüdgen vor?

»Krumme?«, hörte er auf einmal eine überraschte Stimme hinter sich. Krüger stand in der Tür, beide Hände verärgert in die Hüfte gestemmt. »Sie sind ja immer noch da. Habe ich mich nicht klar ausgedrückt?«

»Doch, natürlich. Aber ich musste unbedingt noch etwas erledigen. Wegen des Lüdgen-Falls.«

»Darum kümmern sich die anderen Kollegen. Sie sind krank.«

»Aber mir geht's schon viel besser. Wirklich. Ich habe kaum noch Schmerzen.«

Und tatsächlich: Während er die Kiste der Spurensicherung durchgegangen war und auch als er mit Alexander telefonierte, hatte er seine Rückenschmerzen komplett vergessen. Doch als er sich jetzt zu seinem Chef umdrehte, meldeten sie sich augenblicklich zurück.

Krüger schüttelte vorwurfsvoll den Kopf. »Muss ich Sie etwa in Handschellen abführen lassen, damit Sie endlich auf mich hören?«

Krumme seufzte und packte dann den Krimskrams und die Zettel wieder in die Kiste der Spurensicherung. Alles bis auf den kleinen Surfer. Er nickte. »Sie haben recht. Ich bin sofort weg.«

# 31

Sie war es nicht! Noch nicht mal annähernd.

Als Joris Clara, oder die Frau, die er für sie gehalten hatte, an der Schulter gepackt hatte, hatte sie sich erschrocken umgedreht.

Aber sie war nur halb so erschrocken wie Joris selbst. Völlig verstört hatte er in diesem Moment erkannt, dass die Frau kaum Ähnlichkeit mit Clara hatte. Ein ganz anderes Gesicht, kurze statt der langen blonden Haare. Blau-grüne statt brauner Augen. Die zierliche Figur war ähnlich, aber insgesamt war die Unbekannte ein ganz anderer Typ.

»He, was soll das? Was wollen Sie von mir?«, rief sie ängstlich und schaute sich dabei nach der Hilfe von anderen Passanten um.

Joris nahm sofort die Hände von ihr, so schnell, als wäre jede Berührung mit ihr toxisch. »Entschuldigung«, stotterte er. »Ich habe Sie verwechselt.«

Aber das hatte er nicht.

Jetzt saß er allein auf einer Bank, dieses Mal weiter weg vom Hafen und vom Markt, in einer dunklen, schattigen Ecke unter einer alten Buche, wo kaum andere Passanten vorbeikamen. Immer wieder versuchte er, sich an diese Momente am Kanal zu erinnern.

Nein, er hatte sie nicht *verwechselt*.

Er war absolut und hundertprozentig *sicher* gewesen, dass es sich bei der Frau auf der anderen Seite um Clara handelte. Dass er endlich am Ende seiner Suche war. Dass er die Liebe seines Lebens wiedergefunden hatte.

Alles nur Einbildung.

Was stimmte nicht mit ihm? Wie konnte so etwas nur passieren? Weil er so von der Sehnsucht nach ihr getrieben war, dass er Clara praktisch in jeder Frau sehen wollte?

Der Beweis, dass er langsam verrückt wurde?

Oder schon war?

Verzweifelt beugte er sich vor und vergrub sein Gesicht in beiden Händen. Erneut hörte er in den Tiefen seines gequälten Gemüts ein höhnisches Lachen.

»Halt die Klappe«, zischte er leise. »Halt endlich die Klappe!«

Doch noch leuchtete ein kleines, aber helles Licht in der Dunkelheit seines Verstandes.

Er war in Tönning. Und egal, wie durcheinander er sich fühlte, irgendwo in diesem hübschen Städtchen lief Clara durch die Straßen. Vielleicht arbeitete sie in einem der kleinen Geschäfte oder aß entspannt ein Fischbrötchen, so wie er es eben getan hatte. Er wusste, dass sie Sherry-Hering besonders mochte.

Eventuell saß sie auch am Deich und machte Musik. Er lehnte sich zurück, schloss lächelnd die Augen und ließ sich für einen langen Moment in die Vorstellung fallen, dass sie mit ihrer Gitarre Liebeslieder sang – umringt von aufmerksam lauschenden Zuhörern.

Schließlich öffnete er wieder die Augen und blickte durch die sanft schwingenden Äste der Buche in die Sonne. An Clara zu denken, tat ihm gut. Allein die Gedanken an sie verscheuchten die Schatten, die sich wie Kletten an seinen Geist klammerten.

Er war so weit gekommen. Er durfte jetzt nicht aufgeben, sondern musste sich verdammt noch mal zusammenreißen.

Als Erstes sollte er endlich zu einer Apotheke gehen. Dann seine Tabletten nehmen, damit sich seine aufgeheizte Psyche beruhigte und er nicht ständig durch irgendwelche irren Ausbrüche auffiel. Oder erneut Wahnvorstellungen hatte.

Dann musste er anfangen, systematisch vorzugehen.

Die erste Frage: Was genau wusste er?

»Einen Scheiß weißt du! Du wirst sie nie finden, du Versager!«

Stöhnend schüttelte er den Kopf, wollte alle bösen Gedanken vertreiben, Raum schaffen für die Stimme der Vernunft und der Liebe. Claras Stimme.

Also, was er wusste, war, dass Clara ihrer Freundin in Husum diese Postkarte mit dem Seestern geschickt hatte, unterschrieben mit ›C‹ und dem Ausrufezeichen mit der kleinen Sonne, so wie er es von früher von ihr kannte. Wie wäre es, wenn er schaute, in welchem Geschäft es diese Seesternkarten gab, und dann fragte, ob sie sich dort an Clara erinnerten.

Das war doch mal ein guter Plan. Er klatschte in die Hände, stand auf und ging als Erstes in eine Apotheke am Markt. Die ältere Dame hinter dem Tresen erkundigte sich freundlich besorgt nach seinen Problemen und hatte mehrere Ideen, was ihm helfen könnte. Aber er lehnte höflich ab, blieb bei dem Medikament, das er kannte und dem er vertraute. Und tatsächlich: Nachdem er ein paar Tabletten mit etwas Wasser aus der Flasche dieses Bauernidioten genommen hatte, ging es ihm sofort besser.

Na bitte, langsam bekam er sein Leben wieder in den Griff!

Er begann mit Andenken- oder Schreibwarenläden, die auch Postkarten verkauften. Die Karte war vor drei Monaten abgestempelt worden. Hoffentlich war sie irgendwo immer noch im Angebot.

Aber so sehr er sich mühte, die Seesternkarte konnte er nirgends finden. Und die Verkäufer und Verkäuferinnen bedauerten, die Karte, die er suchte, hatten sie noch nie gesehen. Auch als er ihnen in seiner Verzweiflung Claras Foto zeigte, schüttelten sie den Kopf.

Konnte es sein, dass er doch auf der falschen Fährte war? Hatte die höhnische Stimme seines Vaters recht? War es eine bescheuerte Idee, sie mit diesen wenigen Hinweisen zu finden? Sollte er wieder zurück nach Husum fahren und sich diese dämliche Ladenbesitzerin schnappen? Noch einmal mit ihr reden? Dieses Mal direkt zur Sache kommen, wenn nötig mit seiner Pistole an ihrem Kopf?

Als hätte die Polizei etwas von seinen Gedanken mitbekommen, liefen ihm in diesem Moment zwei Streifenbeamte entgegen, einer zeigte mit dem Finger auf ihn. Hatten sie die Suche doch nach Tönning ausgedehnt? War er durch sein seltsames Verhalten aufgefallen?

Nervös schaute er sich um. Schnell die Straßenseite wechseln konnte verdächtig wirken.

Sich plötzlich umdrehen und in die entgegengesetzte Richtung laufen erst recht.

Er entschied sich, schnell in einen Laden zu gehen. Eine kleine Boutique mit Freizeit- und Strandmode in eher gedeckten Farben für die ältere Generation. Kaum hatte er das Geschäft betreten, kam schon eine junge Verkäuferin mit Nasenpiercing auf ihn zu, die im Gegensatz zu ihrer Ware komplett schwarz gekleidet war.

»Moin, kann ich Ihnen helfen?«, erkundigte sie sich freundlich.

»Ich … wollte mich nur mal umschauen«, stotterte er.

»Alles klar«, erwiderte die Verkäuferin. »Sagen Sie Bescheid, wenn Sie Hilfe brauchen.«

Joris begann uninspiriert an verschiedenen Modeartikeln herumzuzupfen, während er aus den Augenwinkeln die Situation auf der Straße beobachtete. Die beiden Polizisten kontrollierten jetzt ein falsch geparktes Auto direkt gegenüber dem Laden. Also hatten sie gar nicht nach ihm gesucht.

»Brauchen Sie ein Geschenk für Ihre Frau?«, meldete sich erneut die junge Dame. Sie zwinkerte freundlich mit den Augen. »Oder eine Freundin?«

Joris fuhr ertappt zusammen. »Nein, wieso?«

Die junge Frau, sie mochte nicht älter als fünfundzwanzig sein, grinste. »Na, ich nehme doch an, dass Sie keinen Bikini für sich selbst suchen, oder?«

Joris sah sie verwirrt an, erkannte dann, dass er bei der Bademode gelandet war.

»Nein, wenn ich ehrlich bin, suche ich Postkarten.«

»Postkarten?«, wiederholte die Verkäuferin und sah ihn dabei wie einen Vollidioten an. »Tut mir leid, so was führen wir hier nicht.«

Joris nickte, sah, dass die Polizei immer noch praktisch vor der Tür stand. Was jetzt?

Er seufzte. »Habe ich auch schon gemerkt«, gab er zu. »Vielleicht sollte ich mich noch mal woanders umschauen.«

»Eine gute Idee. Richtung Hafen gibt es mindestens noch zwei oder drei Geschäfte mit einer Riesenauswahl.«

Die beiden Polizeibeamten redeten mit einem Passanten, der in Richtung Markt zeigte. Ging es wirklich nur um das Auto? Er würde alles dafür geben zu verstehen, worüber die drei sprachen. Aber den Laden wollte er lieber noch nicht verlassen. Er sah ein T-Shirt und hatte eine Idee.

»Vielleicht können Sie mir ja doch helfen? Ich suche eine ganz bestimmte Karte.«

»Ja?« Der gleiche, abschätzige Blick.

»Meine Freundin ist ein Riesenfan von Seesternen.« Er zeigte auf das T-Shirt, auf dem ein albernes Cartoon mit Patrick Star, dem besten Kumpel von SpongeBob zu sehen war. »Und nun suche ich eine entsprechende Karte. Bisher konnte ich keine finden.«

»Dann nehmen Sie doch das T-Shirt. Ist ein Sonderangebot.«

»Ich suche aber nur eine Postkarte. Ich wollte ihr einen netten Gruß schreiben«, log er.

Die junge Verkäuferin schien langsam mit ihrer Geduld am Ende zu sein. »Ich glaube, in der Fischerstraße gibt es einen Kiosk, der hat auch Comics. Vielleicht gucken Sie da mal.«

Das Pochen in Joris' Kopf meldete sich wieder, ein schriller Clown, der mit einer Keule in der Hand auf seinen Schädel einschlug. »Nein, keinen Cartoon. Es muss ein echter Seestern drauf zu sehen sein«, brummte er ebenfalls zunehmend angespannt.

Auf einmal hellte sich die Miene der jungen Frau auf. Sie lächelte.

»Eine Karte mit einem echten Seestern?«, wiederholte sie. »Da gibt es hier in Tönning vor allem eine Adresse.«

»Ach ja?«

»Das Multimar. Hinten an der Eider. Die haben alles, was mit Nordsee, Küste und Meerestieren zu tun hat. Und einen Shop haben die da auch. Bestimmt auch mit Postkarten, auf denen Fotos von echten Seesternen drauf sind.«

Joris machte sich sofort auf den Weg. Dass die Polizisten noch auf der Straße standen, kümmerte ihn nicht. Und tatsächlich interessierten sich die Männer auch gar nicht für ihn.

Das Multimar, natürlich. Er hatte die Werbetafeln gesehen, als er den Ort betreten hatte. Wieso war er nicht selbst daraufgekommen? Clara liebte Tiere und speziell die der Nordsee über alles. Er wusste, dass sie eine Zeit lang im Aquarium des Hamburger Zoos Hagenbeck gejobbt hatte. Kennengelernt hatte er sie dann in der Seehundstation in Friedrichskoog an der südlichen Nordseeküste in Dithmarschen. Joris hatte damals, vor fast einem Jahr, einen geschäftlichen Termin mit dem Leiter der Station wegen einer neuen Software gehabt. Dabei hatte er sie zum ersten Mal im Gehege bei den kleinen Heulern gesehen und sich sofort in sie verliebt. Wenn sie sich in Tönning eine neue Arbeit gesucht hatte, dann hier im Multimar Wattforum! Und hatte dort auch die Postkarte gekauft, um sie ihrer Freundin zu schicken.

Auf einmal spürte er eine Euphorie wie schon lange nicht mehr. Mit langen Schritten marschierte er durch den Schlossgarten und dann am Hafen entlang. Was für ein zauberhafter Ort Tönning doch war! Schon bald erreichte er die hübsche, von Bäumen gesäumte Hafenpromenade. Die weißen Bürgerhäuser mit Blick auf das Hafenbecken, die hölzerne Ziehbrücke und –

Er blieb stehen, erstarrte, zitterte. Schweiß lief ihm über die Stirn, und erneut fragte er sich, ob er komplett verrückt geworden war.

Sah er wirklich das, was er zu sehen glaubte?

Er deckte die Augen gegen das helle Sonnenlicht ab, um besser erkennen zu können. Spielte ihm sein gequälter Verstand schon wieder einen Streich?

Nein. Er lächelte und war sich sehr sicher, dieses Mal nicht.

## 32

Als Krumme den kleinen Souvenirladen betrat, erschöpft von seinem Marsch vom Präsidium bis zur Altstadt am Hafen, kam ihm die Verkäuferin sofort besorgt entgegengesprungen.

»O Sie Armer«, rief sie. »Sind Sie gestürzt?«

Krumme sah sie verdutzt an. »Nein, wieso?«

»Ich dachte, weil Sie so schief gehen, aber …« Sie verstummte, erkannte ihre Fehleinschätzung und wurde rot. Sie hatte ein freundliches Gesicht. Eine Frau, die immer lächelte, auch wenn sie traurig war. Oder so verlegen wie jetzt, dass sie ihn kaum ansehen mochte, wie er da mit seltsam verdrehtem Oberkörper im Laden stand.

»Schon gut«, brummte Krumme. »Nur ein Hexenschuss.«

»O nein«, erwiderte sie ehrlich betroffen. »Warten Sie, ich habe hier einen Stuhl für Sie.«

»Nicht nötig.« Krumme wollte lieber stehen. Liegen war auch gut, aber sitzen ging gar nicht.

»Was kann ich für Sie tun? Brauchen Sie ein Geschenk? Oder ein Souvenir aus dem Norden?« Sie zwinkerte ihm frech zu. »Sie kommen aus Berlin, habe ich recht?«

Krumme schüttelte den Kopf und seufzte. Wann hörte das endlich auf? Auch nach zehn Jahren in Husum reichten nur ein paar Worte von ihm und jeder wusste, dass er Berliner war. Er stellte sich vor. Die Verkäuferin, die, wie sich jetzt zeigte, die Besitzerin des Ladens war und Annika Groth hieß, hielt erschrocken die Hand vor den Mund. »Kriminalpolizei? Kommen Sie wegen Lasse?«

Krumme schaute so überrascht auf, dass sich sein Rücken sofort meldete. »Lasse Harms?«

»Ja, der Kapitän, der oben in Dagebüll ermordet wurde.«

»Sie kennen ihn?«

»Er war ein guter Freund von mir. Und jetzt ist er tot. Das ist so schrecklich. Sind Sie deshalb hier?«, wiederholte sie ihre Frage und wischte sich dabei aufgewühlt über die Augen.

Krumme überlegte, versuchte, seine Gedanken zu sortieren. Er war eindeutig auf der richtigen Spur. Würde er endlich erfahren, wie alles zusammenpasste?

Zwei Pärchen betraten den Laden und schauten sich zwischen den Regalen um.

»Wir werden sehen«, antwortete er auf Annika Groths Frage.

»Was soll das denn heißen?«

»Können wir uns vielleicht irgendwo in Ruhe unterhalten?«, fragte Krumme.

Frau Groth nickte und forderte eine jüngere Kollegin auf, sich um die Kundschaft zu kümmern. Dann ging sie mit ihm in einen kleinen Personalraum, in dem überall Kisten und Kartons mit Ware herumstanden, in dem es aber auch einen Tisch und eine Kaffeemaschine gab. Sie fragte ihn, ob er einen Becher wollte, aber Krumme lehnte ab. Stattdessen zeigte er ihr den kleinen Strandgut-Surfer. »Frau Groth, stammt die Figur hier aus Ihrem Laden?«

»O ja, ich habe eine ganze Kollektion davon.« Sie bestätigte, dass sie eine Abmachung mit Alexander aus Bornhörn hatte und nur sie diese kleinen Figuren verkaufen durfte.

Nun holte Krumme ein Foto von Lüdgens heraus und legte es auf den Tisch. »Hat dieser Mann bei Ihnen eine solche Figur gekauft?«

Frau Groth schaute ihn verblüfft, aber auch erschrocken an. »Aber ja, gestern war das.«

»Sind Sie sicher?«

Sie nickte. »Die Frisur, der Bart und auch die Augen, das war der Mann. Wieso? Wer ist das?«

Krumme zögerte. »Hat er Ihnen seinen Namen gesagt?«

»Nein. Wieso? … Was?«, stammelte Frau Groth und blickte erneut auf das Foto. »Mein Gott! Hat er was mit Lasses Tod zu tun? Ist er etwa der Mörder?« Sie sah ihn mit aufgerissenen Augen an. Als er nicht sofort antwortete, stutzte sie und tippte sich mit dem Zeigefinger an die Schläfe. »Aber das dürfen Sie mir nicht sagen, oder? Wegen der laufenden Ermittlungen?«

»Sie kennen sich gut aus.«

Sie lächelte verlegen. »Ich liebe Krimis. Vor allem Nordseekrimis. Ich verkaufe sogar ein paar hier bei mir im Laden«, plapperte sie überfordert.

Krumme nickte. »Verstehe ich das richtig, dass Sie den Mann vorher noch nie gesehen haben?«

Frau Groth betrachtete erneut das Foto und schüttelte den Kopf.

»Haben Sie mit ihm geredet?«

»Geredet? Worüber?«

»Wir müssen unbedingt wissen, wo er jetzt ist.«

Frau Groth nickte. »Ja, wir haben kurz geschnackt.« Sie erzählte Krumme, dass er sogar zweimal im Nordsee-Stübchen gewesen war und dass sie ihn dazwischen noch mal zufällig in einem Café in der Stadt getroffen hatte.

»Und? Was hat er erzählt?«

»Nicht so viel. Eigentlich ging's nur um die Figuren. Im Café haben wir ein bisschen mehr gesprochen.«

»Über was denn?«

Frau Groth fuhr sich nachdenklich mit der zitternden Hand durchs Haar. Plötzlich schien ihr etwas einzufallen, sie stockte. »Er hat mir verraten, dass auch er vor kurzem einen geliebten Menschen verloren hat.«

Krumme überlegte und machte sich Notizen in sein kleines Heft. »Hat er das so gesagt? ›Einen geliebten Menschen verloren‹?«

Frau Groth nickte. »Genau so. Aber dann ging's ihm auf einmal nicht so gut. Er hatte heftige Kopfschmerzen, wohl wegen der Hitze, und ist recht schnell gegangen. Kam nachher aber noch mal hier in den Laden und hat dann die Figur gekauft.«

Krumme überlegte. Dann zog er sein Handy heraus und suchte die Aufnahme aus dem Schrank in Lüdgens

Haus an der Ostsee, auf der er zusammen mit Clara Gerland zu sehen war.

»Schauen Sie mal«, sagte er, als er es endlich gefunden hatte. »Haben Sie diese Frau auch schon einmal gesehen?«

Frau Groth blickte auf das Handy und erstarrte, zitterte, als hätte ihr jemand einen Eimer mit Eiswasser über den Kopf gegossen. Sogar ihr Lächeln war mit einem Mal verschwunden.

»Frau Groth?«

Sie nickte langsam. »Aber natürlich kenne ich sie. Das ist meine Freundin Clara.«

## 33

»Nein, danke, Anna. Ich muss wieder los«, sagte Frauke.

»Nicht noch einen Kaffee?«

Frauke schüttelte den Kopf. »Ich wollte dir doch nur kurz die Blumen vorbeibringen.«

»Das ist total lieb von dir«, sagte sie. »Die Rosen sind wirklich superschön. Bist du sicher, dass ihr sie nicht behalten wollt?«

»Schon gut. Wir müssten sie sonst wegschmeißen. Wäre schade drum.«

Sie nickte. Frauke arbeite bei einem Veranstaltungsservice, der immer wieder Partys, Ausstellungen und Konzerte im historischen Tönninger Packhaus organisierte, einem riesigen, dreigeschossigen Backsteinbau. Er befand sich zwischen der Eider und dem Tönninger Hafen, direkt an der Mole. Früher wurde er als Depot für Güter aller Art benutzt, nun war er mit seinen vielen Räumen und Sälen eine der wichtigsten Kulturadressen auf Eiderstedt und in ganz Nordfriesland. Gestern hatte Frauke im Auftrag der Touristeninfo einen ehemaligen Lagerraum mit Rosengestecken für eine Lesung dekoriert. Ein paar davon hatte sie nun vor dem Müllcontainer retten wollen und Anna geschenkt.

Einen weiten Weg hatte sie dafür nicht gehabt. Denn

Anna wohnte zusammen mit Robin auf einer Segeljacht, die direkt vor dem Packhaus im Hafen festgemacht hatte.

Frauke trank den letzten Rest aus ihrer Kaffeetasse aus und stand auf. »Ich muss los, Liebes. Wir sehen uns.«

»Hoffentlich bald und noch mal vielen Dank«, sagte Anna und begleitete ihre Freundin durch den schmalen Niedergang nach oben aufs Deck. Ein letztes Umarmen und Drücken, dann sprang Frauke auf den alten Pier und ging über das Kopfsteinpflaster hinüber ins Packhaus.

Anna winkte ihrer Freundin hinterher. Mit geschlossen Augen atmete sie einen Moment lang die frische, nach dem nahen Meer riechende Luft ein und stieg dann durch den Niedergang wieder zurück ins Boot.

Sie liebte ihr Zuhause hier mitten im Hafen. Natürlich war ihre Segeljacht nicht besonders groß. Aber die Black Beauty, wie Robin das Schiff wegen seines schwarzen Rumpfes genannt hatte, war für zwei Personen perfekt. Sie besaß eine gemütliche, zum Teil mit Teakholz verkleidete Kabine mit einem Tisch für vier Personen und zwei kuscheligen miteinander verbundenen Kojen im Vorschiff. Dazu gab es eine räumlich getrennte Skipperkoje an Steuerbord. Ein insgesamt vierzehn Quadratmeter großes maritimes Reich. Ihr kleines Paradies.

Und der Ausblick auf die Tönninger Promenade, die sich gegenüber auf der anderen Seite des Hafenbeckens befand, war ebenfalls ein Traum. Dort gab es im Sommer immer was zu gucken, und auch die Auswahl an

Restaurants und Cafés war für so einen kleinen Ort beeindruckend.

Aber sie und Robin hatten lieber ihre Ruhe. Zwischen so vielen herumlaufenden und lärmenden Menschen fühlte Anna sich unwohl. Auch im Multimar gab es viele Besucher, aber da war die Stimmung irgendwie feierlicher, ruhiger. Außer bei den fröhlich zwischen den Erlebniswelten herumspringenden Kindern, doch das war etwas anderes.

Während sie die Kaffeetassen im winzigen Waschbecken abspülte, schaute sie auf die auf dem Tisch liegenden roten Rosen. Leider hatte sie nur eine Vase für ein paar wenige Blumen. Was, wenn sie den Rest überall im Schiff auslegte, als Überraschung für Robin?

Sie blickte auf die alte Holzuhr, die vorm Niedergang an der Wand hing, und entschied sich, die Rosen erst noch mal ins Waschbecken zu legen und dann ein Nickerchen zu machen. Langsam machte sich der fehlende Schlaf der vergangenen Nacht bemerkbar. Nach der Führung hatte sie mit Kai und seiner Freundin Regina aus dem Shop noch ein bisschen geplaudert. Die beiden hatten sie erst um zwei Uhr morgens am Schiff abgesetzt. Um sieben Uhr war sie dann schon wieder aufgestanden, weil sie einer anderen Kollegin versprochen hatte, die Mittagsschicht beim Großaquarium zu übernehmen.

Robin meinte, sie wäre zu gutmütig, weil sie viel zu viel arbeitete und ständig für andere einsprang. Aber für sie war die Arbeit im Multimar keine wirkliche Arbeit. Sie liebte alles, was sie dort tat. Die Kollegen, die Tiere – und natürlich Robin.

Zum ersten Mal in ihrem Leben hatte sie das Gefühl, genau da zu sein, wo sie hingehörte. Konnte man mehr Glück haben? Nein, bestimmt nicht. Sie wusste genau, dass ihr schönes Leben nicht selbstverständlich war. Und aus eigener Erfahrung, dass es auch ganz anders laufen konnte. Umso dankbarer war sie.

Sie entschied sich, die Rosen doch schon überall im Boot zu verteilen. Auf dem Esstisch in der Vase, rechts und links von den vorderen Kojen in den Ablagen und natürlich auch beim Kapitänscockpit. Mit ein bisschen Fummelei gelang es ihr sogar, ein paar Rosen in das Steuerruder zu flechten. Natürlich würden sie bei der ersten Bewegung herausfallen. Aber sie konnte kaum erwarten, was Robin sagen würde, wenn er in ein paar Stunden von der Arbeit zurückkam.

Stolz betrachtete sie ihr Werk. Sie gähnte. Zeit für ihr Schläfchen. Zufrieden kuschelte sie sich nach vorne auf ihre Koje unter eine dünne und weiche Sommerdecke. Aus der Ferne hörte sie das gemütliche Murmeln der Stadt und das Tuckern eines kleinen Bootes, das in den Hafen kam, zum Glück aber so leise, dass es nicht störte.

Auf einmal war da noch etwas anderes. Ein Knirschen. Entweder hatten die Wellen eines vorbeifahrenden Schiffes die Black Beauty zum sanften Schwanken gebracht.

Oder jemand war auf das Boot geklettert.

War Robin doch schon zurück?

Lächelnd schloss sie die Augen.

»Ich bin hier unten«, rief sie.

Tatsächlich hörte sie, wie Schritte sich die Treppe heruntertasteten.

»Hallo, mein Engel«, flüsterte auf einmal jemand.

Aber es war nicht Robins Stimme.

Und doch eine, die sie nur zu gut kannte. Die sie eigentlich in diesem Leben nie mehr hören wollte.

Ihre Augen klappten ruckartig auf. Erschrocken hob sie den Kopf. Der Albtraum, der sie so lange gequält hatte, war wahr geworden.

Joris stand bei ihr im Schiff. In seiner rechten Hand hielt er einen Strauß Blumen, weiße Rosen, ausgerechnet.

»Hallo, Clara«, sagte er. Und während sie von grenzenlosem Entsetzen gepackt wurde, sah sie, wie eine Träne über seine Wange lief und er sie auf eine seltsam entrückte Weise anlächelte.

## 34

Krumme versuchte bereits zum zweiten Mal, Pat anzurufen, um ihr die Neuheiten von Clara Gerland zu erzählen, bekam aber schon wieder keine Verbindung. Pat musste ihr Handy ausgeschaltet haben, was praktisch nie vorkam. Was verdammt noch mal war da los mit ihr und Bo?

Schließlich gab er es auf und ging zurück in den hinteren Lager- und Personalraum. Frau Groth hatte ihn überzeugt, doch einen Cappuccino aus ihrer original italienischen Kaffeemaschine zu probieren. Die war nur klein, aber der Kaffee war spektakulär.

Genau wie das, was Frau Groth ihm über Clara Gerland erzählen konnte.

»Ich habe es immer noch nicht verstanden«, sagte Krumme, als er sich wieder zu ihr setzte, ganz langsam wegen seines Rückens. »Ist Clara nun ihre gute Freundin oder nicht?«

»Sie war es, damals auf der Schule.«

»In Niebüll.«

»Genau.«

»Aber nur in der Oberstufe?«

Frau Groth nickte. »Da haben wir viel Zeit miteinander verbracht. Haben einmal sogar zusammen Urlaub in Frankreich gemacht. In Saint-Tropez.«

»Und dann …?«

»War die Schulzeit zu Ende. Ich habe auf Sylt in der Gastronomie gejobbt, während Clara eine Weltreise machen wollte.«

»Und? Hat sie?«

»Nein. Ihr Traum war es, nach Australien zu gehen und dort auf einer Pflegestation für Koalas zu arbeiten. Typisch Clara. Aber wie ich dann später erfahren habe, hat es nur zur Tierpflegerin in Hagenbeck in Hamburg und zur Mitarbeiterin in der Robbenaufzuchtstation in Friedrichskoog in Dithmarschen gereicht.«

»Ist doch auch schön.«

»Ja, Clara und Tiere, das passt schon. Aber mit Menschen tut sie sich ein bisschen schwer und gerät wie durch Zauberei immer an die Falschen.«

Krumme fiel etwas ein. »Hat sie mal was von Bo Jepsen erzählt?«

»Nein. Bo Jepsen? Wer soll das sein?«

»Ein Deutsch-Däne, den sie wohl mal kannte. Aus Flensburg.«

Annika Groth schüttelte den Kopf. »Nein, von ihrer Flensburger Zeit weiß ich gar nichts. Auch von einem Bo hat sie nie etwas erzählt. Aber das ist typisch für Clara. Wenn sie umzieht, lässt sie die Vergangenheit hinter sich und kümmert sich kein bisschen mehr um ihre alten Freunde. Aus den Augen aus dem Sinn. So wie ihre Jugendfreunde aus Flensburg. Oder später ich und ihre neuen Freunde aus Niebüll. Bo … wie hieß der noch mal?«

Krumme winkte ab. »Ist nicht so wichtig. Erzählen

Sie lieber, wie Sie sich wiedergetroffen haben. Und was sie von Lüdgen berichtet hat.« Er hatte sich mittlerweile entschieden, Frau Groth seinen Namen zu verraten.

Frau Groth betrachtete ihn, wie er halb sitzend und irgendwie stehend auf seinem Stuhl kauerte. »Alles weiß ich auch nicht. Seinen Namen hat sie mir zum Beispiel nie verraten. Und über das, was sie mir erzählt hat, hat Clara mich gebeten, niemals und unter keinen Umständen mit irgendjemandem zu sprechen.« Unsicher wich sie seinem forschenden Blick aus.

Hatten sie das nicht schon geklärt? »Frau Groth, bitte, Sie müssen mir vertrauen. Wir müssen diesen Mann unbedingt finden, bevor er noch Schlimmeres anstellt. Und Ihre Freundin findet.«

»Meine Freundin«, wiederholte sie bitter seufzend. »Von wegen. Tatsächlich hat sie nicht mich, sondern Lasse zuerst getroffen. In einer Bar.«

Krumme horchte auf. »Wie? Clara Gerland und Lasse Harms waren …«

»Nein, nein«, unterbrach ihn Frau Groth. »Die beiden kannten sich aus Niebüll, hatten aber nie was miteinander. Die haben sich damals nur zufällig wiedergetroffen. Sogar Claras Freund, dieser Lüdgen war dabei.«

Krumme hob den Kopf. »Lüdgen kannte Harms von einem gemeinsamen Treffen mit Clara?«

»Ja, sag ich doch. Ich wollte von Lasse natürlich mehr über Claras Freund wissen. Aber Lasse meinte, der hätte nur stumm am Tisch gesessen und schlecht gelaunt vor sich hin gestarrt.«

Krumme konnte praktisch hören, wie die Puzzlesteine

sich auf einmal zusammenfügten. Natürlich, so musste es gewesen sein. Clara hatte Lüdgen verlassen, ohne zu sagen, wohin. Darauf war der zu einem ihrer wenigen, ihm bekannten Freunde gegangen, um zu erfahren, wo seine große Liebe steckte. Es kam zum Streit, aber irgendwie musste Lüdgen gestern dabei von Annika Groth erfahren haben, ihrer Freundin in Husum, die als Einzige etwas über Claras neues Leben in Tönning wusste.

Krumme hatte noch mehr Fragen. »Habe ich das richtig verstanden: Als Clara damals mit Lüdgen zusammen war, hatten Sie überhaupt keinen Kontakt zu Ihrer Freundin?«

»Nein, schon lange nicht mehr.«

»Hätten Sie sie nicht anrufen können?«

»Ja, vielleicht. Aber Clara gehört zu den wenigen Menschen, die kein Handy haben. Und für Social Media interessiert sie sich auch nicht.«

Ungewöhnlich, aber sympathisch, dachte Krumme.

»Doch selbst wenn ich eine Nummer gehabt hätte«, fuhr Frau Groth fort, »hätte ich mich wohl nicht gemeldet.«

»Warum?«

»Hat mich total gekränkt, dass sie hier in der Nähe lebt und nicht mal Hallo sagt. So eine gute Freundin schien ich für sie also nicht zu sein.«

»Aber dann hat sie sich doch gemeldet?«

Sie nickte. »Vor ungefähr drei Monaten. Auf einmal stand sie hier bei mir im Laden. Wir haben einen Spaziergang durch die Altstadt gemacht, sind schließlich zu mir nach Hause gegangen, wo ich was für uns gekocht habe.«

»Also alles wieder gut zwischen Ihnen?«

Annika Groth überlegte einen Moment. »Ja, war nett. Aber ein bisschen verändert hatte sie sich schon. Sie war immer ein klein wenig verhuscht gewesen, aber …«

»Verhuscht?«

Sie lächelte. »Clara erinnert mich an eine Elfe. Eine Träumerin. Schon süß, aber irgendwie nicht von dieser Welt. Sie kann wunderschön singen. Und wenn sie lächelt, geht die Sonne auf. Aber dieses Mal hat sie kaum gelächelt. Sie war ganz anders, hat sich immer umgeschaut, wie ein gehetztes Tier. Eigentlich wollte ich nach unserem Spaziergang mit ihr in eine Bar gehen. Aber das kam überhaupt nicht infrage. Zu viele Menschen, hat sie gesagt.«

»Sie hatte Angst.«

Frau Groths Miene verfinsterte sich. Sie nickte. »Und daran war nur dieser Mistkerl schuld.«

»Lüdgen?«

»Nachdem wir bei mir ein paar Aperol Spritz getrunken hatten, hat sie mir ein bisschen was verraten. Dass sie ihn vor ein paar Monaten Hals über Kopf verlassen musste. Weil sie Angst vor ihm hatte. Weil er total verrückt war. Und weil er sie behandelt hat, als wäre sie sein Besitz.«

»Sie hat mit ihm Schluss gemacht?«

»Nein, Clara ist nicht der Typ für lange Problemgespräche. Dieser Kerl wohl schon, hat aus allem eine Riesensache gemacht. Schließlich hat sie sich einfach heimlich verdrückt, ohne ihm zu sagen, wohin.«

»Und ist nach Tönning gezogen?«

»Zumindest arbeitet sie dort. Im Multimar. Aber auch das musste ich ihr aus der Nase ziehen. Mehr hat sie auch mir nicht erzählt. Nur, dass sie sich dort wohl neu verliebt hat. Aber in wen und wie wollte sie auch mir nicht verraten.«

»War es das einzige Treffen zwischen Ihnen?«

»Sie hat mich später noch mal angerufen, wollte mich noch mal sehen. Ich habe vorgeschlagen, auch Lasse dazuzuholen. Da hat sie wieder abgesagt. Und mich noch mal ermahnt, niemandem von ihr und unserem Gespräch zu erzählen und alles für mich zu behalten. Sie hatte panische Angst, dass dieser Lüdgen sie suchen und aufspüren könnte. Selbst meiner Verschwiegenheit hat sie nicht getraut.«

Krumme nickte nachdenklich. »Und tatsächlich hat er Sie hier in Husum gefunden und besucht, Frau Groth.« Er sah auf sein Handy. Pat hatte seine SMS-Nachricht noch immer nicht gelesen.

»Aber ich habe ihm nichts gesagt, ich schwöre. Nicht ein Wort.« Die Ladenbesitzerin zitterte, so aufgeregt und nervös war sie auf einmal. »Wir haben auch gar nicht über sie gesprochen, sondern nur über diese bescheuerte Figur.« Sie dachte einen Moment nach. »Gut, wir haben kurz über Lasses Tod geredet, aber das ist ja was anderes.«

»Sie haben mit ihm über den Mord in Dagebüll gesprochen?«

»Ja, aber das ist doch kein Geheimnis. Alle hier im Norden wissen davon.«

»Und was hat Lüdgen gesagt?«

»Nichts. Tat so, als hätte er noch nichts davon gehört.« Sie stöhnte. »O mein Gott, ich stand Lasses Mörder gegenüber. Wie schrecklich!«

»Aber kein Wort über Ihre Freundin?«

»Nein, er hat Claras Namen nicht erwähnt. Und ich auch nicht. Wie oft soll ich Ihnen das noch sagen?«

»Trotzdem ist er nach dem Besuch bei Ihnen Richtung Tönning weitergefahren.«

»Ich habe ihm nichts verraten, so glauben Sie mir doch, Herr Kommissar. Wenn ich gewusst hätte, wer der Kerl ist, hätte ich doch sofort die Polizei gerufen.«

Er nickte nur und betrachtete sie nachdenklich. Er zeigte nach draußen zum Verkaufstresen. »Was ist mit Ihrer Kollegin?«

Annika Groth schüttelte den Kopf. »Jessica? Die kennt Clara überhaupt nicht. Niemand in Husum kennt sie. Die Einzige, die was von Clara weiß, bin ich.«

Krumme betrachtete sie und schenkte ihr zum Abschluss ein versöhnliches Lächeln.

Immerhin stand damit fest, dass Clara Gerland nicht irgendwo verscharrt in dem Garten an der Ostsee lag.

Er schaute wieder auf sein Handy. Immer noch keine Reaktion von Pat. Dabei ging es unter Umständen um Leben oder Tod. Soweit er wusste, hatten sie Lüdgen noch nicht aufgespürt. Was, wenn er es irgendwie nach Tönning geschafft hatte?

Was, wenn er Clara Gerland gefunden hatte?

Krumme beschloss, es noch einmal bei Pat zu probieren. Ansonsten musste er die Kollegen im Präsidium alarmieren. Er durfte keine Zeit mehr verlieren.

# 35

»Warum hast du dir die Haare gefärbt, Clara?«

Sie zuckte nur mit den Schultern, versuchte, seinem forschenden Blick auszuweichen.

»Dunkelbraun. Also, ich weiß nicht.« Joris lächelte. »Versteh mich nicht falsch, du siehst immer zauberhaft aus. Aber deine blonden Locken waren so besonders. Eine goldene Krone für meine Prinzessin.« Er zwinkerte ihr freundlich zu. Aber sie nickte nur vorsichtig und versuchte, keine Miene zu verziehen.

Joris klopfte auf den Tisch. »Jetzt komm, Clara, sei nicht so ungemütlich!«, sagte er. »Setz dich neben mich. Es gibt so viel zu erzählen.«

Sie stand neben der Kaffeemaschine und damit so weit wie möglich von der Sitzecke entfernt, auf der er sich mit vor der Brust verschränkten Armen breitgemacht hatte. Ihre Beine zitterten. Sie musste sich am Tresen der winzigen Küche festhalten, um nicht zu Boden zu sinken, so nervös war sie. Als sie Kaffee in die Tassen eingießen wollte, schüttete sie die Hälfte daneben.

Passierte das hier wirklich? Hatte sie nicht alles getan, damit er sie nie finden konnte? Es hatte ewig gedauert, bis sie nachts nicht aus Albträumen hochgeschreckt war, in denen er plötzlich wütend neben ihr gestanden und sie mit einem Messer in der Hand bedroht hatte, aus Rache für ihre Flucht.

Und jetzt war Joris tatsächlich hier, saß in ihrem kleinen Boot und wollte einen Kaffee von ihr.

Lächelnd, mit einem Blumenstrauß in der Hand. Was ihr angesichts ihrer Vorgeschichte unheimlicher als der Traum mit dem Messer erschien.

»Ich kann es immer noch nicht fassen, was für ein Glück ich hatte«, wiederholte er die Geschichte, wie er sie hier im Hafen entdeckt hatte. »Aber was heißt Glück? Das Schicksal oder die Vorhersehung wollte, dass wir uns wiederfinden. Alles, was ich in den letzten Tagen erlebt habe, hatte den Zweck, mich hierherzuführen, nach Tönning, um dann im richtigen Augenblick den Kopf zu heben, um dich hier auf diesem Schiff zu sehen. So strahlend schön wie immer, im Licht der Sonne.«

Sie zwang sich zu einem gequälten Lächeln, dabei war ihr so schwindelig, dass sie befürchtete, gleich ohnmächtig zu werden.

»Warum bist du gekommen?«, fragte sie. Es kostete sie ihre ganze Kraft, diese vier Worte auszusprechen.

»Falsche Frage, Sternchen«, sagte er mit einem Augenzwinkern. »Die Frage ist, warum du mich auf diese Weise verlassen hast.« Er strich ihr zärtlich über den Handrücken, als sie ihm seine Tasse auf den Tisch stellte. Beinahe hätte sie laut aufgeschrien.

Er spürte, wie angespannt sie war und es schien ihm zu gefallen. Erneut lud er sie mit einem weiten Armschwung ein, neben ihm Platz zu nehmen. Sie zögerte einen langen Moment, kämpfte dagegen an, setzte sich dann aber wie von einem unheimlichen Zauber geleitet neben ihn auf die Bank. Wie konnte es sein, dass er immer noch so eine Macht über sie hatte?

»So ist es schön«, sagte er und strahlte über das ganze Gesicht.

Dabei sah er schrecklich aus.

Zerzauste Haare, schmutziges Hemd und rote, blutunterlaufende Augen. Als hätte er das letzte halbe Jahr nicht mehr geschlafen. Und wo war sein Bart geblieben? Robin hatte auch keinen, aber Joris' nackter und rotgeschwollener Hals erinnerte an den eines Truthahns.

»Du siehst nicht gut aus«, sagte sie.

Er schaute sie mit einem traurigen Lächeln an. Sie bemerkte, wie er dabei hektisch Daumen und Zeigefinger der rechten Hand aneinanderrieb.

Ein Getriebener.

Fast tat er ihr leid.

»Es war nicht ganz einfach, dich zu finden«, erwiderte er bekümmert.

»Wie hast du es trotzdem geschafft?«

Sein Blick ging ins Leere, zurück in die Vergangenheit.

»Warum hast du mich verlassen?«, wiederholte er unvermittelt und auf einmal überraschend aggressiv.

Sie zuckte zurück, wollte etwas sagen, konnte es aber nicht. Fieberhaft suchte sie nach der richtigen Erklärung, die ihn nicht zu sehr provozieren würde. Doch es war verrückt, sie bekam kein Wort heraus. Aus Angst, aus Verlegenheit und wohl auch aus der Erkenntnis, dass er sie nicht verstehen würde. Also schwieg sie und hasste sich für ihre Feigheit.

Verzweifelt senkte sie den Blick, während er sie mit seinen rot flackernden Augen aufmerksam musterte. Wie ein strenger Vater seine ungehorsame Tochter. Er blinzelte wieder. Hatte er Schmerzen? Tatsächlich rieb er sich mit einem Zeigefinger unruhig über die Schläfe.

»Du musst nichts sagen«, begann er auf einmal mit einem schiefen Lächeln. »Ich habe nachgedacht. Und ja, ich gebe zu, ich habe Fehler gemacht. Dafür entschuldige ich mich.«

»Du entschuldigst dich?«, echote sie ungläubig. Aber er hob eine Hand, um ihr anzuzeigen, dass sie ihn nicht unterbrechen sollte.

»Ich hätte dich nicht so unter Druck setzen und auf meiner Meinung beharren dürfen. Dir Treffen mit deinen Freunden zu verbieten, das war nicht richtig.«

Sie nickte langsam, wollte aber nicht glauben, was sie hörte. Meinte er das wirklich ehrlich?

»Aber so bin ich eben«, fuhr er fort. »Wenn ich weiß, dass ich recht habe, dann verliere ich zu schnell die Geduld. Es tut mir so leid, ich hätte dir mehr Zeit geben müssen zu verstehen.«

»Was zu verstehen?«

Statt einer Antwort kratzte er sich am Kopf und verzog das Gesicht. Als würde ihm alleine die Berührung der Hand unangenehm sein.

Was stimmte nicht mit ihm?

»Geht's dir nicht gut?«, fragte sie vorsichtig.

»Lass mich aussprechen, ja?«, unterbrach er sie ungeduldig, eine erneute Mahnung, ihn nicht aus dem Konzept zu bringen, während er dabei war, für sie die richtigen Worte zu finden. Sie hasste diese Zurechtweisungen, war aber genau wie früher zu schwach, um sich zu wehren oder ihm zu widersprechen.

Um Nein zu sagen.

Warum nur fiel ihr das bei ihm so unendlich schwer?

Er legte den Kopf schief und betrachtete sie wie ein Professor seine Schülerin.

Aber sie hatte nie seine Schülerin sein wollen.

»Joris, hör zu, ich weiß nicht, wie ich es dir …«, fing sie erneut mit bebender Stimme an, als sie auf einmal Schritte hörten. Genau wie Joris blickte sie aus dem schmalen Backbordfenster und sah die Füße einer Frau und eines Mannes, die oben auf dem Pier direkt neben dem Schiff standen.

Sie unterhielten sich leise, ahnten nicht, dass sie belauscht wurden. Sie und Joris konnten verstehen, wie sie darüber sprachen, was sie als Nächstes tun wollten. Sie wollte noch ein bisschen spazieren gehen, er etwas in einem Biergarten in der Nähe trinken. Clara hielt die Luft an. Sollte sie um Hilfe rufen? Oder die beiden irgendwie ansprechen, um der unheimlichen Zweisamkeit mit Joris zu entfliehen?

Kurz darauf entschied sich das Pärchen, sich lieber erst auf die Suche nach einem Fischbrötchen zu machen.

Clara konnte deutlich sehen, wie Joris erleichtert ausatmete, als die Schritte sich entfernten. In seinen Augen erkannte sie echte Angst, ja Panik.

Was war nur mit ihm los? Er war schon immer ein seltsamer Typ gewesen, aber als Bangbüx hatte sie ihn nie erlebt. Er war ein menschliches Wrack.

»Willst du was trinken? Ein Wasser vielleicht?«

Er nickte, worauf sie ihm ein Glas eingoss. Aus einer Plastikflasche. Als er sie argwöhnisch musterte, wusste sie schon, was kommen würde.

»Hast du keine Glasflaschen?«, fragte er tatsächlich.

Sie schüttelte den Kopf.

»Früher haben wir immer Glasflaschen gekauft.«

»*Du* hast immer Glasflaschen gekauft.«

»Weil sie gesünder und umweltverträglicher sind.«

Sie stöhnte. »Mag sein, aber wenn ich …«

Joris hob den Zeigefinger, was sie sofort zum Schweigen brachte. Aber dieses Mal verschwand seine strenge Miene, und plötzlich lächelte er wieder.

»Sorry«, begann er. »Ich fange schon wieder an. Mit meinen ewigen Vorwürfen setzte ich dich nur unter Druck.«

Sie war unsicher, ob Zustimmung für seinen Selbstvorwurf erlaubt war oder nicht, nickte aber trotzdem.

»Und das ist falsch«, fuhr er fort. »Ich muss dir die Gelegenheit geben, selbst zu erkennen, was richtig und was falsch ist.«

Wieder waren von draußen Schritte zu hören. Und dieses Mal kletterte jemand direkt aufs Schiff! Ein Tapsen auf dem Deck, dann klopfte es an der Außentür des Niedergangs.

»Anna, darf ich noch mal stören?«, hörte sie Fraukes freundliche Stimme. Und statt draußen auf ihre Aufforderung zum Herunterkommen zu warten, kam sie einfach herein.

»Liebes, sorry für die Störung«, fing Frauke an, sah dann überrascht, dass Clara nicht allein war. »Oh, ich wusste nicht, dass du Besuch hast.«

Clara blickte zu Joris, gespannt auf seine Reaktion. Und wollte es nicht glauben: Im Gegensatz zu Frauke konnte sie sehen, dass seine Hand unter dem Tisch reflexartig in seinem Rucksack nach einer Pistole gegriffen hatte. Und Joris nun den Finger am Abzug hatte!

»Was gibt's denn, Frauke?«, stammelte sie.

»Ich hab auch noch ein bisschen Kuchen, also von der Lesung. Wenn du willst, könnt ihr, Robin und du, was davon haben.«

Sie hielt eine halbe Schokoladentorte in die Höhe, ohne zu ahnen, dass im gleichen Moment eine Pistole auf sie gerichtet war.

»Ich störe, oder?«, fragte sie, als Clara schwieg und Joris sie mit schiefer Verachtung anstarrte.

»Nein, nein«, sagte Clara hastig. »Das ist Joris, ein alter Freund. Wir haben uns lange nicht gesehen und wollten gerade …«

»… ein bisschen plaudern«, beendete Frauke schnell. »Und da komme ich Doofi einfach rein, ohne zu klopfen. Dann lasse ich euch mal allein. Aber den Kuchen lasse ich euch hier, in Ordnung?«, sagte sie freundlich zu Joris, der aber nur die Lippen zu einem schmalen Grinsen zusammenpresste und mechanisch nickte. Damit verabschiedete sich Frauke, grüßte noch mal Robin und ging wieder.

Sie warteten, bis die Schritte auf dem Pflaster nicht mehr zu hören waren.

»Du hast eine Pistole dabei? Bist du verrückt?«, ächzte Clara.

Aber Joris schaute nur mit leerem Blick zur Waffe und dann zu ihr.

»Anna? So nennst du dich jetzt?«

Sie seufzte. »Lass es mich erklären …«

Aber er hatte schon verstanden. »Du hast deinen Namen geändert?«

»Mein zweiter Name ist Anna, wirklich.«

»Ach ja?«

»Ja, aber ich glaube, nur meine Mama weiß das. Und die ist tot.«

»Ich finde Clara viel schöner.«

»Ich … wollte mal was Neues probieren.«

»Blödsinn!«, brach es so aggressiv aus ihm heraus, dass sie erschrocken zurückwich. »Du hast dir einen anderen Namen zugelegt, und du hast deine verdammten Haare gefärbt. Alles nur, um deine Spuren zu verwischen, vor mir. Kein Wunder, dass ich dich nicht finden konnte!«

»Joris, bitte …«

»Weißt du, was es mich gekostet hat, dich hier aufzuspüren?«, rief er. »Sogar die Polizei sucht mich. Die hält mich für einen Schwerverbrecher.«

»Die Polizei? Was hast du getan?«

Er wich ihrem Blick aus. »Ich wollte doch nur mit dir reden«, brummte er und kratzte sich am Kopf.

»Joris! Was hast du angestellt? Ist es wegen der Pistole? Sag bloß, du hast damit …«

»Halt den Mund! Ich will nicht darüber reden«, unterbrach er sie wütend. Er schüttelte den Kopf, als wolle er unbequeme Gedanken loswerden. »Alles, was ich getan habe, habe ich nur für dich getan!«

Sie schwieg erschrocken. Was um Himmels willen hatte er angerichtet?

Joris schien zu erkennen, dass er nicht herumschreien durfte, wenn er nicht auffallen wollte. Er beugte sich vor, schaute, so gut es ging, aus dem schmalen Fenster. Entdeckte aber niemanden.

Wieder am Kopf reibend, lehnte er sich zurück. »Und dieser Robin? Wer ist das?«

»Er ist …« Sie zögerte. »Ein Freund. Ihm gehört das Schiff.«

Joris musterte sie misstrauisch. »Ach ja? Nur ein Freund? Mit dem du hier zusammen wohnst?«

Sie nickte nur, ärgerte sich, dass sie zu feige war, ihm die Wahrheit zu sagen.

Joris hatte mehr Mut. »Er ist dein neuer Freund, richtig?«

Sie seufzte, schaute zum Rucksack und sah erleichtert, dass er die Hand nicht mehr an der Pistole hatte. »Ja«, gab sie endlich zu. »Robin ist mein Freund.«

»Und wo ist er jetzt, dein Freund?«

»Er arbeitet noch.«

»Was genau?«

Wieder dieser schreckliche Kasernenton.

»Er arbeitet im Multimar.«

»Dieses Nordsee-Museum, oder was genau das sein soll?«

»Genau. Robin ist dort zuständig für das Gehege mit den Seeottern.«

»Seeotter?«, wiederholte Joris wenig beeindruckt. »Gibt es in der Nordsee Fischotter?«

»Es geht da ja nicht nur um die Nordsee. Sondern um die ganze Küste.«

»Wo an der Nordseeküste gibt es denn Fischotter?«, erwiderte er, offensichtlich immer noch nicht überzeugt.

Clara stöhnte. Diese ewige Besserwisserei, wie sie ihn dafür hasste. Er hatte sich kein bisschen geändert.

»Wenn dich das Thema interessiert, kann er es dir bestimmt erklären«, sagte sie. »Er müsste bald nach Hause kommen.«

»Nach Hause? Du meinst, hier auf dieses Schiff?«
Sie nickte. »Es ist sein Schiff.«

War das eine gute Idee, ihm so viel von ihrem Freund zu erzählen? Nein, Schluss mit dem Versteckspiel!, dachte sie. Aber dann erinnerte sie sich an die Pistole in seinem Rucksack und daran, wie unerträglich eifersüchtig Joris früher gewesen war. Da hatte es gereicht, dass sie einem Bekannten freundlich zugenickt hatte, und er war komplett ausgeflippt.

Nervös beobachtete sie, wie ihm die Gedanken durch den Kopf zu fliegen schienen. Aber plötzlich strahlte wieder dieses seltsam ätherische Lächeln auf seinem von der Sonne verbrannten Gesicht. Ein selbstzufriedenes Grinsen, das ihr überhaupt nicht gefiel.

»Ganz schön trubelig bei dir hier. So lässt es sich natürlich nicht gut reden. Und ich habe dir noch so viel zu sagen.«

»Wir können ja später noch mal …«

Joris unterbrach sie wieder durch das strenge Heben seiner Hand. »Entspann dich. Ich glaube, ich weiß, wo wir ein bisschen mehr Ruhe haben.«

## 36

»Wie lange denn noch?«, fragte Pat aus dem Schatten des Toilettenhäuschens.

»Geht gleich los«, erklärte Bo hinter der aufgeklappten Motorhaube. »Ich glaube, ich habe den Fehler gefunden.«

»Das hast du vor einer halben Stunde auch schon gesagt.«

»Eine halbe Stunde ist nichts, wenn es um die Reparatur eines englischen Klassikers geht.«

Pat stöhnte und starrte auf ihr nutzloses Handy. Als sie sich in Friedrichstadt auf den Weg nach Itzehoe gemacht hatten, war der Akku praktisch leer gewesen. Kein Problem, hatte Bo versichert und es an ein in seinem Auto mit einem Zigarettenanzünder verbundenes Ladekabel gesteckt.

Hinter der Abfahrt Schenefeld, nicht weit entfernt von Itzehoe, war es dann passiert. Der Motor des TVR hustete auf einmal und verstummte schließlich komplett. Mit Ach und Krach hatte Bo es auf einen verlassenen Autobahnparkplatz mit einem einsamen Toilettenhäuschen geschafft.

Bo hatte sofort sein Jackett ausgezogen, die Ärmel hochgekrempelt und als Problem schnell die Zündkerzen ausgemacht. Oder war es die Lichtmaschine? Oder doch die Batterie?

Auch Pats Handy litt unter den Problemen des englischen Sportwagens mit der Elektronik. Statt es aufzuladen, hatte der TVR den Akku auf wundersame Weise entladen. Telefonieren oder Internet, nichts ging mehr. Für Pat, die ihr Handy praktisch immer in den Fingern hielt, ein Albtraum. Nicht, dass sie aktuell irgendeinen Anruf machen musste, aber trotzdem.

Bos Handy ging zum Glück noch. Schon mehrmals hatte es geklingelt. So wussten sie, dass die Suche nach Lüdgen in und um Friedrichstadt kein Ergebnis gebracht hatte. Und dass der Polizeischutz für seinen Neurologen in Itzehoe bereits vor Ort war.

Pat hatte die ganze Zeit nur nutzlos herumgestanden. Immerhin: Sie hatte sich aussuchen dürfen, ob sie in der knalligen Sonne oder im Schatten der stinkenden Toilette stehen wollte.

So hatte sie sich die Zusammenarbeit mit Bo nicht vorgestellt.

Doch wie genau hatte sie es sich vorgestellt?

Nach einer kurzen Nacht zu Hause in Husum war sie früh am Morgen wieder nach Friedrichstadt gefahren, wo Bo in dem kleinen Hotel schon beim Frühstück saß. Zu Pats großer Überraschung zusammen mit der frech lächelnden Dörte. Es hatte eine Weile gedauert, bis Pat sicher gewesen war, dass die beiden nicht die Nacht miteinander verbracht hatten. Ihre Kollegin war nur extra früh ins Hotel gekommen, um »zufällig« auf Bo zu treffen. Wie albern und unangemessen, fand Pat, aber auf ihre vorwurfsvollen Blicke hatte Dörte nur mit breitem Grinsen reagiert.

Bo schien diese Spielereien überhaupt nicht zu bemerken. Er war gedanklich bereits bei der Arbeit. Inzwischen hatte er auch schon erste Antworten auf seine Suchanfragen von der australischen Polizei bekommen, die eine Clara Gerland aber nicht finden konnten.

Auch von Lüdgen keine Spur. Es wurmte Bo total, dass ausgerechnet heute die einzige Drohne aus Husum kaputt und eine andere erst einmal nicht verfügbar war. Der Hubschrauber hatte die Stadt und die Umgebung mehrmals überflogen – ohne Erfolg, was für ihn keine Überraschung war. Lüdgen war schlau genug, um in Deckung zu bleiben und sich zu verstecken. Wenn er sich denn überhaupt noch in der Nähe aufhielt.

Gemeinsam überlegten sie, was Lüdgens eigentliches Ziel sein konnte.

Bo berichtete, dass die Hamburger Polizei alarmiert war und den Flughafen Fuhlsbüttel verstärkt kontrollierte, falls Lüdgen planen sollte, von dort zu entkommen oder Clara nach Australien zu folgen.

Aber Pat und Bo hatte einen anderen Verdacht. Konnte es sein, dass Lüdgen versuchte, nach Itzehoe zu kommen? Es wäre nicht das erste Mal, dass er den Neurologen, der ihn behandelt hatte, bedrohen wollte.

Nachdem Pat kurz mit dem armen Theo telefoniert hatte, fuhren sie los. Und waren nun hier im Nirgendwo auf diesem Parkplatz gelandet.

»Was hältst du davon, wenn wir die Kollegen in Itzehoe anrufen und bitten, uns abzuholen?«, fragte Pat.

Bos erstauntes Gesicht schob sich wieder hinter der Motorhaube hervor. »Wie? Und der TVR? Soll der hier ganz allein stehen bleiben?«

Pat betrachtete ihren Kollegen. Erstaunlich. In Friedrichstadt, bei der Besprechung hatte er noch einen total professionellen und toughen Eindruck gemacht. Doch jetzt war er nur ein großer Junge, der Angst um sein Spielzeug hatte.

»Das ist ein Parkplatz«, spottete sie. »Für Autos. Ich bin sicher, dein TVR fühlt sich hier wohl, bis du einen Abschleppdienst gefunden hast.«

»Nicht nötig. Ich hab's schon …«, sagte er, als er vom erneuten Klingeln seines Handys gestört wurde.

Er hielt seine öligen Finger hoch. »Kannst du kurz rangehen?«

»Klar, aber wo …?«

Er drehte sich um, zeigte ihr seinen Hintern, wo sich das Handy deutlich in einer Tasche abzeichnete.

Pat verdrehte die Augen. »Nicht dein Ernst.«

»Nun mach schon. Wir sind Profis, oder nicht?«

Pat gab sich einen Ruck und fingerte vorsichtig Bos Telefon aus der Hosentasche.

»Leg es aufs Dach und drück auf Annehmen. Und mach den Lautsprecher an«, befahl Bo und fuchtelte dabei mit seinen schmutzigen Händen.

Zu Pats Überraschung erklang Theos Stimme. »Hallo?«, rief er unsicher in den Äther.

»Hallo, Theo«, antwortete Bo. »Was macht dein Rücken?«

»Mein Rücken? Besser. Aber was ist mit euch? Wo

steckt ihr denn? Warum hat Pat ihr Telefon ausgeschaltet?«

Pat begrüßte ihren Partner, erklärte ihm die Situation und warum sie auf der Autobahn gestrandet waren.

»Ja, diese englischen Sportwagen«, erwiderte Theo.

Pat meinte hören zu können, wie er mit verständnisloser Miene den Kopf schüttelte.

Bo lachte nur. »Genau. Jeder hat seinen eigenen Charakter. Aber jetzt weiß ich, was ihm fehlt. Wir können gleich weiter nach Itzehoe.«

»Vergesst Itzehoe«, rief Theo. »Ich glaube nicht, dass das Lüdgens Ziel ist.«

»Sondern?«

Theo ächzte leise. Immer noch sein Rücken. Aber Pat war sicher, wie sehr er es genoss, mehr als sie beide zu wissen. »Ich bin hier in einem Geschäft in der Altstadt …«

»Was? Du solltest doch zu Hause im Bett …?«, unterbrach ihn Pat.

»… bei einer Freundin von Clara Gerland«, fuhr Theo ungeduldig fort, »und habe erfahren, dass sie gesund und munter ist.«

Pat blickte überrascht zu Bo, der sein Telefon trotz der öligen Finger in die Hand nahm, um besser verstehen zu können.

»Ja, das wissen wir schon. Hat sich die australische Polizei bei dir gemeldet?«

»Sie ist nicht in Australien.«

»Sondern?«, fragte Bo und tauschte einen verwirrten Blick mit Pat.

»Nicht weit von Friedrichstadt. In Tönning.«

# 37

Entgegen Bos Vorhersage dauerte es noch fast eine halbe Stunde, bis der TVR wieder lief und sie losfahren konnten. Dann brauchten sie allerdings nicht mehr als eine weitere halbe Stunde, bis sie vor der Tür des Multimar in Tönning standen. Pat war als Kind oft mit ihrer Mutter hier gewesen, hatte staunend vor den vielen Aquarien und den zahlreichen Schaukästen gestanden, zu allem, was mit der Flora und Fauna an und in der Nordsee zu tun hatte.

Bo kannte das Multimar überhaupt nicht. Auf der Fahrt hatte Pat versucht, ihm ein paar Dinge darüber zu erzählen. Aber angesichts des Urlaubsverkehrs gen Norden und der zahlreichen Baustellen musste Bo sich auf die Straße konzentrieren und konnte ihr kaum folgen.

Im Wattforum gingen sie direkt zum Informationsschalter. Aber der Mann hinter dem Tresen, ein junger Mann mit langen schwarzen, zu einem Zopf zusammengebundenen Haaren, schüttelte den Kopf. »Nein, eine Clara Gerland arbeitet bei uns nicht.«

»Wirklich nicht? Können Sie nicht noch mal nachfragen?«, fragte Bo.

Der junge Mann musterte ihn misstrauisch. Ihre

Kripo-Ausweise beeindruckten ihn kein Stück. »Nicht nötig. So groß ist unser Team nicht. Und eine Clara haben wir ganz sicher nicht.« Damit kümmerte er sich wieder um Kunden, die in einer langen Schlange vor seinem Tresen standen.

Bo biss sich auf die Lippe und blickte nachdenklich zu Pat. Die holte ihr jetzt wieder – wenigstens zum Teil – aufgeladenes Handy heraus und drängelte sich an die Spitze der Schlange, was bei den Besuchern zu heftigen Protesten führte. Sie hatte das Foto aus dem Schrank in Lüdgens Haus herausgesucht und legte es vor den Verkäufer auf den Tresen. »Schauen Sie mal, das ist Clara. Sind Sie sicher, dass sie hier nicht arbeitet?«

Genervt von der erneuten Störung starrte sie der Junge an, erkannte dann, dass sie keine Ruhe geben würde, bevor er nicht doch einen Blick auf das Bild geworfen hatte. Also betrachtete er das Foto mit betont gelangweilter Miene – und runzelte sofort die Stirn. »Aber das ist Anna! Keine Ahnung, wie sie mit Nachnamen heißt, aber ja, die arbeitet hier.«

Er griff sofort nach einem internen Telefon. Kurz darauf kam eine rundliche, sehr freundlich wirkende Frau Mitte vierzig an den Counter. Ihr junger Kollege erklärte ihr die Lage, bevor sie zu Pat und Bo trat und sie misstrauisch betrachtete. Pat wusste, dass sie mit ihrem Hoodie für viele nicht wie eine typische Kripobeamtin aussah. Bo schon eher, aber noch hatte er seine von der Autoreparatur verschmierten Hände nicht wirklich säubern können.

Die Frau stellte sich mit leichtem schwedischem Akzent als Maike Svensson, die Personalchefin des Multimar vor und ließ sich von Pat noch mal das Foto zeigen.

»Ich verstehe das nicht«, gestand sie völlig verwirrt. »Ja, das ist eindeutig unsere Anna.«

»Wie heißt sie mit Nachnamen?«, fragte Bo.

»Eggen.«

Frau Svensson kratzte sich am Kopf und machte einen Anruf.

Kurz darauf kam ein Mann zu ihnen. Ein sehr sympathischer Mann, gutaussehend, auf eine ganz andere Art als Bo und mit einer Weste, die ihn ebenfalls als Mitarbeiter des Multimar auswies.

»He, das ist Anna. Sie hat eine andere Haarfarbe, aber das ist eindeutig meine Freundin«, stellte er überrascht fest. »Ich kapier das nicht. Ist es vielleicht ihre Schwester? Ihre … Zwillingsschwester?«

»Nein«, sagte Bo sofort. »Clara hat keine Schwester. Das wüsste ich.«

»Wieso?«

Bo blickte kurz zu Pat. »Wir sind zusammen zur Schule gegangen. Oben in Flensburg.«

»Ach ja?« Claras Freund taxierte Bo misstrauisch. Pat wusste genau, was er dachte.

Schließlich riss er sich von Bos Anblick los und betrachtete wieder das Foto aus dem Schrank.

»Und wer ist dieser Typ neben ihr?«

Pat erklärte ihm die aktuelle Lage, verriet, dass Anna wohl eigentlich Clara Gerland hieß. Und dass diese Clara eine kurze Zeit mit diesem Mann zusammen gewesen war und sich vor sieben Monaten dann ohne

Angabe einer Adresse davongemacht hatte. Pat erzählte von ihrer Vermutung, dass Lüdgen auf der Suche nach Clara war, sprach aber noch nicht von seiner unheimlichen Spur, die er inzwischen in Nordfriesland und an der Ostsee hinter sich gelassen hatte.

Bo wollte wissen, seit wann Anna hier im Multimar arbeiten würde.

»Erst seit einem halben Jahr«, sagte Frau Svensson.

»Wir haben uns hier kennengelernt. Vor vier Monaten ist Anna dann bei mir eingezogen«, verriet ihr Freund, der Robin Schneider hieß. »Ich kapier das nicht. Wieso sollte sie mich angelogen haben?«

»Wo ist sie jetzt?«, wollte Pat wissen. Und erfuhr, dass sie heute früher nach Hause gegangen war, nachdem sie letzte Nacht eine Extraschicht gemacht hatte.

Robin Schneider starrte erneut das Foto an. »Was genau ist das denn für ein Typ auf dem Foto? Wieso ist Anna – oder Clara – denn vor ihm weggelaufen?«

Bo räusperte sich. »Er ist ein gefährlicher Mann. Wir glauben, dass er sich mittlerweile hier in Tönning aufhält. Und wir sind sicher, er wird alles versuchen, um herauszufinden, wo Clara steckt.«

»Um was zu machen?«

Pat zuckte mit den Schultern, und auch Bo schwieg.

Robin Schneider musterte sie mit besorgter Miene, griff dann nach seinem Handy und tippte eine Nummer ein.

»Sie haben die Telefonnummer von Clara?«

»Nein, Anna sagt immer, sie braucht kein Handy«, brummte er. »Aber zu Hause haben wir ein Telefon.«

»Zu Hause? Wo ist das? Auch hier in Tönning?«

Er nickte. »Auf meinem Schiff. Unten im Hafen, neben dem Packhaus.«

»Auf Lautsprecher, bitte«, sagte Bo und zeigte auf das Handy.

Sie hörten ein mehrfaches Klingeln. Aber niemand nahm ab. Pat sah, wie Robin langsam immer nervöser wurde, und tauschte einen besorgten Blick mit Bo.

Schließlich schaltete er das Handy aus und starrte mit leerem Blick auf das Gerät.

Frau Svensson legte ihm mitfühlend die Hand auf die Schulter. »Anna … Sie hat gesagt, dass sie sich hinlegen will, aber eigentlich …«

Er schüttelte den Kopf. »Anna hat einen total leichten Schlaf, schreckt schon beim kleinsten Geräusch hoch. Sie hätte das Telefon bestimmt gehört.«

Bo klopfte auf den Tisch. »Okay, wir fahren zum Hafen, sofort.«

Natürlich wollte Robin Schneider sie begleiten. Als er vor dem Multimar auf sein Fahrrad stieg, bat Bo ihn, mit in den Wagen zu steigen, um ihnen den kürzesten Weg zum Schiff zu zeigen.

»Selbst zu Fuß geht es fast schneller zum Hafen«, erklärte Claras neuer Freund. »Wir müssen nur einmal ums Hafenbecken, auf die andere Seite zum Packhaus.«

Bo zeigte auf seinen Sportwagen. »Ich bin sicher, wir sind auch mit dem Auto schnell da.«

Also zwängte ihr Begleiter sich nach hinten, während Pat wieder vorne Platz nahm und per Telefon die örtlichen Kollegen von der Schutzpolizei alarmierte. Da die Polizeistation in Tönning gerade renoviert wurde, mussten die Beamten aus Garding kommen, einem Ort in der Mitte der Eiderstedter Halbinsel.

»Schickes Auto haben Sie«, stellte der immer noch verwirrte Robin Schneider fest, worauf Bo ihn einlud, zum »Du« zu wechseln, und sich und Pat mit den Vornamen vorstellte.

»Bo ist halber Däne«, erklärte Pat, als sie sein verwirrtes Gesicht sah. »Da duzen sich alle.«

Robin nickte nur, schien sich im Moment aber nicht für sprachliche Besonderheiten zu interessieren.

Pat tauschte einen betroffenen Blick mit ihrem Kollegen.

»Keine Sorge«, sagte Bo, als er den Motor seines TVR zum Leben erweckte. »Clara ist nichts passiert.«

»Warum ruft sie dann nicht zurück? Ich habe ihr doch auf die Mailbox gesprochen.«

Bo holte nur tief Luft und fuhr los. Ohne auf die Geschwindigkeitsbegrenzung zu achten, rasten sie vom Parkplatz herunter und dann durch die kleinen Gassen Richtung Hafen.

»Geht's?«, fragte Pat, die auf dem Kopfsteinpflaster selbst mit dem Kopf immer wieder an das Wagendach knallte.

Robin seufzte. »Warum all diese Lügen? Warum hat Anna nicht wenigstens mir ihren richtigen Namen verraten? Warum hat sie mir nicht vertraut?«

»Bestimmt nur aus Angst, dich mit in diese Sache hineinzuziehen?«, sagte Pat.

»Was genau hat dieser Kerl denn angestellt, dass sie solche Angst vor ihm hat?«

Pat tauschte einen kurzen Blick mit Bo. Sollten sie Robin von den Toten in Dagebüll und Friedrichstadt erzählen? Nein, nicht jetzt.

»Da sind wir ja schon«, rief Bo, als sie in diesem Moment das Hafengelände erreichten. »Ganz schön was los hier.«

Tatsächlich war der Hafen der Touristen-Hotspot des kleinen Örtchens. Bo musste in Schrittgeschwindigkeit vielen Spaziergängern und Radfahrern ausweichen und dazu auf ortsfremde Autofahrer aufpassen, die hin und her rangierten und auf der engen Hafenmeile nach einem Parkplatz suchten.

»Also, wo liegt nun dein Segelschiff?«, fragte er.

Pat drehte sich zu dem hinter ihm sitzenden Robin – und bemerkte, dass das Gesicht ihres Begleiters auf einmal jede Farbe verloren hatte.

»Auf der anderen Seite, vor dem Pier am Packhaus«, stammelte er.

Bo strecke den Hals. »Wo denn? Ich sehe nichts.«

»Es ist weg.«

»Was?« Bo hielt den Wagen an, sah erschrocken zu Robin.

Der zeigte mit zitternder Hand nach draußen zu einem im Vergleich zur Hafenmeile fast ausgestorben wirkenden Teil des Hafenbeckens vor einem gigantischen, historischen Backsteinbau.

»Es ist weg«, wiederholte Robin, und Pat konnte das Entsetzen in seiner Stimme hören. »Das Schiff ist weg. Mit Anna.«

# 38

Clara hörte das dröhnende Schnarren und Quietschen, als die schweren Tore geschlossen wurden. Lauschte dann angespannt, als das Wasser leise gurgelnd immer höher stieg, spürte das sanfte Schwanken der Black Beauty, konnte aber außer der schwarz-öligen Wand durch das kleine Bullauge nichts sehen.

Waren sie alleine in der Schleuse des Eider-Sperrwerks? Oder trieben auf der Steuerbord-Seite der Jacht weitere Schiffe in dem Schleusenbecken? Sie meinte, andere Dieselmotoren gehört zu haben, aber doch so leise und entfernt, dass es sich auch um die Geräusche der gewaltigen Maschinen der Schleuse handeln konnte.

Aber so sehr sie versuchte, etwas Genaueres zu hören oder durch das winzige Bullauge zu sehen, es änderte nichts daran, dass sie in einem Albtraum gefangen war. Einem Albtraum, schlimmer als alles, was sie sich in den letzten Monaten vorgestellt hatte. Eingesperrt in einer winzigen Kammer, in der Hand eines bewaffneten Psychopathen.

Als Joris in Tönning davon gesprochen hatte, einen ruhigeren Ort zum Sprechen zu kennen, hatte sie noch auf ein Café gehofft oder eine nette Bank mit Blick auf den Hafen. Einen Ort, wo es andere Menschen gab und sie Joris' Launen nicht vollends ausgeliefert war und Hilfe rufen konnte, falls er noch mehr durchdrehte.

Er hatte sie freundlich gebeten, voran Richtung Niedergang zu gehen. Nach oben, aufs Deck hatte sie gedacht, doch plötzlich hatte er sie mit brutaler Gewalt zur Seite in die Skipperkoje gestoßen, eine winzige Kammer, in der es nur einen kleinen Schrank und ein schmales Bett gab. Dann hatte er die Tür von außen mit irgendeiner Stange verriegelt. So sehr sie auch rüttelte, es war unmöglich, die Tür von innen zu öffnen.

»Ganz ruhig, mein Engel, ich werde dir alles erklären«, rief er von außen. »Wir machen einen Ausflug. Ich bin sicher, er wird dir gefallen!«

Sie hörte, wie Joris im Cockpit nach dem Schlüssel für den Motor suchte, die Schubfächer aufriss und die Regale an der Seite durchkämmte.

»Kannst du mir sagen, wo der Schlüssel ist?«, fragte er ausgerechnet sie, es war nicht zu fassen.

Natürlich sagte sie ihm nichts. Stattdessen schimpfte sie immer lauter, rief um Hilfe, weinte, aber Joris reagierte nicht. Sorgen, dass jemand sie hören konnte, schien er sich nicht zu machen. Wie Clara leider wusste, war um die Zeit auf dieser Seite des Hafens kaum eine Menschenseele unterwegs.

Und selbst wenn. Aus ihrer Erfahrung war die Skipperkoje so gut isoliert, dass man schon direkt neben dem Schiff stehen musste, um etwas zu hören. Und das Bullauge ließ sich auch nicht öffnen. In ihrer Verzweiflung schlug sie immer wieder mit den Fäusten gegen die Tür, hoffte, dass sich der Riegel auf der anderen Seite irgendwie lösen würde. Ohne Erfolg.

Dann fand er den Schlüssel. Er befand sich an ihrem Schlüsselbund, den sie in die Ablage gegenüber der kleinen Kombüse geworfen hatte.

Das hatte sie natürlich die ganze Zeit gewusst, was Joris ihr aber nicht übel zu nehmen schien.

»Ich hab ihn«, rief er fröhlich, als wenn alles nur ein Spiel wäre, und klimperte mit dem Bund vor ihrer Tür. Clara ließ sich stöhnend auf das enge Bett fallen. Sie wusste, dass Joris sich gut auskannte und ein erfahrener Segler war. Sie selbst hatte mit ihm schon einmal auf einem ähnlich großen Schiff eine Tour auf der Ostsee gedreht.

Kurz darauf hörte sie, wie der Motor der Black Beauty gestartet wurde. Dann Joris' Schritte auf dem Deck, als er die Seile löste.

Und schon ging's los. Durch das kleine Bullauge konnte sie verfolgen, wie sie langsam durch das Hafenbecken fuhren, vorbei an der Promenade. Clara begann zu schreien, so laut sie konnte, klopfte heftig gegen die Scheibe des kleinen Fensters.

Aber falls jemand sie bemerkte, schien er oder sie nicht zu erkennen, dass sie in Schwierigkeiten steckte. Wahrscheinlicher war, dass niemand ihr Flehen sah oder ihr verzweifeltes Klopfen hörte.

Schon hatten sie den Tönninger Hafen verlassen und fuhren auf die Eider. Was genau hatte Joris mit ihr vor? Clara hatte keine Ahnung. Sie hatte mit Robin bisher nur zwei Touren die Eider hinauf Richtung Nord-Ostsee-Kanal gemacht. Besonders gut hatte ihr das Stück hinter Friedrichstadt gefallen, wo die Eider in vielen Kurven durch die grüne Marsch und die beginnende Geest floss. Robin und sie hatten dort vor zwei Monaten im Schilf geankert und den ganzen Tag nur in der Sonne gelegen und geknutscht. Beim Gedanken an diesen Tag und ihren Freund musste Clara sofort weinen. Ob sie Robin je wiedersehen würde? Was würde Joris mit seiner geliebten Jacht anstellen? Und wie hatte er sie überhaupt gefunden? Hatte sie denn nicht alles getan, um komplett zu verschwinden und keine Spuren zu hinterlassen?

Ihren Bekannten in Niebüll hatte sie erzählt, dass sie nach Australien gehen wollte, um dort in einem Tierpark zu arbeiten, etwas, von dem sie in der Tat ihr ganzes Leben lang träumte.

Stattdessen hatte sie von dem Job im Tönninger Multimar erfahren, sich sofort beworben und war sogar genommen worden – alles unter falschen Namen. Okay, Anna war tatsächlich ihr zweiter Name, aber selbst ihre besten Freunde aus alten Zeiten kannten den nicht.

Und trotzdem hatte er sie gefunden. Wie hatte er das nur geschafft?

Wie sie aus ihrem kleinen Bullauge sehen konnte, drehte Joris das Schiff nach Backbord Richtung Westen. Der untere Teil der Eider war ein schönes, vor der stürmischen Nordsee geschütztes Segelrevier. Auch hier hatte sie mit Robin schon mal einen sonnigen Tag verbracht, der ihr im Moment wie aus einem anderen Leben, einer anderen Welt erschien.

Aber Joris hatte keine Segel gesetzt, sondern fuhr nur mit dem alten Dieselmotor.

»Wo verdammt noch mal willst du hin?«, rief sie durch die geschlossene Tür, erhielt aber keine Antwort. Mittlerweile war es oben im Cockpit so still, dass sie schon den Eindruck hatte, dass Joris gar nicht mehr an Bord war.

Doch dann hörte sie ihn wieder. »Lass mich in Ruhe«, zischte er. »Ich weiß, was ich tue.«

Für einen Moment glaubte sie, dass er mit ihr schimpfte, fragte ihn, was sie falsch gemacht hatte, und bekam wieder keine Antwort.

Schließlich wurde ihr klar, dass er mit jemanden anderem redete. Laut stritt, den Unbekannten aufforderte, die »Schnauze« zu halten. Und dass er genau wissen würde, was jetzt zu tun sei.

War noch jemand an Bord?

Eine Gänsehaut lief ihr über den Rücken, als sie sich an seine früheren Selbstgespräche erinnerte. Mehrmals hatte sie Joris in seinem Garten an der Ostsee dabei erwischt, wie er mit einer anderen, nicht sichtbaren Person geredet hatte. Als sie ihn damals darauf angesprochen hatte, hatte Joris total wütend reagiert und behauptet, sie wäre diejenige, die unter Visionen leiden würde.

Im Laufe der Zeit im Haus am Kliff hatte es viele Dinge gegeben, die sie an ihm nicht mochte, die sie hasste oder die ihr sogar Angst machten. Aber dieses Erlebnis im Garten hatte ihr den Rest gegeben und sie zu dem Entschluss geführt, ihn zu verlassen.

Joris war ein kranker Mann. Je schneller und weiter sie von ihm wegkam, umso besser. Wäre sie doch nur wirklich nach Australien gegangen, wie sie es bei ihren Freunden behauptet hatte. Ein Neuanfang auf der anderen Seite der Welt.

Jetzt war Joris wieder da und redete immer noch mit sich selbst. Und sie hockte hier als seine Gefangene in dieser engen, sarggroßen Kammer und war ihm komplett ausgeliefert.

Wieder hörte sie das Knirschen der schweren Tore und das Gurgeln des Wassers. Die Black Beauty glitt langsam aus dem Schleusenbecken.

Hinaus auf die Nordsee, hinaus aufs offene Meer.

Und sie war ganz allein auf dem Schiff mit diesem Irren.

# 39

Krumme lag zusammen mit Sonny auf dem Sofa, als es klingelte.

Im Gegensatz zum Hund schreckte er sofort hoch. Pat ruft an, dachte er und grabschte nach dem Telefon, das neben ihm auf dem Sofatisch lag. Dann erst erkannte er, dass nicht das Handy geklingelt hatte, sondern dass jemand vor der Haustür stand.

Ächzend versuchte er, sich von Sonny zu befreien, aber Marianne, die mit einem Buch im Sessel saß, war schneller. »Bleib liegen, ich geh schon.«

Kurz darauf kehrte sie mit Holger Mannsen zurück. Sein Kumpel von der Bredstedter Polizei trug keine Uniform mehr. Es war später Nachmittag, er hatte Feierabend und bedeckte seinen gewaltigen Bauch unter einer Strickjacke.

»Hallo, alter Mann«, rief er mit breitem Grinsen.

»Sehr witzig«, ächzte Krumme, der es endlich geschafft hatte, den immer noch schlafenden und schnarchenden Sonny ein wenig zur Seite zu schieben, um aufrecht auf dem Sofa zu sitzen.

»Hab von deinem Unglück gehört.« Mannsen redete etwas leiser, um Sonny nicht zu wecken. »Nimm's nicht so schwer. Wir werden alle nicht jünger.«

»Das habe ich ihm auch schon gesagt«, verriet Marianne und fragte, ob er Kaffee und ein Stück Apfelkuchen wollte. Natürlich sagte Mannsen nicht nein. Er setzte sich auf einen Stuhl und erkundigte sich, wie genau das mit dem Hexenschuss gelaufen war.

Krumme verzog den Mund. »Bist du extra den langen Weg gekommen, um mir die Hand zu halten?«

Mannsen lachte. »Nein, ich hole Harke ab. Der Junge hat einem befreundeten Bauern ein paar Tage bei der Heuernte geholfen.«

»Wo denn?«

»In der Nähe von Friedrichstadt. Jetzt geht's wieder zurück nach Kleebüll. Petra vermisst den Jungen schon.« Er lächelte.

Genau wie Krumme. Er kannte Harke gut. Der hünenhafte Landwirtschaftshelfer war ein komischer Vogel und hatte einen Hang für Spökenkram. Er behauptete, in seiner kleinen Bude zusammen mit einem Kobold namens Nis zu wohnen – den außer ihm aber noch nie jemand zu Gesicht bekommen hatte. Doch so seltsam Harke manchmal war, auf überraschende Weise hatte er Krumme schon mehrmals das Leben gerettet.

»Was macht eure Jagd nach diesem IT-Fritzen?«, fragte Mannsen. »Habt ihr ihn inzwischen gefunden?«

Krumme erzählte ihm, dass Lüdgen auf der Suche nach seiner Exfreundin in Tönning aufgetaucht war und dass Pat ihm mit Bo Jepsen, einem Kripokollegen aus Eckernförde, auf den Fersen war.

»Ach was? Mit dem Dänen?«

Krumme hob den Kopf. »Sag bloß, du kennst ihn?«

»Klar, jeder hier im Norden kennt Bo. Er ist fast schon eine Legende. Wie du!«, fügte er mit einem Augenzwinkern hinzu. »Hat schon einige spektakuläre Fälle gelöst. Und soll ab und zu für das BKA gearbeitet haben. Oder war es sogar Interpol?« Er kratzte sich an der Stirn.

»Weißt du Genaueres?«

Mannsen schüttelte den Kopf. »Nein, tut mir leid. Mit den Kripoleuten von der Ostseeküste kenne ich mich nicht so aus.«

»Ist das nicht komisch, dass er nach Interpol ausgerechnet in Eckernförde gelandet ist?«

Mannsen schaute ihn mit einem vorwurfsvollen Lächeln an. »Ich kenne einen sehr erfahren Kriminalhauptkommissar aus der Hauptstadt, der jetzt bei der Kripo im kleinen Husum arbeitet und dort wohl ganz zufrieden ist.«

Krumme schwieg verlegen. »Trotzdem«, fing er dann wieder an. »Bo Jepsen ist noch jung und …«

Mannsen holte tief Luft. »Also, es soll da so eine Geschichte gegeben haben …« Er schwieg, schaute hinaus auf den roten Abendhimmel.

Krumme sah seinen Kumpel erwartungsvoll an. »Nun sag schon, was für eine Geschichte?«

Mannsen strich sich mit beiden Händen über den dicken Bauch. »Da gab es wohl irgend so einen Spezialauftrag, bei dem Bo sich nicht ganz regelkonform verhalten haben soll.«

»Regelkonform?«

»Statt auf Hilfe zu warten, hat er entschieden, selbst

zu handeln. Was wohl ziemlich schiefgelaufen ist. Hat mächtig Ärger gegeben.«

»Was für Ärger?«

»Keine Ahnung. Aber auf einmal ist er wieder in Eckernförde bei der Kripo aufgetaucht. Vielleicht ist es auch nur ein Gerücht. Du weißt ja, was die Kollegen immer für dummes Zeug quatschen.«

Krumme schwieg. Er musste an Friedrichs, die alte Mistschleuder und seinen Tratsch über sein Verhältnis zu der viel jüngeren Pat denken. Oder wie er früher in Berlin bei der Kripo gemobbt worden war, weil er sich bei einem schwierigen Fall geweigert hatte, vor Gericht für einen Kollegen zu lügen.

Mannsen klopfte ihm freundlich auf den Oberschenkel. »Aber mach dir nicht so viele Gedanken, Theo. Der Fall ist bei Bo in guten Händen. Und Pat auch.« Er grinste. »Soll ja ziemlich gut aussehen, der Kollege. Wenn du Pech hast, siehst du sie nie wieder.«

Passend zu Mannsens Spruch ließ der schlafende Sonny einen fahren. Gerne hätte Krumme sich woanders hingesetzt, aber der Hund hatte seinen schweren Kopf auf seinen Schoß gelegt. Marianne, die sich wieder in ihr Buch vertieft hatte, öffnete die Tür zur Terrasse, um ein wenig zu lüften und den überraschend üblen Geruch zu vertreiben.

»Gibt es etwas Neues im Fall Lasse Harms?«, fragte Krumme, während Mannsen sich ein weiteres Stück Apfelkuchen in den Mund schob.

Sein Kollege schüttelte den Kopf. »Nein«, erwiderte er mit vollem Mund »Aber ich habe euch alle Fotos und

Verhörprotokolle per Mail geschickt. Pat hat ja bereits die Videoaufnahmen der Überwachungskameras. Die zumindest vorläufigen Berichte der Spurensicherung und der Gerichtsmedizin sollten auch bereits auf dem Server liegen. Kannst dir ja noch mal alles auf dem Rechner anschauen.« Er zeigte grinsend auf den schlafenden Sonny. »Wenn der Kleine dich wieder freilässt.«

Krumme nickte zufrieden.

Mannsen beschloss, sich wieder auf den Weg zu machen. Zum Abschied wollte er Krumme aufmunternd auf die Schulter klopfen, als ihm im letzten Moment sein Hexenschuss einfiel. Schnell zog er die Hand zurück.

»Halt mich auf dem Laufenden, wenn sich was Neues ergibt«, bat er, dann brachte Marianne ihn zur Tür.

Krumme beschloss, sich die Unterlagen im Mordfall Harms gleich mal anzuschauen. Vielleicht gab es ja etwas, das bei der Jagd nach Lüdgen helfen konnte. Endlich schaffte er es, Sonny zur Seite zu schieben und sich dann langsam vom Sofa zu erheben.

»Was tust du?«, fragte Marianne, als sie von der Tür zurückkam und ihn nach vorne gebeugt durchs Wohnzimmer schleichen sah.

Krumme stemmte beide Arme in die Hüfte. »Ich wollte mir am Rechner mal die …«

In dem Moment klingelte es wieder. Und dieses Mal war es eindeutig das Telefon.

Krumme drehte sich ruckartig um und stolperte so hastig zurück zum Tisch, dass sich sein Rücken sofort wieder mit einem heftigen Stich meldete. Er krümmte sich und blieb stöhnend mitten in der Bewegung stehen.

Marianne betrachtete ihn kopfschüttelnd und nahm statt ihm das Gespräch entgegen. »Hallo, Pat …« Sie hörte kurz zu und schüttelte dann den Kopf. »Tut mir leid, ich glaube, Theo kann gerade nicht …«

Aber Krumme ließ sie nicht aussprechen, sondern schnappte sich trotz der Schmerzen das Telefon aus ihrer Hand. Mit einem erschöpften Seufzer nahm er auf dem Stuhl Platz, auf dem gerade noch Mannsen gesessen hatte.

»Hallo, Pat, wie ist die Lage?«, krächzte er.

»Theo? Sorry für die Störung. Wenn es gerade nicht passt, Bo und ich kommen auch so …«

»Quatsch, nun sag schon! Habt ihr Lüdgen endlich gefunden?«

Pat verneinte und erzählte ihm, was mittlerweile in Tönning passiert war und dass Lüdgen Clara offenbar mit einem Segelschiff entführt hatte.

Krumme stöhnte. »Die könnten überall sein. Die Eider rauf Richtung Nord-Ostsee-Kanal oder …«

»Wir haben bei der Schleuse am Eiderspeerwerk angerufen«, unterbrach ihn Pat. »So wie's aussieht, sind sie bereits unterwegs auf der Nordsee.«

Er überlegte. »Zum Glück könnt ihr sie über sein Radar orten, oder?«

»Leider nein. Lüdgen hat es ausgeschaltet. Und über Handyortung kriegen wir ihn auch nicht.«

»Dann habt ihr keine Ahnung, wo sie sind?«

»Nein, im Moment nicht.«

»Und jetzt?«

»Ohne GPS wird Lüdgen auf dem offenen Meer nicht

weit kommen. Die Nordsee ist zum Glück nicht die Ostsee. Im Wattenmeer gibt es überall Sandbänke, Untiefen, gefährliche Strömungen.«

Eine junge Frau in der Hand eines bewaffneten Verrückten, die beide orientierungslos auf der Nordsee herumirrten – Krumme war nicht der Meinung, dass dieser Albtraum etwas mit Glück zu tun hatte.

»Lüdgen ist ein erfahrener Segler«, sagte er. »Was, wenn er es doch irgendwie schafft, mit ihr über die Nordsee zu entkommen?«

»Keine Sorge, das wird er nicht.«

Pat erzählte ihm, was ihr Plan war.

## 40

Was für ein Ehrfurcht gebietender Anblick! Nur er und das graue Meer und die sich zu einem gewaltigen Berg auftürmenden Wolken vor der langsam untergehenden Sonne. Zuerst hatte noch ein kleiner Holzfrachter in einiger Entfernung ihren Weg gekreuzt, war dann aber in der Ferne verschwunden.

Nun gehörte das Meer ihm allein. Joris lächelte, ließ den Blick bis zum fernen Horizont schweifen, genoss die angenehme Brise nach dem heißen Tag, die frische Seeluft und das sanfte Auf und Ab der Wellen, die leise glucksend unter das Schiff rollten.

Es fühlte sich an wie nach Hause kommen. Auf der Nordsee war er nie gesegelt, aber auf der Ostsee früher oft, allein und mit Freunden.

Und mit seinem Vater. So schrecklich und gemein er sonst gewesen war, auf dem Meer verwandelte er sich immer wieder in einen komplett anderen Menschen. Entspannt, in sich ruhend, schweigend, eins mit der Natur. Statt ihn, seinen Sohn, zu quälen und ihm ständig seine Verachtung zu zeigen, hatte er ihm beigebracht, wie man Segel setzte, Knoten knüpfte und sich von der Kraft der Elemente durch die Welt treiben ließ. Nur er und sein Vater auf dem Meer, gemeinsam als Team auf einem Boot – wie sehr Joris diese glücklichen Tage früher geliebt hatte!

Umso schlimmer war es gewesen, wenn er ihn anschließend wieder seine Verachtung hatte spüren lassen. Ihm ständig die Schuld dafür gegeben hatte, dass Joris' Mutter nicht mit ihm hatte zusammenleben wollen und ihn deshalb verlassen hatte.

Für einen Moment verharrte Joris mit vor Wut verzogener Miene in seiner Erinnerung.

Was er wohl für ein Mensch geworden wäre, wenn er in einer glücklichen Familie mit seiner Mutter und seinem Vater aufgewachsen wäre?

Aber all das spielte jetzt keine Rolle mehr. Joris schüttelte den Kopf, um sich von der Erinnerung an seine traurige, einsame Kindheit zu befreien.

Jetzt galt es, nach vorne zu schauen.

Zum ersten Mal seit Langem hatte Joris die Hoffnung, dass sich alles zum Guten wenden würde. Okay, auf dem Weg hatte es einige Probleme gegeben und er bedauerte, was mit diesen beiden Tölpeln auf der Straße passiert und sogar, dass dieser eingebildete Kapitän in Dagebüll so unglücklich gestürzt war. Aber ansonsten schien jetzt alles besser zu laufen.

Sogar seine Kopfschmerzen waren verschwunden. Es war verrückt, seit er auf dem Schiff unterwegs war, konnte er endlich wieder klar denken.

Und warum? Weil er Clara wiedergefunden hatte. Die Liebe seines an Liebe armen Lebens. Und weil er jetzt mit ihr unterwegs in eine bessere Zukunft war.

Er schaute nachdenklich nach unten zur Skipperkoje,

die er mit einem Besenstil verschlossen hatte. Seit Längerem hatte er nichts mehr von Clara gehört. Nachdem sie immer wieder gegen die Tür geschlagen, geschrien und geweint hatte, schien sie jetzt eingeschlafen zu sein.

Ob sie wieder mit angezogenen Beinen auf der Seite lag, wie auf der Liege auf der Terrasse bei ihm zu Hause an der Ostsee? Früher hatte ihr blondes Haar oft wie eine goldene Krone ihr schlafendes Gesicht umrahmt. Aber auch mit der neuen Frisur sah sie aus wie ein Engel.

Er lächelte verliebt und kämpfte gegen das Verlangen, die Tür zu ihrer kleinen Kammer zu öffnen und sich an sie heranzukuscheln.

Natürlich war sie im Moment böse auf ihn. Es hatte ihm auch leidgetan, sie so heftig in diese winzige Koje zu stoßen. Aber in diesem Hafen hätte er nie die Chance gehabt, ihr alles in Ruhe zu erklären. Klar würde es eine Weile dauern, und bestimmt würde sie sich ihm widersetzen. Aber am Ende, und da war er sicher, würde sie erkennen, dass sie zusammengehörten und dass ihr Platz nicht bei diesem Otternmann in Tönning, sondern an seiner Seite war.

Ihr neuer Freund – der Gedanke an seinen Konkurrenten ließ seinen Puls sofort nach oben schnellen.

Robin. Was für ein alberner Name, zuerst hatte er sich einen großen Jungen in Strumpfhose vorgestellt, dann aber im Cockpit ein Bild von ihm und Clara entdeckt. Genau wie das Foto, das er zu Hause in seinem Schrank und in seiner Brieftasche hatte, eine Aufnahme von Bord eines Segelschiffes.

Er musste zugeben, der Kerl sah gut aus. Kräftig,

durchtrainiert, ähnlich wie dieser Affe in Dagebüll. Eher der körperliche Typ.

Und damit eindeutig der falsche Mann für Clara. Er kannte sie besser als diese Testosteronhelden. Sie war wie eine Fee, zart, zerbrechlich. Eine Frau, die gerne las, die lernen wollte und noch viel zu lernen hatte, auch wenn sie es nicht immer wahrhaben wollte. Er schaute zu dem an die Scheibe gepinnten Foto mit Clara und diesem Robin. Wieder verzog er abschätzig den Mund, als er sich vorstellte, was dieser muskulöse Kerl mit seiner Clara im Bett angestellt hatte.

Ob sie für ihn auch Lieder auf ihrer Gitarre gespielt hatte?

»Natürlich, ein süßes Liebeslied, und als Dankeschön hat er ihr dann die Seele aus dem Leib gefickt! Hier auf seinem Schiff«, lachte eine tiefe Stimme.

»Schnauze!« Joris stöhnte laut auf! Schluss damit, er durfte sich jetzt nicht wieder von seinen Wahnvorstellungen verwirren lassen. Mit verzerrter Miene rieb er sich die Schläfe, spürte auf einmal erneut das pochende Stechen hinter seiner Stirn.

Wütend schnappte er sich das Foto, zerriss es in kleine Teile und warf sie über Bord in die Wellen.

Es dauerte eine Weile, bis er sich wieder beruhigt und die Schmerzen unter Kontrolle hatte. Er atmete tief ein und aus, sog die frische Meeresluft in seine Lunge und drehte den Hals mehrmals nach rechts und links, bis es knackte.

Scheiß auf diesen Robin! Was auch immer er mit Clara angestellt hatte, jetzt war sie wieder bei ihm.

Und er hatte sein Schiff.

Ein sehr schönes Segelschiff, das musste er diesem Otternfritzen lassen. Die Jacht, die er – auch zusammen mit Clara – auf der Ostsee gemietet hatte, war nicht so schön, aber ähnlich groß gewesen. Entsprechend leicht war es ihm gefallen, die Black Beauty aus dem Hafen und über die Eider bis zur Schleuse zu fahren.

Nur die Segel hatte er bis jetzt noch nicht gehisst. Außerdem hatte er schon kurz nach dem Eider-Sperrwerk das GPS und das Radar ausgeschaltet. Auch über das Bordhandy würde sie niemand hier draußen finden. Das hatte vor der Schleuse plötzlich zu klingeln begonnen. Joris hatte auf dem Display Robins Namen gesehen – und das Telefon kurzerhand ins Wasser geworfen.

Erfreulicherweise vertraute Otternrobin genau wie er nicht allein auf digitalen Schnickschnack, sondern hatte auch klassische Seekarten in seinem Cockpit, die anzeigten, wo sich Sandbänke und die Hauptfahrrinne von der Eider hinaus aufs offene Meer befanden.

Nur dumm, dass Joris aktuell nichts hatte, womit er sich orientieren konnte. Außer einem Kompass, was für den Anfang aber schon mal eine Hilfe war.

Inzwischen war die Küste nicht mehr zu sehen, in alle vier Richtungen schimmerte in der Abendsonne das dunkle Grau-Blau der Nordsee. Dazu legte sich erster Abenddunst über das Meer.

Sehr gut, dachte Joris. Andere Schiffe würden zwar langsam immer schwieriger zu erkennen sein. Aber so wurde es für sie leichter, einfach in der Dunkelheit zu verschwinden.

Er lächelte, es schien, als wenn das Schicksal bei seiner Mission wieder auf seiner Seite war.

Da hörte er auf einmal ein leises Brummen aus der Ferne. Schnell griff er sich ein Fernglas, schaute sich hektisch um und entdeckte schließlich am Horizont einen Punkt, der immer größer wurde.

Ein Hubschrauber!

Er kam näher, wurde lauter. Trotzdem schien es, als würde er in der Abenddämmerung an ihnen vorbei Richtung Meer fliegen.

Doch dann wandte er sich auf einmal zur Seite, flog direkt auf die Black Beauty zu.

Sie waren hinter ihnen her!

»Was hast du denn gedacht, du Blödmann?«, hörte er seinen Vater lachen. »Du klaust ein Schiff, entführst eine Frau – natürlich lassen sie dich nicht entkommen!«

Joris blinzelte, spürte, wie das Blut hinter seiner Stirn schmerzhaft im Takt der lauter werdenden Rotorblätter schlug. Mit dem Fernglas schaute er nach oben, versuchte, mehr zu erkennen, konnte aber durch die im letzten Licht der untergehenden Sonne leuchtenden Scheiben keine Insassen ausmachen.

Der Hubschrauber hatte sie erreicht. Ein Rettungshubschrauber, er flog jetzt dröhnend direkt über dem Schiff, wirbelte das sowieso schon stürmischere Wasser noch weiter auf.

Joris blickte erschrocken nach oben, hielt sich die Hand über die Augen, um sich vor der spritzenden Gischt zu schützen. Sah ein riesiges rotes, wütend kreischendes Insekt über sich, bereit, jeden Moment auf die

im Luftwirbel wild schwankende Jacht herunterzusto-
ßen, um ihn anzugreifen und seinen großen Traum zu
zerstören!

»Hilfe! Hier bin ich!«, hörte er auf einmal Claras
Stimme aus der Koje, nur leise und in dem Chaos kaum
zu verstehen. Joris' Kopf schien in dem Lärm zu explodieren. »Nein! Weg mit euch!«, schrie er mit vor Verzweiflung und Schmerz bebender Stimme.

Er griff nach der Pistole, die er nach der Schleuse vor
sich auf das Cockpit gelegt hatte, zielte nach oben auf
das tobende Monster – und drückte ab!

Einmal, zweimal, dreimal knallten die Schüsse durch
den Himmel. Einer traf die Kufen des Helikopters. Der
zweite krachte in eine Scheibe. Und der dritte streifte
funken-sprühend die Außenhülle, dicht unterhalb der
wirbelnden Rotoren.

Der Helikopter stieg sofort nach oben, um sich außer
Reichweite der Pistole zu bringen. Wie ein Raubvogel
schwebte er am Himmel vor den dunklen Wolken,
schien abzuwarten, zu überlegen, ob er eine neue Attacke riskieren sollte.

Joris zog sich unter das Dach des Cockpits zurück,
wollte für mögliche Schützen aus dem Hubschrauber
kein einfaches Ziel sein.

Dann geschah erneut ein Wunder.

Der Helikopter drehte ab, rauschte nach einer letzten
Kurve noch einmal im Tiefflug über das Schiff, und flog
schließlich Richtung Osten, zurück zur Küste. Ungläubig beobachtete Joris, wie die blinkenden Positionslich-
ter des Hubschraubers immer kleiner wurden und nach

einer Weile komplett hinter dem Horizont verschwanden.

Ein breites Grinsen erschien auf seinem Gesicht. Er hatte gewonnen! Er hatte die Schweine verjagt! So schnell würden sie bestimmt nicht wiederkommen. Und falls doch, würde er weit, weit weg sein. Schon während der Attacke des Hubschraubers war die Black Beauty immer weiter Richtung Westen hinaus zur untergehenden Sonne gefahren. Und wenn die erst einmal komplett verschwunden war, würde die Jacht im langsam aufziehenden Dunst und der Dunkelheit nicht mehr zu finden sein.

Joris streckte die Arme nach oben, atmete die kühle Abendluft ein und konnte sein Glück nicht fassen. Und dazu kam noch: Von einem Moment auf den anderen waren die Kopfschmerzen verschwunden.

Ein leises Schluchzen stoppte seine Euphorie. Clara, allein in der Skipperkoje, hatte sicher verstanden, was die Stille zu bedeuten hatte. Der Helikopter war weg und damit ihre Hoffnung auf Rettung. Fast hatte Joris Mitleid mit ihr. Aber seine Freude über die Gelegenheit, jetzt endlich in Ruhe mit ihr reden zu können, war größer.

Zufrieden schob er den Gashebel nach vorne, nun galt es, so schnell wie möglich weiterzufahren, hinein in die Nacht, umso mehr Zeit würde er für Clara haben. Er konnte es kaum abwarten, ihr alles zu erzählen, und hatte schon eine Idee, in welchem Rahmen er das tun würde.

Plötzlich ein heftiger Ruck, der ihn mit brutaler Gewalt auf die Holzplanken warf. Es war, als würde die Black Beauty von einer Riesenhand festgehalten werden. Mehr verwirrt als erschrocken rappelte Joris sich auf, stellte sich zurück ans Cockpit, gab erst Vollgas und versuchte dann, das Schiff rückwärts, weg von dem unsichtbaren Hindernis zu manövrieren.

Ohne Erfolg. Der Motor der Segeljacht drehte durch wie ein gequältes, lebendiges Wesen, der hochaufragende Mast wankte heftig im Abendhimmel. Aber das Schiff bewegte sich keinen Zentimeter weiter.

Endlich verstand Joris, und mit der Erkenntnis kamen auch die hämmernden Kopfschmerzen augenblicklich zurück: Sie waren auf Grund gelaufen. Ein Wind zog von Westen kommend auf. Und sie saßen hier mitten auf der Nordsee fest.

# 41

Krumme saß am Schreibtisch und klickte sich durch die einzelnen Dateien des Falls Lasse Harms. Mittlerweile war es dunkel geworden. Nur eine einsame kleine Lampe neben dem Rechner tauchte das Zimmer in spärliches Licht.

Erstaunlich, wie viel Material, Fotos und Dateien in der kurzen Zeit schon zusammengekommen waren. Es fiel ihm schwer, sich darin zurechtzufinden – was auch daran lag, dass er nicht ganz bei der Sache war. Und zwar nicht, weil Marianne sich im Nebenzimmer mit einer Kollegin vom Förderverein der Stadtbibliothek unterhielt. Sondern weil er in Gedanken ständig bei dem Einsatz auf der Nordsee war.

Wieso meldete sich Pat nicht? Sie hatte ihm erzählt, dass sie Lüdgen mit einem Hubschrauber finden und stellen wollten. Aber seit ihrem Anruf vor zwei Stunden hatte er nichts mehr von ihr gehört.

Krumme nippte nachdenklich an dem Tee, den Marianne ihm gemacht hatte, und schaute durch das nur angelehnte Fenster hinaus in den Hinterhof. Er hörte Fernseher und das entspannte Plaudern von Nachbarn, die sich an diesem lauen Sommerabend zusammen mit Freunden auf den Balkon gesetzt hatten. Eine sanfte

Brise wehte hinein in sein Zimmer. Krumme schloss die Augen, genoss die frische Luft nach diesem heißen Tag.

Ein friedlicher Abend.

Aber das galt wohl nicht für das, was gerade draußen auf dem Meer passierte.

Nach dem Gespräch mit Pat hatte er im Internet nachgesehen und sich über die Wetterlage informiert. Windstärke fünf. Kein Sturm, aber draußen auf der See konnten die Wellen heute Nacht schon etwas höher werden.

Was bedeutete das für die Hubschrauber-Aktion? Er hatte keine Ahnung.

Er seufzte. Auf einmal kam er sich total überflüssig vor. Wertlos. Alt.

Zu alt? Waren Pat und dieser Bo jetzt die neue Generation? Waren sie dran? Wurde es für ihn Zeit, zurückzutreten und den Weg für die Jugend freizumachen?

Er drehte sich auf dem Stuhl vorsichtig hin und her und spürte wie zur Bestätigung seine Rückenschmerzen.

Erneut seufzte Krumme und betrachtete sein verschwommenes Spiegelbild in der Scheibe. Ein alter Mann mit faltigem Gesicht und Halbglatze.

»Theo? Was ist los?« Marianne stand auf einmal im Türrahmen.

Er drehte den Stuhl in ihre Richtung, um den Rücken so wenig wie möglich zu bewegen. »Na, ist Charlotte nicht mehr da?«

»Wir haben Feierabend gemacht. Und das sollst du langsam auch tun.«

»Ich warte noch auf Pats Anruf.«

»Das kannst du auch im Wohnzimmer. Ich hab noch einen leckeren Grauburgunder im Kühlschrank.« Sie stellte sich hinter ihn und massierte ganz vorsichtig seinen verspannten Nacken. Wie gut das tat. Krumme lächelte.

»Bin ich alt geworden?«, fragte er sie, ohne sich umzudrehen.

»Wie kommst du denn darauf? Nur, weil du einen Hexenschuss hattest?«

»Na ja …«

»Geh mal zum Orthopäden und schau ins Wartezimmer. Da sitzen ganz viele Patienten, die Rückenprobleme haben. Junge wie Alte, das ist eine richtige Volkskrankheit.«

»Mag sein, aber wenn man älter wird, dann …«

»Du bist nicht alt«, unterbrach sie ihn streng. »Du bist nur nicht mehr so jung, aber das ist was ganz anderes.«

»Meinst du?«

In der Fensterspiegelung konnte er sehen, wie sie sich an die Schläfe tippte. »Es kommt vor allem darauf an, was man im Kopf hat. Und da kannst du noch locker mit den jüngeren Kollegen mithalten.«

Er griff zärtlich nach ihren Händen. »Neulich im Theater hast du gesagt, ich bin wie ein Opa. Nur weil mir das Stück nicht gefallen hat.«

Sie überlegte, versuchte, sich zu erinnern. »Hast recht. Du bist ein alter Mann. Trotzdem können wir zusammen einen Wein trinken.« Sie grinste.

Krumme zeigte auf den Rechner. »Gleich. Ich möchte erst noch ein paar Texte durchlesen.«

»Na gut. Aber mach nicht so lange. Sonst schlafe ich auf dem Sofa ein«, antwortete sie und ging zurück ins Wohnzimmer.

Krumme warf kurz einen Blick auf sein Handy. Keine Nachricht von Pat. Dann widmete er sich wieder den Unterlagen von dem Mordfall in Dagebüll. Er stützte seinen Kopf auf den gespreizten Fingern seiner Hände ab, um sich besser konzentrieren zu können. Aber es dauerte eine ganze Weile, bis er wieder im Thema war.

Eigentlich schien die Sache ja klar. Lüdgen war der Mörder von Lasse Harms. Das bewiesen die Fingerabdrücke, der Vergleich der Zeiten aus den Überwachungskameras. Und mittlerweile auch die Tatsache, dass er bereit war, alles zu tun, um Clara Gerland, die Liebe seines Lebens, wiederzufinden und zurückzugewinnen.

Doch irgendetwas stimmte nicht.

War es das Verhältnis von Lüdgen zu dem Kapitän? Wieso brachte er den Mann um, wenn er doch zu dem Zeitpunkt der Einzige war, der ihm helfen konnte, sein Ziel zu erreichen?

Nur ein Unfall also. Er schaute sich noch mal den Bericht von Fleischer an, konnte aber nirgends einen Widerspruch oder eine Lücke erkennen. Ihr Pathologe mochte ein nach Rauch und Schwefel stinkender Vampir sein, aber auch ein ausgezeichneter Mediziner.

Konnte es sein, dass Lüdgen in irgendeinem Verhältnis zu den beiden Frauen stand? Die Ärztin aus Niebüll und die Serviceangestellte der Fähre hatten Harms schließlich ebenfalls gekannt.

Fragen über Fragen. Krumme konnte es kaum erwarten, Lüdgens Antworten darauf zu hören.

Er schaute auf seine Uhr und war überrascht, wie schnell die Zeit vergangen war.

In diesem Moment meldete sich sein Handy. Schon vorm zweiten Klingeln nahm er ab.

»Pat?«

»Hallo, Theo. Habe ich dich geweckt?«

»Nein, verdammt. Was ist mit Lüdgen? Habt ihr den Kerl endlich?«

»Nein, leider mussten wir den Helikoptereinsatz abbrechen.«

»Warum das denn?«

»Er hat auf uns geschossen.«

## 42

»Er hat auf euren Helikopter geschossen?« Theos Stimme überschlug sich fast, so erschrocken war er.

»Lüdgen hat mit einem Schuss die Scheibe getroffen«, berichtete ihm Pat. »Unser Pilot wurde von einigen Splittern am Auge getroffen.«

»Der Pilot? Ausgerechnet?«

»Ja, hat ziemlich geblutet. Zum Glück konnte Bo übernehmen.«

»Wie bitte?«

»Ja, hast richtig gehört. Bo kann einen Hubschrauber fliegen.«

Für einen Moment herrschte Stille auf der anderen Seite. Pat konnte sich gut vorstellen, wie Theo mit offenem Mund neben dem Telefon saß.

»Unglaublich …«, murmelte er schließlich. »Das gehört nun wirklich nicht zur Ausbildung eines gewöhnlichen Kripobeamten.«

»Trotzdem haben wir den Flug abgebrochen und sind zurückgeflogen. Der Pilot wird jetzt im Krankenhaus in Heide genauer untersucht.«

»Und wo seid ihr?«

Sie seufzte. »In der Polizeistelle in Büsum. Ich bin hier gerade allein auf dem Flur.«

»Aber ...« Sie konnte hören, wie Theo aufgeregt auf seinem Stuhl herumrutschte. »Dann habt ihr keine Ahnung, wo das Schiff jetzt ist?«

»Wir haben eine Drohne im Himmel. So wie's aussieht, hat Lüdgen das Schiff auf eine Sandbank gesteuert.«

»Auf eine Sandbank?«

»Ja, sie sitzen fest. Ich sag doch, das Wattenmeer ist tückisch. Und da die Flut erst langsam wieder einläuft, werden sie frühstens in ein paar Stunden loskommen.«

»Was ist mit Clara Gerland?«

»Die haben wir vorhin nicht gesehen. Scheint im Schiff eingesperrt zu sein.« Oder Schlimmeres. Pat sah, wie Bo den Kopf aus einer Tür streckte und sie suchte.

»Theo, ich muss Schluss machen.«

»Was habt ihr jetzt vor?«

»Wir haben die Küstenwache alarmiert. Die übernehmen jetzt den Einsatz. Mehr kann ich im Moment noch nicht sagen.«

Sie hörte, dass Theo schon zur nächsten Frage ansetzte, doch Pat beendete das Gespräch und versprach, ihn auf dem Laufenden zu halten.

Dann folgte sie Bo zurück in das Büro der Büsumer Kollegen, wo neben einem Polizeikommissar auch der völlig aufgelöste Robin wartete.

»Das Boot der Küstenwache ist unterwegs«, informierte Bo sie.

»Sehr gut! Wann wird es bei der Jacht sein?«

»Wird leider ein bisschen dauern. Es kommt aus Cuxhaven.«

»So weit? Wieso das denn?«

»Weil die Küstenwache gerade noch einen anderen Einsatz hat. Sie müssen einen Frachter mit Gefahrengut stoppen, der nicht nach Hamburg in die Elbe fahren darf.«

»Was für ein Gefahrengut?«

Bo bot ihr einen Platz an und setzte sich selbst auf einen anderen Stuhl. »Hochexplosives Ammoniumnitrat. Wäre eine Katastrophe, wenn das Zeug in der Elbe oder sogar im Hafen losgeht. Aber egal: Die Küstenwache ist unterwegs und sollte spätestens in anderthalb Stunden bei der Black Beauty sein.«

Robin stöhnte. »Das ist eine Ewigkeit. Wer weiß, was dieser Kerl in der Zeit mit Anna …« Er zögerte kurz, bevor er seufzend fortfuhr. »… mit Clara anstellt?«

Pat betrachtete ihn voller Mitgefühl.

»Stecken sie immer noch auf der Sandbank fest?«, fragte sie.

Stefan, der Büsumer Polizeikommissar, kaum älter als sie, zeigte auf seinen Computerbildschirm. »Soweit wir auf den Bildern sehen können, haben sie sich keinen Meter fortbewegt.«

»Und kann man irgendetwas Genaueres erkennen?«

»Nein«, sagte Bo. »Dafür fliegt die Drohne zu hoch, und durch den Nebel und die Dunkelheit ist die Sicht zu schlecht.«

»Also immer noch kein Bild von Clara?«

»Doch«, erwiderte Stefan. »Wir haben eine EMT Odysseus H15 im Einsatz, die besitzt auch eine Wärmebildkamera«, ergänzte er, stolz, dass sie über solche technischen Möglichkeiten verfügten.

»Ja, und?«, fragte Pat ungeduldig.

»Die Kamera zeigt zwei Personen an, die sich auf dem Objekt befinden.«

»Und was bedeutet das?«, fragte Pat.

Der junge Polizeikommissar räusperte sich. Offensichtlich verunsicherte ihn die Gereiztheit der Kollegen.

»Also was? Lebt Clara, oder nicht?«, wollte der besonders ungeduldige Robin wissen.

»Zwei Signale bedeutet, dass beide Personen sehr wahrscheinlich noch am Leben sind.«

Das schien Robin wenig zu beruhigen. »Wahrscheinlich?«

»Na ja.« Der junge Beamte wich seinem Blick aus. »Auch ein toter Körper strahlt noch eine Weile Wärme aus ...«, sagte er, wurde dabei aber immer leiser. Denn er merkte, wie schrecklich das war, was er gerade erzählte.

Tatsächlich vergrub Robin laut stöhnend sein Gesicht in den Händen. Bo und Pat tauschten einen unglücklichen Blick.

»Wieso fahren wir nicht einfach wieder raus und schnappen uns den Dreckskerl?«, wollte Claras Freund wissen.

»Die Kollegen sind nun mal besser ausgestattet für Einsätze auf dem Meer«, sagte Bo, wirkte aber selbst nicht überzeugt von dieser Aussage.

»Aber er ist allein!«

»Und er ist bewaffnet«, sagte Pat. »Was, wenn er wieder durchdreht und am Ende auch Clara etwas antut?«

»Gibt's hier nicht irgendwo einen Scharfschützen, der

das Schwein einfach abknallt?«, fragte Robin Stefan, der nur verwirrt den Kopf schüttelte.

»Wenn das die letzte Lösung sein sollte, werden die Kollegen der Küstenwache auch darauf vorbereitet sein«, sagte Bo.

»Wirklich? Die Küstenwache?« Robin lachte bitter.

»Keine Sorge«, versuchte Kollege Stefan zu beruhigen. »Wir können den Einsatz über die Drohne ohne Probleme verfolgen.«

»Hält die denn überhaupt so lange durch?«, wollte Pat wissen.

»Die Odysseus H15 hat einen besonders großen Akku«, erklärte der Beamte mit feierlichem Ernst. »Eine halbe Stunde sollte das Gerät noch ohne Probleme durchhalten.«

»Aber die Küstenwache kommt doch erst in anderthalb Stunden«, rief Robin entsetzt.

»Stimmt«, sagte der junge Polizeikommissar und sah hilfesuchend zu Bo. »Aber bestimmt haben die auch selber noch eine Drohne, oder?«

Pat sah aus dem Fenster hinaus in die Nacht. Sie konnte das nahe Rauschen des Meeres hören. Es hatte ein wenig aufgefrischt. Kein Sturm, aber draußen auf der Nordsee konnte es eventuell ungemütlich werden. Sie blickte zu Bo, sah, wie er nachdenklich auf seine Hände starrte. Zu Stefan, der nur auf seinen Bildschirm schaute. Und dann zu Robin, der kurz vorm Explodieren war.

»Das soll es jetzt also sein?«, fragte Claras Freund. »Wir hocken hier in diesem Zimmer und warten einfach ab, was passiert? Während meine Freundin draußen auf dem Meer von einem Irren bedroht wird? Auf meinem Schiff, das keiner so gut kennt wie ich?«

Bo holte tief Luft und nickte dann. »Exakt. Aber keine Sorge. Ich bin davon überzeugt, die Küstenwache weiß genau, was sie tut.«

Pat betrachtete ihren Kollegen und seine ernste Miene und hatte wieder etwas über ihn gelernt: Er war ein ganz schlechter Lügner.

# 43

Krumme fiel es schwer, sich auf seine Arbeit zu konzentrieren. Immer wieder schaute er aus dem Fenster und fragte sich, was dort draußen hinter den Häusern Husums, über die sich nun langsam die Nacht legte, auf der Nordsee vor sich ging. Dann blickte er auf sein Handy und konnte kaum erwarten, dass Pat sich wieder bei ihm meldete.

Plötzlich schreckte ihn das Klingeln der Tür aus seinen Gedanken.

»Ich gehe schon«, rief Marianne, die im Nebenzimmer bei einem Glas Wein noch ein bisschen ferngesehen hatte.

Krumme schaute verwirrt auf die Uhr. Wer kam denn noch so spät zu Besuch?

Kurz darauf hörte er lautes Plappern. Zuerst vermutete er, Mariannes Freundin Charlotte wäre noch mal zurückkehrt, weil sie etwas vergessen hatte. Doch dann erkannte er eine Männerstimme. O nein, doch nicht wieder dieser Physioarzt, dachte er. Doch dann hörte er plötzlich ein ihm nur zu bekanntes heiseres Lachen.

Doktor Fleischer, der Gerichtsmediziner! Was wollte der denn hier? Krumme hatte ihn bisher nur bei der Arbeit an diversen Tatorten und in seiner Gruft in der Pathologie getroffen.

Kaum zu glauben, aber durch die nur angelehnte Tür zum Wohnzimmer hörte Krumme, wie Marianne mit ihrem Besucher über Bücher plauderte. Fleischer bedankte sich bei seiner Freundin für ihren letzten Tipp und gab zu, dass er sich ein wenig in Trudi, die patente Inselkrankenschwester auf der Insel Föhr, verliebt hatte.

»Toll, dass ich Ihren Geschmack getroffen habe, Herr Doktor«, freute sich Marianne. »Wenn Sie Interesse haben, ich habe die ganze Reihe im Regal stehen. Ich kann Sie Ihnen gerne ausleihen.«

»Sehr nett«, hörte Krumme Fleischers krächzende Raucherstimme. »Aber besonders gute Bücher kaufe ich mir immer selbst. Doch es ist nicht nur die Liebe zur Literatur, die mich so spät noch hierherführt«, erklärte der Gerichtsmediziner überraschend galant. »Eigentlich wollte ich zu Ihrem Lebensgefährten.«

Krumme zuckte erschrocken zusammen, hoffte, dass Marianne flunkern und behaupten würde, er läge längst im Bett. Aber den Gefallen tat sie ihm nicht. Stattdessen klopfte sie bei ihm an die Tür und führte den Doktor herein.

»Schau mal, Theo, wer dich so spät noch besuchen möchte.«

Krumme drehte sich mit leicht verkniffener Miene herum und begrüßte seinen Gast. Marianne erkundigte sich, ob die beiden ein Glas Wein haben wollten. Krumme lehnte ab, aber Fleischer nahm das Angebot sehr gerne an.

»Das ist ja eine Überraschung, Herr Doktor. Gerade habe ich an Sie gedacht«, erklärte Krumme verlegen, als Marianne sie versorgt hatte.

»Blödsinn«, schnarrte Fleischer und hob vorwurfsvoll den vom vielen Rauchen gelblichen Zeigefinger. »Sie haben nur ein bisschen am Computer rumgespielt.«

»Ja, weil ich mir Ihren Untersuchungsbericht aus Dagebüll noch mal genauer anschaue«, erklärte Krumme.

»Ach, wirklich?«

Krumme nickte. »Mir ist immer noch nicht ganz klar, was da genau in dieser Wohnung passiert ist.«

Fleischer setzte sich in einen Sessel und schlug seine dünnen Beine übereinander. »Dann müssen Sie eben genauer lesen. Mein Bericht ist mehr als eindeutig.«

»Sie behaupten, es war Mord?«

»Das sollen Juristen beurteilen. Aber es war so eine hasserfüllte Attacke, dass Harms' Tod die logische Folge sein musste. Das behaupte ich nicht. Ich beweise es.« Er zeigte auf den vor Krumme stehenden Rechner.

»Aber wieso sollte Lüdgen Harms umbringen? Der Kapitän war der Einzige, der seine Fragen beantworten konnte.«

Fleischer verdrehte die Augen. »Das müssen Sie schon selbst rausfinden.«

»Der Kapitän war ein durchtrainierter Mann. Lüdgen dagegen …«

»… ein völlig durchgeknallter Irrer«, beendete Fleischer den Satz. »Die Spuren verraten, dass auch er ordentlich was abbekommen, sich schließlich aber trotzdem durchgesetzt hat.«

Krumme blickte nachdenklich auf den Bildschirm. »Meinen Sie, dass …«

Fleischer ließ ihn wieder nicht ausreden. »Hören Sie, ich bin nicht gekommen, um mit Ihnen über diesen mehr als eindeutigen Fall zu plaudern.«

»Sondern?«

»Können Sie mir mal verraten, warum Sie nicht auf meinen anderen Bericht reagiert haben?«

»Welchen anderen Bericht?«

Der Mediziner stöhnte. »Natürlich meine Beurteilung zu dem Fund der Spurensicherung in diesem Garten an der Ostsee.«

»Die tote Frau?«

»Natürlich die tote Frau, was sonst? Ich habe heute die Fotos bekommen und Ihnen sofort eine entsprechende Analyse geschickt. Sehr scharfsinnig und brillant geschrieben, wenn ich das so sagen darf.«

»Tut mir leid«, erwiderte Krumme. »Ich habe nur von dem Fund an sich gehört. Von einer entsprechenden Analyse weiß ich nichts. War heute aber auch krankgeschrieben«, ergänzte er und verschwieg, dass er trotzdem im Büro gewesen war.

Fleischer musterte ihn kopfschüttelnd. »Da hätte ich mich also gar nicht so beeilen müssen?«

»Haben Sie denn was Interessantes entdeckt?«

Der hagere Gerichtsmediziner nickte und kratzte sich dabei mit seinen langen Vampirfingern an der großen Nase. »Sie kommen doch bestimmt auch von hier aus ins Netz der Polizei, oder?«

Krumme nickte.

Fleischer stand ächzend aus dem tiefen Sessel auf. »Wenn Sie mir einen Stuhl organisieren, setze ich mich zu Ihnen an den Rechner und erkläre Ihnen alles. Aber zuerst muss ich noch mal auf Ihre Terrasse und eine Zigarette rauchen.«

## 44

Pat saß mit Bo vor der Wache in Büsum auf einer Bank. Beide hatten eine Wasserflasche in der Hand und schauten schweigend in die Sommernacht. Es war immer noch warm, aber unter dem Himmel hing eine dichte Wolkendecke, die nur vereinzelt die Sicht auf ein paar Sterne erlaubte.

»Wie lange noch?«, fragte sie.

Bo schaute auf seine Uhr.

»Ein bisschen über eine Stunde.«

Sie betrachtete ihn nachdenklich. In der Dunkelheit vor dem Haus konnte sie sein Gesicht nur schemenhaft erkennen.

»Hast du so einen Einsatz auf einem Schiff schon mal gemacht?«

»Nein«, sagte er. Und ergänzte nach einer Weile: »Nicht auf einem Schiff.«

Pat horchte auf. »Wo dann?«

Er zögerte. »In einem Flugzeug.«

»Wie bitte? Ein Geiseleinsatz in einem Flugzeug?!« Pat starrte ihn fassungslos an.

»Ist eine lange Geschichte.«

»Wir haben Zeit, mindestens eine Stunde.«

Aber Bo schüttelte den Kopf und stand auf. »Komm,

lass uns lieber rein. Mal gucken, ob sich was Neues ergeben hat.«

Gemeinsam gingen sie zurück in die Wache, in das Zimmer, wo Stefan, ihr Kollege von der Büsumer Polizei, immer noch die Drohne beobachtete.

»Und?«, fragte Bo, als sie den Raum betraten.

»Die Bundespolizei hat sich gemeldet«, sagte der junge Polizeikommissar. »Sind auf dem Weg, brauchen aber wohl noch zehn Minuten länger.«

Gemeinsam mit Bo stellte Pat sich hinter Stefan und schaute auf den Bildschirm. »Und wie sieht's auf der Black Beauty aus?«, fragte sie.

»Keine Veränderung. Nur der Dunst ist ein bisschen dichter geworden.« Stefan räusperte sich. »Aber wir müssen bald abbrechen, der Akku der Drohne hält nicht mehr lange.«

Bo stöhnte. Ihm war deutlich anzusehen, wie unzufrieden er über diese Situation war.

»Wo ist Robin?«, fragte Pat.

»Der hat es hier nicht mehr ausgehalten. Hat noch einen Anruf gemacht und ist weg.«

Bo sah alarmiert auf. »Wie? Weg?«

»Ich glaube, er wollte ein bisschen an die frische Luft.«

»Draußen bei uns war er nicht«, sagte Pat.

»Na ja, dann …« Stefan verstummte verlegen.

»Wen hat er denn angerufen?«, wollte Bo wissen.

»Keine Ahnung. Sein Handy war leer, da hab ich ihm vorgeschlagen, im Nebenzimmer zu telefonieren.«

Pat und Bo tauschten einen Blick. Dann lief Bo ins benachbarte Büro. Pat blieb bei Stefan.

»Alles in Ordnung?«, erkundigte sich der junge Beamte unsicher.

»Hoffentlich«, brummte Pat und starrte weiter auf den Computerbildschirm, konnte aber kaum etwas erkennen. »Können wir nicht ein bisschen näher ran?«

»Klar. Aber dann besteht die Gefahr, dass Lüdgen die Drohne hört.«

Bo kam zurück. Pat fiel sofort auf, dass etwas nicht stimmte. Ohne auf sie zu achten, stellte er sich ebenfalls hinter Stefan.

»Du hast gesagt, die Drohne muss jetzt wieder zurück?«, fragte er Stefan.

Der Kollege nickte.

»Dann brech' ab. Und flieg auf dem direkten Weg nach Büsum. Aber halt die Kamera weiter nach unten.«

Stefan wirkte verwirrt, tat aber, was sein Kripokollege von ihm verlangte.

Zuerst war nur die nächtliche Nordsee zu sehen.

Doch auf einmal konnten sie ein kleines Licht erkennen, das sich auf geradem Weg schnell hinaus aufs offene Meer bewegte. Richtung Black Beauty.

»Ist das …?«, fragte Pat.

»Robin, ja. Ich habe gerade das Telefon überprüft. Er hat einen Freund angerufen. Auf Nachfrage hat der mir verraten, dass er sich ein kleines Motorboot geliehen hat.«

Pat sah ihn alarmiert an. »O nein, das ist eine Katastrophe.«

Bo nickte und fuhr sich dabei mit der Hand nervös durch die zerzausten Haare. »Er will Clara befreien. Allein.«

## 45

Clara nahm an, dass Joris den Kiel der Black Beauty auf Grund gesetzt hatte. Jedenfalls hatte das vertraute Schaukeln des Schiffs plötzlich aufgehört, stattdessen hörte sie jetzt nur das Klatschen der Wellen, die gegen den Rumpf schlugen. Durch das Bullauge konnte sie nichts erkennen. Das Boot lag schräg in der Brandung, und das kleine Fenster befand sich unterhalb der Wasseroberfläche.

Hätte sie doch nur die Lampe in der Skipperkoje repariert. Aber sie hatte es immer wieder aufgeschoben, weil sie die kleine Kabine nie benutzten.

Nun lag sie in völliger Dunkelheit und konnte nur raten, was hinter der versperrten Tür vor sich ging. Seitdem der Hubschrauber über das Boot gedonnert war und seit den Schüssen, die Joris abgefeuert hatte, war schon eine Weile vergangen. Zuerst hatte sie noch um Hilfe geschrien, geweint und Joris beschworen, sie doch bitte endlich freizulassen. Aber er hatte auf ihr verzweifeltes Flehen nicht reagiert. Stattdessen hatte sie gehört, wie er draußen auf dem Deck und unten in der Kabine herumstapfte, wie er die Schränke aufriss und scheppernd den Inhalt durchsuchte.

»Joris, was tust du?«, hatte sie heiser von dem langen

Rufen und müde vom Weinen durch die verschlossene Tür gefragt, aber keine Antwort bekommen.

Dafür hatte sie gehört, wie er wieder mit sich selbst gesprochen hatte. Ein leises Fluchen, manchmal auch nur ein Zischen, als wäre ein Dämon in ihm. Doch dann schien sich seine Laune wieder zu bessern. Auf einmal summte er sogar ein Kinderlied, lachte und pfiff leise eine Melodie.

Was stimmte nicht mit ihm?

Hatte ihr Abschied, ihr plötzliches, feiges Verschwinden ihm den Rest gegeben? War sie mitverantwortlich für seinen Geisteszustand?

Ein leises Klopfen riss sie aus ihren Gedanken. Joris stand auf der anderen Seite der schmalen Tür zu ihrem Gefängnis.

»Clara?«, hörte sie seine überraschend sanfte Stimme. »Schläfst du noch?«

»Was?« Wie kam er nur auf die bescheuerte Idee, dass sie angesichts dessen, was hier passierte, schlafen konnte? Aber jetzt galt es, Ruhe zu bewahren. »Nein, ich bin wach.«

»Ich habe eine Überraschung für dich vorbereitet«, sagte er und klang dabei wie eine Mutter, die ihre Kinder Weihnachten zur Bescherung rief.

»Was für eine Überraschung?«

»Wenn ich die Tür öffne, versprichst du mir, dich nicht wieder aufzuregen?«

Sie atmete tief durch, ballte die Fäuste und versuchte, sich zu beruhigen. »Versprochen.«

»Wirklich?«

»Ja, bitte, lass mich endlich raus«, sagte sie und ärgerte sich, dass ihre Stimme so zitterte.

Sie hörte Schnarren und Kratzen. Dann öffnete sich die Tür. Vorsichtig trat sie heraus, blinzelte ins ungewohnt helle Licht der Bordbeleuchtung, schaute sich unsicher um, in Erwartung irgendeiner Attacke oder Falle.

Und tatsächlich: Joris stand über ihr, auf dem obersten Absatz des Niedergangs und versperrte ihr damit den Weg nach draußen aufs Cockpit.

Er sah schrecklich aus. Strubbelige, vom Wind zerzauste Haare. Tiefdunkle Schatten unter den Augen, seine Haut wirkte wie öliges Leder.

Sie wusste, dass Joris nur selten Alkohol trank und nicht rauchte. Aber jetzt besaßen seine Augen einen so seltsamen, entrückten Glanz, dass sie sicher war, dass er irgendwelche Drogen eingeworfen hatte. Seine verliebte Miene wirkte wie eine schiefe, unheimliche Fratze. Clara zwang sich ebenfalls zu einem Lächeln, obwohl ihr bei seinem Anblick ein eisiger Schauer über den Rücken lief.

Immerhin: Von der Pistole war nichts zu sehen.

»Schau, was ich für dich vorbereitet habe«, sagte er, und es hörte sich an, als würde er singen.

Mit ausgestrecktem Arm forderte er sie auf, hinunter ins Schiff zu gehen.

Was sie sah, war wirklich eine Überraschung. Joris hatte die Lichterkette im Schrank hinter dem Steuerrad gefunden und zusammen mit den Rosen kunstvoll um den feierlich gedeckten Esstisch drapiert. Zwischen die Teller und Gläser hatte er zwei Windlichter aufgestellt. Die Flammen der in kleinen Laternen stehenden Kerzen flackerten in einer durch die aufgeklappten Fenster hereinströmenden Brise und warfen ein sanftes Licht auf den Tisch und die ihn umgebende Sitzbank. Auf dem Herd der kleinen Kombüse standen ein Topf und eine Pfanne, in denen es köchelte. Ein verführerischer Duft nach italienischem Essen lag in der Luft.

Clara fehlten die Worte.

»Gefällt es dir?«, fragte Joris.

»Es ist wunderschön«, sagte sie. Und das war nicht mal gelogen.

»Setz dich doch.« Joris lud sie ein, auf der hinteren Bank Platz zu nehmen. »Es gibt Spaghetti mit Garnelen. Ich weiß, ist nur ein einfaches Essen, aber mehr Zutaten habe ich leider nicht gefunden. Immerhin, ich habe noch einen leckeren Primitivo entdeckt.« Er zeigte auf eine Rotweinflasche, in der sich das hin und her schwingende Licht der beiden Kerzen spiegelte.

Clara konnte sich immer noch nicht rühren. Was passierte hier? Der Mann, der eben auf einen Hubschrauber geschossen hatte, wollte jetzt ein romantisches Dinner mit ihr? Hier, irgendwo auf der einsamen Nordsee? In einem auf einer Sandbank feststeckenden Boot?

»Was ist? Sag bloß, du hast keinen Hunger?« Joris betrachtete sie alarmiert, als hätte er Angst, dass sie sein sorgfältig orchestriertes Arrangement zerstören wollte.

Clara gab sich einen Ruck. »Nein, nein, natürlich habe ich Hunger«, sagte sie.

Mit sanftem, aber bestimmtem Druck schob er sie vor sich her zur hinteren Bank.

Erleichtert, dass alles so funktionierte, wie er es sich

vorgestellt hatte, stellte Joris sich dann vor die kleine Küchenzeile und goss das heiße Wasser aus dem Topf ab.

Clara sah, dass seine Pistole hinter seinem Rücken im Hosenbund steckte. Er war bewaffnet, selbst jetzt bei dem von ihm so sorgfältig geplanten »Liebesdinner«!

Er trat zurück an ihren Tisch und füllte ihre Teller mit den Nudeln und der leise blubbernden Soße.

Clara hob ihre jetzt zitternde Hand. »Nicht so viel.«

Aber er duldete keinen Widerspruch und kippte ihr lächelnd weitere Garnelen auf den Teller. »Komm schon, hier wird nicht gekniffen, ich habe extra für dich gekocht«, sagte er. Dann setzte er sich ihr gegenüber auf die Bank, zog aber vorher seine Pistole aus dem Hosenbund und legte sie griffbereit neben sich aufs Polster.

»Na dann, guten Appetit«, sagte er und strahlte.

»Was ist mit dem Boot?«, fragte sie.

»Was soll damit sein? Alles gut.«

»Wirklich? Wir stecken fest.«

»Ach, alles halb so wild.« Joris macht eine wegwerfende Bewegung. »Ja, der Kiel steckt irgendwo im Sand. Aber ich habe nachgesehen. Die Flut läuft auf, das Wasser steigt. Nicht mehr lange, und das Schiff ist wieder frei. Jetzt lass uns endlich anfangen.«

Clara begann in den Nudeln herumzustochern, während er darüber sprach, wie sie früher bei ihm in seinem Haus ebenfalls gekocht und dann anschließend die lauen Abende auf der Terrasse verbracht hatten. Wie sie sich den Himmel angeschaut hatten und er ihr die Sternzeichen erklärt hatte.

Clara betrachtete ihn mit einem bemühten Lächeln, ließ aber auch seine Waffe nicht aus den Augen. Ihr fiel auf, dass Joris öfters blinzelte. Und er schwitzte, dabei war es hier draußen auf dem Meer überhaupt nicht mehr so heiß. Im Gegenteil, selbst hier unten im Schiff fror sie ein bisschen.

»Schmeckt es dir nicht?«, erkundigte er sich stirnrunzelnd, als er bemerkte, dass sie nur langsam und zögerlich aß.

»Doch, doch, es ist sehr lecker«, erwiderte sie, worauf er weiter fröhlich über eine andere Segeltour auf der Ostsee sprach, als hätte es die letzten Monate, ihre Flucht und die Ereignisse des heutigen Tages nicht gegeben.

Auf einmal warf er sein Besteck unvermittelt auf seinen fast leeren Teller. »Kannst du mir mal sagen, was das soll?«, schnauzte er sie so plötzlich an, dass sie erschrocken zurückzuckte. »Ich koche hier für dich, versuche, es ein bisschen gemütlich für uns zu machen. Und du kriegst die Klappe nicht auf und sagst kein Wort! Schaust mich nur so finster an, als wenn ich ein Vollidiot wäre!«

»Tschuldigung, nein ich …« Clara senkte den Blick, stöhnte leise.

»Ja, bitte, ich höre? Was willst du mir sagen?«

Clara seufzte. »Was ist nur los mit dir?«, flüsterte sie fast und versuchte dabei, seinem Röntgenblick auszuweichen.

»Was mit mir los ist?«, wiederholte er aufgebracht. »Du willst wissen, was mit mir los ist? Ich versuche alles, um uns hier einen netten Abend zu machen, räume dein verdammtes Boot auf, koche für dich. Alles, damit wir endlich mal wieder in Ruhe reden können, wie man das als Paar eben so macht. Aber wenn du keine Lust hast, dann eben nicht.«

Damit riss er ihr den Teller unter der Nase weg, stand auf und kippte die Nudeln und die Garnelen zurück in die Pfanne.

Clara beobachtete, wie er mit dem Rücken zu ihr in der kleinen Kombüse stehen blieb und schwer atmend versuchte, sich wieder zu beruhigen.

Clara schaute zu der immer noch auf der Bank liegenden Waffe. Wollte er sie etwa testen? Aber sie hatte keine Chance, hätte schon aufstehen und um den Tisch herumgehen müssen, um an die Pistole zu kommen.

»Joris, wir sind kein Paar«, hauchte sie, so nervös, dass ihr fast der Atem zum Sprechen fehlte.

»Allerdings nicht«, sagte er, ohne sich umzudrehen. »Ich gebe mir ja wirklich Mühe, alle Hindernisse aus dem Weg zu räumen. Aber du machst es mir nicht gerade leicht.«

Sie hatte keine Ahnung, wovon er sprach, und es interessierte sie auch nicht. Nur eines wollte sie wissen: »Hast du vorhin auf den Hubschrauber geschossen? Mit deiner Pistole, die du mit auf das Schiff genommen hast?«

Er schwieg, drehte sich dann wieder um und betrachtete sie mit starrer Miene. Nur in seinen Augen funkelte im Licht der Kerzen ein gefährliches Feuer.

Clara schluckte, drückte sich ängstlich nach hinten an die Lehne. Wie hatte sie nur wagen können, so offen mit ihm zu reden?

Doch plötzlich verschwand das Flackern in seinem Blick. Er lächelte. Während es eben den Anschein gehabt hatte, ein Dämon würde in ihm wohnen, saß nun wieder nur ein scheinbar harmloser, völlig zerzauster und unrasierter Mann vor ihr. »Du hast noch gar nichts von dem Primitivo getrunken, mein Engel«, sagte er und hielt ihr sein Glas zum Anstoßen hin.

Clara war so überrascht, dass sie nach kurzem Zögern ebenfalls ihr Weinglas hob. Tatsächlich konnte sie ein bisschen Alkohol gerade gut vertragen.

Er setzte sich wieder ihr gegenüber auf die Bank und legte die Pistole vor sich auf den Tisch, mit dem Lauf auf sie gerichtet. Ob absichtlich oder nicht, konnte sie nicht sagen.

Mit nervösem Blick auf die Waffe behielt sie den trockenen Rotwein eine Weile im Mund, bevor sie ihn herunterschluckte. Sie beobachtete, wie auch er beim Trinken leicht zitterte und so ein Tropfen Wein in seinem Mundwinkel hängen blieb. Als würde er aus seinen Lippen bluten.

»Willst du mir verraten, was für Hindernisse du aus dem Weg geräumt hast?«

Kurz legte sich ein Schatten auf sein Gesicht, dann hatte er sich wieder unter Kontrolle. Er schüttelte den Kopf. »Vergiss die Vergangenheit. Lass uns lieber über die Zukunft reden.«

»Was für eine Zukunft?«

»*Unsere* Zukunft«, erklärte er mit einem eindringlichen Kopfnicken.

Sie seufzte. »Joris … ich weiß, du bist ein guter

Mensch. Und es tut mir sehr leid, was ich dir angetan habe. Ich hätte dich nie verlassen dürfen, ohne was zu sagen und ohne dir ...«

»Schon gut«, unterbrach er sie. »Ich sag doch, es ist mir egal, was früher war. Jetzt ist jetzt. Ich verzeihe dir und bin bereit, dir eine zweite Chance zu geben. Wir fangen ganz neu an. Ich verspreche auch, mich zu bessern.« Wieder nippte er an seinem Glas, und erneut musste sie daran denken, dass der Wein aussah wie Blut.

»Du ... du willst dich bessern?«, fragte sie ungläubig.

Er nickte. »Ich habe dich zu sehr bedrängt. Zu sehr unter Druck gesetzt.«

Sie starrte ihn überrascht an. O ja, weiß Gott, das hatte er!

»Aber das war falsch«, fuhr er fort. »Ich hätte dir mehr Zeit geben müssen, damit du nicht blockierst. Damit du verstehst, dass ich dich nur an die Hand nehmen möchte. Du bist zu zerbrechlich, um die Kämpfe zu führen, die in dieser verkommenen Gesellschaft nötig sind. Ich will dir nur helfen, ein besserer, ein stärkerer Mensch zu werden.«

Clara atmete erschöpft aus. Aber er plapperte weiter seinen Unsinn und war zu beschränkt, um zu verstehen, was für ein Idiot er war. Und sie hatte nicht die Kraft und auch nicht die Lust, ihn aus seinem Wahn zu befreien.

Damals, als sie sich kennengelernt hatten, hatte er so verloren und einsam gewirkt, da hatte sie für kurze Zeit geglaubt, einen Seelenverwandten gefunden zu haben. Ein Irrtum, wie sich schnell herausstellte. Sie hätte ihn sofort verlassen müssen. Aber sie war vollkommen pleite gewesen und deshalb trotz ihrer Zweifel bei ihm geblieben. Ein Fehler, für den sie in dieser Nacht bezahlen musste.

Jetzt saß sie hier mit diesem Verrückten im Nirgendwo fest, für immer gefangen in ihrer ganz persönlichen Hölle und ohne Hoffnung auf Hilfe. Eine so deprimierende Erkenntnis, dass ihr die Tränen in die Augen stiegen.

Joris verzog den Mund zu einem zufriedenen Lächeln. Es hatte ihn nie gestört, wenn sie weinen musste. Für ihn nur das Eingeständnis ihrer Schwäche und damit für ihn der Auftrag, sie auf den richtigen, auf seinen Weg zu führen.

»He, nicht, meine Kleine«, sagte er und strich ihr mit der Hand die Träne von der Wange. »Alles wird gut, glaub mir.«

Sie drehte sich zur Seite. »Finger weg! Fass mich nicht an!«

Joris erstarrte und zog seine Hand langsam zurück.

»Ich verstehe, dass das für dich sehr schwierig sein muss. Aber glaub mir, alles hat seinen Sinn.«

»Jetzt hör endlich auf mit diesem Gequatsche! Du hast mich entführt und in diesem kleinen Loch eingesperrt! Du hast ein Boot geklaut und auf Menschen geschossen! Und jetzt fuchtelst du die ganze Zeit mit dieser Knarre rum! Bist du wirklich so bescheuert, dass du glaubst, dass nichts davon Konsequenzen hat?«

Endlich, *endlich* redete sie mit ihm, wie er es verdient hatte! Was für eine Erlösung, sie zitterte vor Aufregung und war so aufgewühlt, dass ihr wieder Tränen übers Gesicht liefen. Aber dieses Mal lächelte sie, jetzt war sie diejenige, die den Verlauf des Gesprächs bestimmte.

Doch Joris griff plötzlich nach der Pistole. Clara schnappte nach Luft, sah, wie er die Waffe betrachtete und dann ihr einen langen Blick zuwarf.

»Was hast du vor?«, flüsterte sie.

Joris legte die Waffe wieder auf den Tisch. Er atmete aus, genau wie sie.

»Ich werde sterben«, sagte er auf einmal.

»Wie bitte?«

»Ich werde sterben«, wiederholte er. »Ich habe einen Tumor im Kopf, so groß wie ein Hühnerei. Und er wächst immer weiter.«

Sie wischte sich die Tränen aus dem Gesicht. »Du lügst …«, stammelte sie.

»Nein, tue ich nicht.«

Clara sah ihn erschrocken an. Zum ersten Mal seit ihrem Wiedersehen hatte sie das Gefühl, dass er ganz klar war. Dass er ihr die Wahrheit sagte.

»Aber das kann man doch bestimmt behandeln …?«

»Habe ich auch gedacht. Aber der Arzt war nicht ehrlich zu mir. Hat mir bewusst die falsche Diagnose gegeben, mir nicht die richtigen Medikamente verschrieben. Ich habe versucht, mir selbst zu helfen, selbst recherchiert … aber dann …« Er schüttelte den Kopf, sah auf einmal so niedergeschlagen aus, dass sie plötzlich echtes Mitgefühl für ihn empfand.

»Das ist so schrecklich«, flüsterte sie und fühlte sich hier mitten auf der Nordsee, zusammen mit Joris auf einmal wie in einer Blase außerhalb von Raum und Zeit. »Wie lange noch, bis …?«

Er zuckte traurig mit den Schultern. »Nicht lange.«

»Und es gibt wirklich keine Hoffnung mehr?«

Er zögerte einen Moment, dann lächelte er verlegen – und nickte.

»Doch, ich glaube schon.«

»Kennst du ein neues Medikament, das dir helfen kann?«

»Nein.«

»Eine neue Behandlungsmethode? Gerade bei Krebs soll es ja ganz neue Ansätze geben.«

Er schüttelte den Kopf. »Nein, die Medizin dieser ganzen Pharmaschweine kann mir nicht mehr helfen. Aber ich bin sicher, es gibt eine Sache, die alles verändern würde.«

Clara richtete sich auf. »Was?«

Joris holte tief Luft. »Alles wird gut, wenn du zu mir zurückkommst.« Er lächelte verlegen.

Clara sah ihn mit großen Augen an, stumm, ihr fehlten die Worte.

»Die letzten Wochen waren nicht immer einfach«, begann er zu erklären. »Aber seitdem ich mich auf die Suche nach dir gemacht habe, seitdem du erneut Teil meines Lebens geworden bist, spüre ich zum ersten Mal wieder so etwas wie Hoffnung.«

»Teil deines Lebens? Ich?«, echote sie fassungslos.

Er nickte, sah sie mit strahlenden Augen und roten Wangen an, in Erwartung ihrer Reaktion auf sein dramatisches Geständnis.

Clara brauchte noch einen Moment, bis sie Worte fand. »Aber … das ist … das ist verrückt.«

Seine Augen zuckten. Das schien nicht die Antwort zu sein, die er sich erhofft hatte. Doch so schnell gab er nicht auf.

»Clara, wir beide gehören zusammen, wir sind füreinander bestimmt. Das habe ich gerade in den letzten Tagen gelernt. So wie ich dir zeigen kann, den richtigen Weg durchs Leben zu finden, so wirst du mir helfen, diesen verdammten Krebs zu besiegen.«

Es schien, als würde die Zeit stillstehen. Clara hörte, wie draußen der Wind über das Meer blies und die Wellen gurgelnd gegen das Boot schlugen. Sie roch die salzige See und den würzigen Fischgeruch der Garnelen. Und hatte keine Ahnung, was sie Joris sagen sollte.

Ein Albtraum, das musste ein Albtraum sein. Sie vergrub ihr Gesicht in ihren Händen, wollte so tun, als würde sie überlegen, dabei war doch klar, was sie ihm sagen würde. Dieses Mal sagen musste, egal, welche Konsequenzen es für sie haben würde.

Sie holte tief Luft, setzte zu einer Erklärung an, als er ihr zuvorkam.

»Clara, bitte, spiel ein Lied für mich«, sagte er.

»Wie bitte?«

Joris zeigt auf die Gitarre, die vorne im Bug der Black Beauty auf der Liegefläche zwischen den beiden Kojen lag.

»Bitte, sing mir ein Lied. *Das* Lied. Du weißt, welches.«

»Aber …« Sie schüttelte langsam den Kopf. Sie wusste

natürlich, welches Lied er meinte, konnte sich noch genau daran erinnern, wie sie es damals nachts auf der Terrasse seines Hauses gesungen hatte.

Aber sie konnte ihm jetzt doch unmöglich ein Liebeslied singen! Schon damals war es ihr falsch vorgekommen, schon in dieser Nacht hatte sie gewusst, dass Joris nicht der Richtige war und sie aufhören musste, ihm falsche Hoffnungen zu machen.

Doch Joris sprang bereits auf, griff nach der Gitarre und hielt sie ihr hin. Verwirrt schaute sie auf das Instrument in seiner Hand und dann in seine komplett irren, aber auch unendlich traurigen und hoffnungsvollen Augen.

»Bitte, Clara, nur einmal.«

Sie musste irgendwie auf seine dramatische Einladung reagieren. Hatte aber Angst, ihn mit einer negativen Antwort endgültig über die Klippe des Wahnsinns zu treiben.

Vielleicht konnte sie mit einem Lied ja ein bisschen Zeit gewinnen.

Also griff sie nach der Gitarre, stimmte sie kurz, bemerkte, wie er sie mit glänzenden Augen und einem entrückten Lächeln beobachtete. Seine Hand lag weiterhin auf der Pistole.

Es gab kein Zurück mehr. Als sie die ersten Töne auf der Gitarre spielte, wusste sie, dass das Lied, das Joris sich wünschte, es ihr anschließend nicht einfacher machen würde, ihm die Wahrheit zu sagen. Plötzlich hatte sie die dunkle Ahnung, dass trotz oder gerade wegen dieser Musik alles in einer Tragödie enden würde.

Dabei mochte auch sie dieses Lied. »Liebe ist alles«, ein schon etwas älteres Stück der Berliner Band Rosenstolz. Ein bisschen kitschig, aber süß.

Sie schloss die Augen und begann zu singen. Zuerst noch leise und mit vom vielen Weinen und Schreien brüchiger Stimme. Doch dann vergaß sie die dramatischen Umstände, sogar, dass Joris die Hand an seiner Waffe hatte. Mit jedem Wort kam sie besser und sicherer in das Lied hinein, sang es immer lauter und klarer, ließ sich von der Melodie treiben und mitnehmen.

Es half, dass sie es in Gedanken nicht für Joris sang, natürlich nicht. Sondern für den Menschen, den sie in diesem Moment auf so schmerzhafte Weise vermisste, dass ihr schon wieder Tränen übers Gesicht liefen.

Sie sang es für Robin.

## 46

Joris beobachtete, wie sich Clara in dem Lied verlor. Er spürte, wie sich ein wohliger, warmer Schauer über seinen ganzen Körper ausbreitete, angefangen von den Armen bis hinauf unter die Haarspitzen. Er hielt die Luft an, wagte nicht zu atmen, aus Angst, diesen magischen Moment zu stören.

Wie wunderschön.

Hier waren sie beide, ein Mann und eine Frau, allein auf einem Schiff, mitten auf dem Meer, und stiegen gemeinsam in den Himmel auf.

Er hatte es geschafft. Hatte Clara wiedergefunden, die Liebe seines Lebens, gegen alle Widerstände und Zweifel. Nun saß sie ihm gegenüber und sang dieses Lied für ihn, nur für ihn, genauso wie damals auf seiner Terrasse an der Ostsee.

Ein Moment für die Ewigkeit. Rein, unschuldig. Und als würde es noch einer Bestätigung bedürfen, dass er alles richtig gemacht hatte, spürte er auf einmal nicht den Hauch eines Schmerzens, hatte das berauschende Gefühl, dass alles Dunkle von ihm abfallen würde.

Schließlich spielte Clara den letzten Ton des Liedes, ließ ihn mit geschlossenen Augen in der Stille nachklingen, die auf einmal auf der Black Beauty herrschte.

Endlich öffnete Clara die Augen, zuckte verstört zurück, schien einen Augenblick zu brauchen, um in die Gegenwart zurückzukehren. Joris lächelte, gab ihr die Zeit, nippte an seinem Wein und wollte nicht derjenige sein, der den Zauber zerstörte.

»Zufrieden?«, fragte sie leise. Nachdem sie eben noch das Lied gesungen hatte, schien sie auf einmal kaum ein Wort über die Lippen zu bekommen.

Joris ging es nicht anders. »Du bist ein Engel, ich habe es immer gewusst«, hauchte er.

»Nein, bin ich nicht.«

»Doch. Du bist ein Engel. Mein Engel. Und ich werde nicht zulassen, dass du mich noch einmal verlässt.«

»Joris, bitte, ich …«, fing sie an, aber Joris legte ihr seine Hand sanft auf den Arm. »Nein, sag nichts. Ich bin kein Idiot. Ich weiß, dass wir noch eine lange Reise vor uns haben, bis du verstehst, dass dein Platz an meiner Seite ist. Aber der Tag wird kommen, und dann wirst du erkennen, wie viel wir einander zu geben haben.«

Sie schwieg, sah ihm traurig in die Augen.

Doch dann schien sie zu verstehen. Auf einmal war es, als würde ein Ruck durch ihren Körper gehen. Ein Lächeln legte sich auf ihr Gesicht – und Joris konnte es kaum glauben: Plötzlich drückte sie sanft ihre Hand auf die seine, die noch immer auf ihrem Arm ruhte.

Sie schluckte, holte tief Luft.

»Ich verstehe, was du meinst, Joris«, sagte sie und sah ihn mit ihren blauen Augen an. »Du hast recht. Wir gehören zusammen, das haben wir immer.«

»Tatsächlich? Siehst du das endlich auch so?«, stammelte Joris. Er konnte sein Glück kaum fassen.

Clara hob ihr Weinglas.

»Auf die Zukunft, Joris«, sagte sie und stieß mit ihm an.

War das ein Traum? Versuchte sein krankes Hirn, ihn wieder mit einer Vision zu täuschen? Joris zitterte, war so aufgeregt, dass ihm etwas Wein übers Kinn lief, als er an seinem Glas nippte.

Clara trank noch nicht. Sie hielt ihr Glas nur in der Hand und lächelte, als er sich hastig mit der Hand das Gesicht abwischte.

Ihm fiel auf, dass sie ihre Gitarre noch immer auf dem Schoß hielt.

»Du Arme, wie unaufmerksam von mir. Warte, ich nehme dir das Ding ab.«

Clara erstarrte. »Nein, lass, es geht schon.«

Aber er war bereits aufgestanden, wollte die Pistole hinter sich auf das Polster ablegen, aber sie rutschte auf den Boden. Egal, dachte er und beugte sich nach vorne, griff nach dem Instrument, als er ein leises Knirschen hinter sich hörte.

»Pass auf!«, brüllte auf einmal die dunkle Stimme seines Vaters. Joris drehte verwirrt den Kopf …

… und wurde im nächsten Moment von einem harten Schlag getroffen. Stöhnend ging er in die Knie, sah auf einmal Robin vor sich stehen, der erneut einen schweren Holzstock hob und wieder auf ihn einschlug. Joris hielt sich die Arme schützend vor den Kopf, sank aber schließlich an der Schläfe getroffen nach hinten in den schmalen Durchgang. Blut lief ihm über die Augen, alles drehte sich. Ächzend fragte er sich, was gerade passierte.

»Die Schlampe hat dich abgelenkt!«, dröhnte die Stimme seines Vaters durch seinen Kopf. »Ihr Freund hat sich aufs Schiff geschlichen. Und du Schwachkopf hast nichts gemerkt!«

»Nein, nein …«, stammelte Joris, blickte hilfesuchend zu Clara. Gerade hatte sie doch noch zärtlich seine Hand gedrückt …

Doch nun gab es für sie nur noch Robin! Den Kerl, der gekommen war, um sie ihm zu entreißen.

Aber Robin war noch nicht fertig mit ihm. »Du Mistkerl!« Mit aller Kraft trat er ihm in den Bauch.

Joris krümmte sich auf dem Boden, schnappte stöhnend nach Luft. Und sah vom Kabinenboden, wie Clara Robin um den Hals fiel, ihn küsste und mit den Tränen der Erleichterung übers Gesicht strich.

»Alles gut«, beruhigte dieser Bastard sie. »Du bist in Sicherheit. Die Polizei ist gleich da.«

Wieder küsste sie ihn. Ein Anblick, für Joris schlimmer als alle Schläge und Tritte.

»Ja, schau genau hin, du Versager!«, spottete sein Vater. »Für die hast du dein Leben riskiert!«

Und Joris schaute hin. Zitterte, zuckte, aber nicht wegen der Schmerzen. Nicht aus Verzweiflung oder Trauer. Sondern weil er auf einmal von grenzenloser Wut und glühendem Hass erfasst wurde.

»Pass auf«, sagte Clara zu Robin. »Er hat eine Pistole!«

Ihr Freund drehte sich, schaute sich um.

»Wo?«

»Da, unter dem Tisch. Sie ist ihm runtergefallen.«

Joris richtete sich auf, griff nach der neben ihm liegenden Gitarre. Robin bemerkte seine Bewegung aus den Augenwinkeln, reagierte aber zu spät.

Joris prügelte ihm die Gitarre so heftig über den Kopf, dass sie krachend auseinanderbrach. Brüllte dabei so laut, dass er Claras erschrockenen Schrei nicht hörte.

Aber ihr Freund war ein kräftiger Kerl, schlug sofort zurück, wenn auch überrascht von Joris plötzlicher Wut und Kraft.

»Hört auf! Hört sofort auf!«, schrie Clara, aber Joris achtete nicht auf sie. In seinem Wahn hatte er nur Augen für Robin, stieß ihn ohne Rücksicht auf den Tisch, ohne auf das Geschirr und die Kerzen zu achten, prügelte wie ein Irrer auf ihn.

»Gut so! Mach das Schwein fertig!« Auf einmal schien sein Vater direkt neben ihm zu stehen.

Und Joris hörte auf ihn, rammte dem jetzt angeschlagenen Robin wie im Rausch das Knie in die Seite. Einmal. Noch einmal.

Trotzdem rappelte sich Robin wieder auf, versuchte, jetzt irgendwie an die Pistole zu gelangen. Joris erkannte die Gefahr, griff nach der schweren, gusseisernen Pfanne, die immer noch auf dem Herd stand, wollte damit auf den jetzt auf der Bank liegenden Robin einschlagen. Und schleuderte dabei das immer noch heiße Garnelenfett quer durch die Kabine, auf die Gardinen, die Polster, auf den Tisch.

Und auf die Kerzen in den zerborstenen Windlichtern ...

## 47

Auf einmal war es überall. Feuer!

Entsetzt sah Clara, wie sich die Flammen blitzartig durch die aus Holz und Plastik bestehende Kabine verteilten, fauchend die Vorhänge hinaufkletterten, sich auf dem flauschigen Wollteppich ausbreiteten und sich über den Boden bis zu den Bettdecken im Bug fraßen.

Ihr Zuhause stand in Flammen!

Auch die beiden Männer wichen erschrocken zurück.

»Mein Schiff!«, schrie Robin. Clara kamen die Tränen, als ihr vom Kampf gezeichneter Freund sich erfolglos bemühte, an den unter der brennenden Bank befestigten Feuerlöscher zu gelangen. In seiner Verzweiflung wollte er den Brand mit ein paar Handtüchern ersticken, erkannte aber, dass das Feuer bereits völlig außer Kontrolle war.

»Die Gasflasche!«, rief er alarmiert. Mit in der Hitze rotglühendem Gesicht wollte er mit einem Stock den separaten Stauraum öffnen, während die Flammen nach seinen Händen schnappten. Clara versuchte zu helfen. Aber es hatte keinen Sinn mehr.

Joris stand in diesem Inferno völlig teilnahmslos mit blutigem, von den Schlägen gezeichnetem Kopf mitten im Gang. Clara konnte sehen, wie sich das Feuer in seinen dunklen Augen spiegelte. Und kaum zu glauben, er lächelte, während er das Chaos und ihre verzweifelten Versuche, das Schiff zu retten, beobachtete.

»Bist du jetzt zufrieden?«, rief Robin und versetzte ihm einen heftigen Stoß. Joris stolperte, blieb aber auf den Beinen, stand jetzt direkt vor den ebenfalls brennenden Betten im Bug.

Clara hustete, im Rauch des brennenden Plastiks konnte sie immer weniger sehen.

»Los komm, schnell«, rief Robin ihr zu und reichte ihr die Hand. »Gleich fliegt alles in die Luft, wir müssen hier raus! Sofort!«

Er schob sie zur Treppe, aber am Niedergang hielt Clara ihn noch mal zurück und wandte sich erneut an Joris.

»Los, komm, du Idiot! Oder willst du hier sterben?«, rief sie ihm zu. Aber Joris stand am anderen Ende des Schiffs und starrte nur völlig regungslos aus dem Feuer heraus zu ihnen.

Robin schüttelte den Kopf. »Dann verreck doch, du kranker Psycho!«

Endlich schafften sie es, auf allen vieren den Niedergang hinaufzuklettern. Entsetzt sah sie, wie die Flammen bereits die Segel erfasst hatten.

»Schnell«, rief Robin und zeigte zu einem kleinen Boot mit Außenborder, das er hinten am Heck des Schiffes befestigt hatte. »Rein da! Du zuerst!«

Plötzlich hallte ein Schuss durch die Nacht – und auf einmal erschien es, als würde wieder die Zeit stillstehen!

Robin, von einer Kugel in den Rücken getroffen, taumelte. Er schaute sie noch einmal mit einem ungläubigen Lächeln an – und stürzte dann zur Seite hinunter ins dunkle Meer!

Clara schrie entsetzt auf. Ihr Blick ging zum Niedergang, wo jetzt Joris wie ein Teufel aus dem Rauch und Feuer trat. Die Haare von Schweiß und Rauch verklebt, zog er sein Bein hinter sich her, hielt die im flackernden Licht der Flammen glänzende Pistole in der Hand!

Und zielte jetzt auf sie!

Clara erstarrte, sah seine gequälte, von Hass, Wut, aber auch Verzweiflung verzerrte Miene, schloss die Augen …

… als wieder ein Schuss knallte!

Clara zuckte zusammen, dachte, sie wäre getroffen. Aber sie spürte keinen Schmerz. Erstaunt öffnete sie die Augen und wurde Zeuge, wie Joris von einem unsichtbaren Schlag nach hinten gestoßen wurde, stolperte, wankte. Ein letzter, unglücklicher, unendlich verzweifelter Blick zu ihr, dann stürzte er zurück in das Fegefeuer der brennenden Jacht.

Auch Clara wankte. Sah jetzt, wie sich ein weiteres kleines Schiff aus der Nacht löste und hinein in das Licht der brennenden Black Beauty glitt. Darauf erkannte sie mehrere Personen, darunter einen Mann mit einer Pistole. Und traute einmal mehr ihren Augen nicht. Es war Bo! Ihr Bo! Wie konnte das nur sein?

In diesem Moment ließ eine brutale Explosion das Schiff erzittern. Clara wurde von der Druckwelle erfasst und hinaus ins Meer geworfen.

Kurz darauf wachte sie benommen in einem anderen Albtraum auf.

Sie trieb im kalten Wasser, unter Wasser, sank langsam von einer fremden Kraft gezogen in die Tiefe, um sie herum nur die eisige Dunkelheit der Nordsee. Über ihr ein gewaltiger Schatten, an der Oberfläche das flackernde Licht lodernder Flammen.

Sofort war alles wieder da!

Das Feuer!

Joris, der mit einer Pistole auf sie zielte!

Robins verstörtes Lächeln, als er, getroffen von einem Schuss, nach hinten fiel, immer weiter fiel und dann im Meer versank.

Vom Schmerz gepackt wurde ihr bewusst, dass auch sie gerade starb. Luft, sie brauchte Luft!

Endlich löste sie sich mit einem heftigen Ruck aus der Lähmung, begann mit Armen und Beinen zu strampeln, kämpfte gegen die kalte Strömung, die verhindern wollte, dass sie wieder nach oben kam. Doch so sehr sie sich auch mühte, sie schaffte es einfach nicht, sich aus dem Sog zu befreien, der sie unerbittlich nach unten zog. Schon verlor sie jede Orientierung, wusste nicht mehr, wo oben und unten war.

Das stechende Gefühl in ihrer Lunge verschwand, eine große Last lag auf einmal auf ihrem Körper.

Keine Kraft mehr, um zu kämpfen, keine Hoffnung mehr auf Luft. Nur die gurgelnde Strömung, die sie ohne Erbarmen immer weiter in den schwarzen Abgrund zog.

Sie wusste, sie würde sterben. Jetzt.

Mit der Gewissheit, Robin bald wiederzusehen, ergab sie sich ihrem Schicksal und schloss die Augen.

Als sie auf einmal spürte, wie eine Hand nach ihr griff, um ihr den richtigen Weg zu weisen.

## 48

Clara wurde vom Zwitschern der Spatzen und dem flimmernden Licht der Sonne geweckt, das durch die Blätter einer Buche in ihr Zimmer fiel.

Sie fühlte eine geradezu berauschende Leichtigkeit, als würde sie fliegen.

War das der Himmel? Sie lächelte.

Dann hörte sie Stimmen, Kinderweinen, eine schimpfende Frau.

Sie blinzelte verwirrt, versuchte benommen, die Bilder, die nach und nach in ihrer Erinnerung auftauchten, in die richtige Reihenfolge zu bringen. Die Nacht auf dem Meer, die im klaren Wasser schwebenden Fische im Aquarium. Eine Scholle, die ihre lächelnde Unterseite an die Scheibe presste. Aber auch verstörende Eindrücke von Männern und Frauen in weißen Kitteln. Grelle Scheinwerfer, die auf ihr Gesicht gerichtet waren. Gluckernde Metallrohre in engen Fluren.

Das Feuer auf der Black Beauty. Joris' Tod. Robins ungläubiges Gesicht, als er von der Kugel getroffen ins Meer fiel …

Stöhnend wollte sie sich aufrichten, spürte aber, dass eine Infusion in ihrer linken Hand steckte.

Endlich verstand sie, dass sie in einem Krankenhaus lag. Aber wo? Was genau war passiert? Wie war sie hierhergekommen?

»Ah, wie schön, da ist ja jemand wach«, rief eine freundliche Stimme. Clara drehte sich um und sah eine ältere Krankenschwester, die mit einer neuen Infusionstüte in der Hand neben sie getreten war.

Clara wollte etwas sagen, aber ihr Mund fühlte sich noch trocken an, ihre Kehle schmerzte. Erst im zweiten Anlauf schaffte sie es, einen Satz zu formulieren.

»Wo ... wo bin ich?«, krächzte sie.

Die Krankenschwester drückte sie sanft wieder in ihr Kissen zurück. »In besten Händen.«

»Was für ein Krankenhaus ist das?«

»Sie sind im Nordfrieslandklinikum in Husum.«

Clara stöhnte, starrte immer noch benommen an die Decke, während die Krankenschwester das Infusionsbehältnis austauschte.

»Machen Sie sich keine Sorge. Das ist nur ein bisschen Zucker.« Sie lachte. »Damit Sie wieder zu Kräften kommen.«

»Was ist passiert?«, flüsterte sie. »Das Letzte, was ich weiß, ist ...« Sie musste schlucken, aber ihr Hals war staubtrocken. »Ich dachte, ich ertrinke.«

Die Krankenschwester schüttelte den Kopf und reichte ihr ein Glas Wasser, half ihr, es an ihre Lippen zu führen.

»Nein, Sie sind nicht ertrunken. Außer ein paar kleineren Verbrennungen an den Händen sind sie vollkommen gesund.«

»Aber wie …?« Sie wollte sich wieder aufrichten, wurde von der Krankenschwester aber erneut sanft nach unten gedrückt.

»Tut mir leid, ich weiß leider auch nichts Genaues«, sagte sie, während sie kontrollierte, ob die Infusionsnadel korrekt saß. »Meine Schicht hat gerade erst angefangen. Sie beide wurden heute Nacht um halb fünf eingeliefert.«

Clara richtete sich ruckartig auf. »Wir beide?«

Die Krankenschwester, ihr Namensschild verriet sie als Claudia Pavlovic, sah sie verwirrt an. »Ja, sie und der Mann.«

»Welcher Mann?«

»Haben Sie denn mehrere?«

»Der Name, bitte!«

Die Krankenschwester überlegte. »Ich weiß nicht, müsste ich in den Unterlagen nachschauen.«

»Joris Lüdgen oder Robin Schneider?«, rief Clara aufgeregt.

»Ich … ich weiß es wirklich nicht. Hab nur gesehen, dass er eine Weste vom Multimar getragen hat.«

Clara sprang sofort auf, setzte sich auf die Bettkante und wollte sich mit zitternden Händen die Infusionsnadel herausziehen. Aber die Krankenschwester packte ihre Hand.

»Nein, so geht das nicht.«

»Robin, wo ist er?«

»Auf der Intensivstation. Ich glaube aber nicht, dass Sie da hinkönnen.«

»Ich muss, sofort!«

»Sie sind gerade erst aufgewacht …«

Sie hustete. »Aber mir geht's schon wieder super, haben Sie doch selbst gerade gesagt!«

Claudia Pavlovic blickte zweifelnd auf sie herab, betrachtete ihre nackten Beine, die aus dem Krankenhausleibchen über die Bettkante hingen. Sie seufzte. »Na gut, warten Sie einen Moment.«

Kurz darauf war Clara auf dem Flur unterwegs, schob mit der linken Hand den auf Rollen stehenden Infusionsständer und trug einen Bademantel und dicke Krümelmonster-Hausschuhe, die Frau Pavlovic ihr organisiert hatte.

Schon bald erreichte sie ihr Ziel, die Intensivstation, und klingelte hektisch an der Tür.

Es dauerte ein bisschen, bis ihr ein Krankenpfleger öffnete. »Wo sind Sie denn abgehauen?«, fragte er.

»Ich muss unbedingt wissen, was mit Robin Schneider ist.«

»Das kann ich Ihnen leider nicht sagen.«

»Bitte, wie schwer ist er verletzt? Wird er es überleben?«

Der Pfleger betrachtete sie nachdenklich. »Na gut, aber nur so viel: Er wurde heute Morgen operiert und schläft noch.«

Clara spürte, wie auf einmal eine wohlige Welle durch ihren Körper strömte. Robin war nicht tot. Er lebte!

»Kann ich zu ihm?«

»Nein, das geht nicht. Aber wenn Sie mehr wissen wollen, kann ich Ihnen den behandelnden Arzt schicken.«

»Hallo, Clara«, hörte sie auf einmal eine vertraute Stimme hinter sich.

Als sie sich umdrehte, stand dort ein gut aussehender, aber sehr müde wirkender Mann.

»Bo?«

Noch fiel es ihr schwer zu unterscheiden, was letzte Nacht Traum und Wirklichkeit gewesen war. Dass ausgerechnet ihr Jugendfreund Bo auf einmal auf einem kleinen Boot mitten in der Nordsee gestanden hatte – unmöglich.

Doch hier war er wieder, älter, mit ein paar grauen Strähnen, aber er war es eindeutig! Für einen Moment starrte sie ihn fassungslos an. Und fiel ihm dann um den Hals! Drückte ihn an sich, während ihr sofort ein paar Tränen über die Wangen liefen!

»Na, na«, sagte er lächelnd. »Du musst doch nicht gleich weinen.«

»Tut mir leid«, stammelte sie verlegen. »Ich weiß auch nicht, was mit mir los ist. So viel wie in den letzten Stunden habe ich noch nie geweint.«

»War ja auch eine sehr aufregende Zeit für Sie«, meldete sich jetzt ein älterer, irgendwie schief gewachsener Mann mit schütterem Haar, der zusammen mit einer großen jungen Frau in schwarzer Jeans, Hoodie und Mütze hinter Bo stand. Clara hatte die junge Frau letzte Nacht auch schon mal gesehen – auf dem kleinen Schiff, das mit Bo und Robin auf einmal bei der brennenden Black Beauty aufgetaucht war.

Bo stellte ihr die beiden als Kollegen von der Husumer Kripo vor.

»Ich will zu Robin, ich muss unbedingt wissen, wie es ihm geht«, sagte Clara.

»Verständlich«, erwiderte der ältere Kommissar, der hier offensichtlich der leitende Polizeibeamte war.

»Er ist letzte Nacht durch den Schuss schwer verletzt worden«, verriet Bo.

»Lungendurchschuss«, ergänzte jetzt die junge Kommissarin. »Nach der OP heute Morgen ist sein Zustand ernst, aber er wird wohl überleben.«

Clara atmete erleichtert durch. Und schon wieder musste sie weinen. Was war sie nur für eine Heulsuse!

»Aber Joris, ist er …?«

Bo schüttelte langsam den Kopf. Und wieder liefen ihr Tränen übers Gesicht, dieses Mal in einer Mischung aus Trauer und der Erleichterung, dass der Albtraum wirklich zu Ende war.

Bo legte ihr mitfühlend die Hand auf die Schulter. »Komm, ich bring dich zurück auf dein Zimmer. Du musst dich ausruhen.«

Clara richtete sich auf. »Nein, ich will nicht wieder ins Bett. Ich will endlich wissen, was letzte Nacht passiert ist.«

Bo und seine Kollegen tauschten einen nachdenklichen Blick. Erst als sie erneut bekräftigte, dass es ihr schon wieder viel besser ging, schlug der ältere Kommissar – Clara erinnerte sich nicht mehr an seinen Namen, Krümmel oder Krummel? – vor, sich gemeinsam in einen leeren Besucherraum zu setzen.

Eine gute Idee, fand Clara, denn so sicher war sie in Wirklichkeit noch nicht auf den Beinen, trotz – oder wegen – der Infusion. Die junge Kommissarin, sie bestand darauf, dass Clara sie nur Pat nannte, holte ihr eine Wasserflasche aus einem Automaten.

Bo suchte ihr einen Stuhl, auf dem sie bequem neben ihrem Infusionsständer sitzen konnte.

»Ich kann immer noch nicht glauben, dich hier zu sehen«, erklärte Clara.

»Wie das Leben so spielt«, erwiderte Bo verlegen. »Wir müssen bei Gelegenheit mal über die alten Zeiten reden. Gibt bestimmt viel zu quatschen.«

»Jetzt würden wir aber gerne erst mal erfahren, wie es Ihnen seit gestern Nachmittag ergangen ist«, sagte der ältere Kommissar.

»Wir haben uns solche Sorgen gemacht, als Ihr Schiff nicht mehr am Pier lag«, sagte Pat. Aus ihrer Stimme klang ehrliches Mitgefühl. Clara hatte sie schon ins Herz geschlossen.

Sie erzählte, was passiert war, nachdem Joris plötzlich auf der Black Beauty aufgetaucht war, wie völlig durchgeknallt er gewesen war und dass er sich schließlich entschieden hatte, sie in der Skipperkoje einzusperren und mit dem Schiff hinaus auf die Nordsee zu fahren.

»Joris hat mir verraten, dass er einen Gehirntumor hat. Und er war wirklich wie von Sinnen, wollte, dass ich mit ihm mitkomme. Er glaubte, dass ihn das wieder gesund machen würde.«

Bo nickte nur. Clara fuhr mit ihrem Bericht fort, erzählte, wie sich auf einmal Robin auf das Schiff geschlichen hatte und wie er versucht hatte, Joris zu überwältigen. Und wie es dabei zu dem Feuer auf dem Schiff gekommen war.

»Was ist mit der Black Beauty?«, erkundigte sie sich besorgt. »Ist sie …?«

»Untergegangen?« Bo schüttelte den Kopf. »Nein, das nicht, aber das Schiff ist komplett ausgebrannt.«

»Und … Joris?«, fragte sie vorsichtig.

»Der war in der Kabine, als das Gas explodierte«, sagte Bo. »Seine Leiche war noch an Bord, als die Küstenwache das Wrack in den Büsumer Hafen geschleppt hat. Die genaue Untersuchung der Gerichtsmedizin und der Spurensicherung läuft noch.«

Clara senkte den Blick, seufzte betroffen. Sie musste an Joris' letzten, auf einmal nicht mehr wütenden, sondern verzweifelten Gesichtsausdruck denken. Als sie aufschaute, sah sie, dass Bo und seine beiden Kollegen sie aufmerksam betrachteten.

»Das ist alles so schrecklich. Mit Robin, mit dem Schiff. Und natürlich auch mit Joris. Ich habe nicht gewollt, dass er so stirbt. Hätte ich geahnt, dass Joris so durchdreht, hätte ich ihn doch nie auf diese Weise verlassen. Und dass er krank ist, dass er einen Hirntumor hat, habe ich damals doch nicht gewusst«, sagte sie mit auf einmal wieder bebender Stimme.

Bo nickte. »Er auch nicht.«

Für einen Moment schwiegen alle betroffen. Clara trank einen Schluck Wasser, beobachtete dabei, wie ein Patient draußen auf dem Flur vorbeigeschoben wurde.

»Jetzt sind Sie dran«, begann sie. »Was genau ist da

draußen auf dem Meer passiert. So richtig verstanden habe ich es immer noch nicht.«

Der ältere Kommissar nickte Bo zu, er solle reden. Und er begann zu erzählen. Dass eigentlich die Küstenwache die Angelegenheit auf der Nordsee klären sollte. Dass Robin sich ohne ihr Wissen ein Boot organisiert hatte, um zur Black Beauty zu fahren, und dass sie ihm mit einem anderen Boot gefolgt waren.

»Beinahe wären wir zu spät gekommen. Fast hätte Lüdgen nicht nur auf Robin, sondern auch auf dich geschossen«, schloss Bo seinen Bericht.

»Aber das hast du verhindert?«

Er nickte.

»Ich werde nie vergessen, wie Robin ins Meer gestürzt ist«, sagte sie schließlich. »Ich war ganz sicher, dass er tot ist.«

»Das wäre er wohl auch gewesen, wenn Pat nicht sofort ins Wasser gesprungen wäre und ihn gerettet hätte.«

Clara schenkte ihr ein dankbares Lächeln, doch die Polizistin winkte nur ab. »Ich habe doch gar nichts gemacht. Zum Glück kam kurz darauf die Küstenwache«, ergänzte sie. »Die haben ihn sofort versorgt und hierher ins Krankenhaus gebracht.«

Clara blickte jetzt wieder zu Bo. Sie schaute ihm tief in die Augen, lächelte. »Und du? Hast du mich …?«

Bo nickte, lächelte. »War gar nicht so einfach. Eine Strömung hat dich schnell hinuntergezogen. Zum Glück konnte ich dich noch rechtzeitig festhalten.«

Clara schaute ihm tief in die Augen, lächelte verlegen. »Danke.«

Er nickte wieder. »Schon gut. Wie schön, dass dir sonst nichts passiert ist«, sagte er, als auf einmal eine junge Ärztin mit ernster Miene in den Raum trat.

»Frau Gerland?«, fragte sie Clara.

Sie nickte, spürte, wie sofort ihr Puls nach oben ging. »Ist was mit Robin?«

Die Ärztin lächelte. »Er ist aufgewacht. Die Erste, nach der er gefragt hat, waren Sie.«

## 49

Drei Wochen nach den Ereignissen auf der Nordsee saß Krumme erneut mit Pat beim Italiener neben dem Präsidium. Und konnte sich wieder nicht so richtig auf seine Pizza Hawaii konzentrieren.

»Theo, sagst du mir noch mal, wann du deinen nächsten Auftritt in der Grundschule hast?«, fragte Kriminalhauptkommissar Friedrichs mit breitem Grinsen, begleitet von seinem stiernackigen Kollegen »Katsche« Ludwig.

»Warum willst ausgerechnet du das wissen?«, brummte Krumme.

»Mein Neffe geht auch auf die Klaus-Groth-Schule. Ich wollte ihm mein Handy ausleihen, damit er Fotos von deinem Auftritt mit den süßen Kleinen macht.«

»Niemals. Das kannst du vergessen«, erwiderte Krumme.

Sein Kollege gab sich besorgt. »Wieso? Sag bloß, du bist schon wieder krank? Wegen deinem Rücken? Ja, alt werden ist schlimm.« Friedrich grinste. Auch sein Kumpel Ludwig lachte. Für Krumme hörte es sich an wie das Meckern eines Ziegenbocks.

Missmutig rümpfte er die Nase »Also zuerst einmal heißt es wegen *meines* Rückens. Und dann würde ich jetzt gerne in Ruhe weiteressen.«

»Selbstverständlich, Theo. Aber lass dir von Pat die Stückchen klein schneiden, du weißt schon, wegen der Zähne.«

Lachend ging er zusammen mit Ludwig zurück zu ihrem Tisch.

Pat goss Krumme etwas Mineralwasser ins Glas.

»Vergiss die beiden Schwachköpfe. Sie sind es nicht wert, dass du dich so aufregst.«

Er schnaufte verärgert. »Aber sie haben ja recht. Ständig muss ich diesen Kinderkram machen. Wieso tut mir dein Onkel das an? Nach allem, was wir in den letzten Wochen geschafft haben.«

»Wenn ich richtig verstanden habe, soll dein Auftritt in der Grundschule doch keine Strafe sein. Sondern eine Belohnung. Mal raus aus dem harten Alltag.«

»Ach ja? Bin ich zu alt für den normalen Betrieb?«

Pat verdrehte die Augen. »Außerdem haben die Lehrerinnen extra nach dir gefragt. Was für eine Anerkennung. Die lieben dich. Du musst das beim letzten Mal ganz toll gemacht haben.«

Krumme schüttelte genervt den Kopf. »Von wegen. Die wollen nur, dass ich Sonny wieder mitbringe. Den lieben die Kinder wirklich …«

»Hallo, ihr Helden«, unterbrach auf einmal eine bekannte Stimme ihr Gespräch.

»Bo? Was treibst du denn hier?«, fragte Pat überrascht.

»Habe euch schon überall gesucht«, sagte er. »Darf ich mich zu euch setzen?«

Natürlich hatten sie nichts dagegen. Seit der Lüdgen-

Geschichte hatten sie sich nicht mehr gesehen, sondern nur ein paarmal telefoniert. Außerdem fiel Krumme auf, dass Bo die Blicke seiner Kolleginnen und Kollegen auf sich zog. Mit dem Leinenjackett und der Ledermappe machte er einen ziemlich lässigen Eindruck.

Bo nahm neben Pat Platz, wollte aber nichts essen, sondern bestellte nur einen Espresso.

»Wie geht's dem Rücken?«, erkundigte er sich.

»Alles wieder gut. Ich habe einen tollen Orthopäden gefunden.«

Der Kellner brachte ihm seinen Espresso. Bo hob das kleine Tässchen und prostete ihm und Pat zu.

»Dann herzlichen Glückwunsch zu deiner Genesung! Aber vor allem zu eurem grandiosen Erfolg im Fall Lasse Harms!«

Krumme lächelte. »Na ja. Wenn jemand dafür verantwortlich ist, dass diese Geschichte insgesamt aufgelöst wurde, dann ist das ja wohl euer Verdienst. Ihr habt euer Leben riskiert, während ich nur zu Hause gehockt habe.«

Pat schüttelte den Kopf. »Von wegen. Du hast eine ganze Nacht mit Fleischer zusammengesessen. Wenn das keine Heldentat war, weiß ich auch nicht.«

Krumme nickte. »Stimmt, das war wirklich schrecklich. Er hat darauf bestanden, immer wieder Raucherpausen zu machen. Auf der Terrasse. Aber danach hat er wieder direkt neben mir am Computer gesessen. Du kannst dir nicht vorstellen, wie meine Klamotten anschließend gestunken haben.«

»Trotzdem scheint er ein guter Mann zu sein«, sagte

Bo. »Nicht nur seine Beurteilung der Ereignisse in Dagebüll war ausgezeichnet. Auch seine Analyse der verbrannten Knochen aus dem Grab in Lüdgens Garten hat uns wirklich weitergebracht.«

Krumme nickte. »Er hat aufgrund der Spuren auf den Schädelfragmenten erkannt, dass die Tote mit einem Hammer erschlagen wurde.«

»Worauf wir die Tatwaffe schließlich in Lüdgens Keller gefunden haben«, ergänzte Bo. Er rutschte dichter an den Tisch. »Ich habe noch ein paar interessante Neuigkeiten. Schaut mal.«

Er setzte sich seine schwarze Lesebrille auf und holte ein paar Unterlagen aus seiner Tasche. Krumme blätterte leicht überfordert in den Papieren. Er hasste es, Arbeitsunterlagen beim Essen durchzusehen.

»Wir hatten es nach dem Fund der Leiche ja schon vermutet, aber jetzt haben wir den Beweis«, fing Bo an. »Lüdgens Vater war nicht nur ein übler Kerl, der seinen Sohn ständig quälte und behauptete, seine Mutter habe ihn kurz nach der Geburt verlassen, weil sie ihn nie geliebt habe.«

»Sondern er war tatsächlich auch der Mörder von Lüdgens Mutter?«, fragte Pat.

Bo nickte. »Sie ist nie nach Dänemark abgehauen. Der DNA-Abgleich hat es eindeutig bewiesen: Die verbrannten Knochen, die wir in dem Garten gefunden haben, stammen von Joris Lüdgens Mutter.«

»O mein Gott.« Pat hielt sich betroffen die Hand vor den Mund. »Was für eine schreckliche Geschichte.«

»Wir haben eine ältere Freundin von Lüdgens Mutter

in Stohl gefunden. Der hat sie damals erzählt, dass sie Lüdgens Vater unbedingt verlassen wollte, weil sie ihn nicht liebte und weil er ihr irgendwie immer unheimlicher wurde.«

»Wie der Vater, so der Sohn.«

Bo nickte. »Beide haben mit ihrem Verhalten ihre Frauen aus dem Haus getrieben.«

»Nur dass Lüdgens Mutter nicht so viel Glück hatte wie fast vierzig Jahre später Clara Gerland«, sagte Krumme, dem der Appetit auf seine Pizza vergangen war.

»So sieht's aus«, stimmte Bo zu.

Krumme schaute anerkennend zu ihm. »Endlich wissen wir die ganze Wahrheit über diese traurige Geschichte.«

»Ich finde, wir sind ein Superteam«, sagte Pat.

Bo nickte nur bedächtig und schaute dabei aus dem Fenster, wo direkt vor dem Fenster des Restaurants ein großer LKW vorbeirauschte.

»Was ist los?«, fragte Pat.

Ihr Kollege blickte nachdenklich auf seine Hände »Na ja, so eine große Hilfe war ich ja nicht gerade.«

»Nein?« Pat sah ihn überrascht an. »Du hast deiner Freundin zweimal das Leben gerettet. Einmal auf dem Schiff. Und danach im Meer. Du bist immer wieder in die eisige Tiefe hinabgetaucht und hast sie im letzten Moment zurückgeholt. Du bist ein Held.«

Krumme betrachtete seinen Kollegen aus Eckernförde. Er glaubte zu verstehen, was ihn bedrückte. »Es ist wegen Lüdgen. Weil du ihn erschossen hast.«

Bo senkte den Blick, nickte.

»Musstest du das schon mal machen? Jemanden erschießen?«, fragte Pat.

Bo sah sie nachdenklich an. Aber statt ihr zu antworten, wandte er sich lieber an Krumme. »Klar, es war Notwehr. Er hätte sonst wohl Clara getötet. Aber trotzdem ...«

Krumme lächelte mitfühlend. »Ich verstehe, was du meinst. Letztes Jahr habe ich auch jemandem ... das Leben genommen. Ein Serienkiller, ein wirklich schlechter Mensch. Aber egal. Solche Sachen sind nicht der Grund, warum ich Polizist geworden bin.«

Bos Nicken verriet, dass er genauso dachte. »Klar war Lüdgen ein Irrer. Aber mal abgesehen davon, dass das genetisch wohl durch seinen Vater in ihm steckte, hatte er auch ein jämmerliches Leben. Sein Vater hat seine Mutter umgebracht, als er noch ein Baby war, und hat ihn sein ganzes Leben lang wie Dreck behandelt. Dann glaubt er, seine große Liebe gefunden zu haben, aber sie läuft ohne eine Erklärung davon. Er erkrankt an einem tödlichen Hirntumor. Dann versucht er, den Menschen wiederzufinden, der ihm am meisten bedeutet, und stolpert dabei von einem Unglück ins nächste.«

»Als Stolpern würde ich das nicht bezeichnen. Was ist mit den beiden Männern, die er überfahren hat?«, fragte Pat entrüstet. »Außerdem hat er versucht, Robin zu töten. Und hätte wohl auch auf Clara geschossen. Und du weißt, wie irre er sich gegenüber ihr verhalten hat. Lüdgen war ein verdammter Narzisst.«

Bo seufzte. »Ich habe mich noch mal mit Clara getroffen. Sie hat mir von seinen Selbstgesprächen erzählt, von seinem Kampf gegen seine dunkle Seite. Natürlich war er verrückt und gefährlich. Aber hat er deshalb gleich den Tod verdient?«

Pat schüttelte den Kopf, war nicht überzeugt. Aber Krumme zeigte ihr durch ein diskretes Nicken an, dass sie Bo nicht weiter bedrängen sollte.

»Na, Theo«, hörten sie plötzlich wieder Friedrichs heisere Stimme. »Wird heute nicht mehr gearbeitet? Oder schonst du dich schon für deinen großen Auftritt?«

Krumme blickte verwirrt auf und war so überrascht, dass ihm keine schlagfertige Antwort einfiel.

Pat sprang für ihn ein. »Kümmert euch um euren eigenen Scheiß.« Aber Friedrichs und Ludwig waren schon lachend durch die Tür.

»Was für einen Auftritt?«, fragte Bo verwirrt.

Krumme verdrehte die Augen, während Pat ihrem Kollegen von seiner Veranstaltung erzählte, bei der er morgen in einer Grundschule über seine Arbeit bei der Polizei sprechen sollte.

»Aber das ist doch ganz großartig«, fand Bo.

»Ach ja?«, muffelte Krumme. »Ich habe genug zu tun. Außerdem bin ich noch nicht alt genug, um als Märchenonkel zu arbeiten.«

Aber Bo schüttelte energisch den Kopf. »Blödsinn. Das ist eine total wichtige Aufgabe. Auf diese Weise kannst du helfen, die Kleinen auf die richtige Spur zu bringen. Und verhindern, dass sie später zu bösen Jungs werden. Oder zu bösen Mädchen«, ergänzte er augenzwinkernd zu Pat.

Krumme dachte über Bos Sicht der Dinge nach. »Meinst du wirklich? Mit ein paar Geschichten?«

Der Däne lächelte. »O ja, eine gute Geschichte kann die ganze Welt verändern.«

# 50

*Sechs Jahre zuvor*

Ein Schrei riss Joris aus seinen Träumen. Mit einem Ächzen öffnete er die Augen und brauchte in der nur von einer kleinen, auf dem Nachttisch stehenden Lampe erhellten Dunkelheit einen Augenblick, um sich wieder daran zu erinnern, wo er war.

Zuhause im Haus am Meer.

Im Zimmer seines todkranken Vaters.

Joris atmete aus, sah, wie sein Vater sich im Bett bewegte. Er war wach.

»Na, hast du endlich genug geschlafen?«, erkundigte er sich mit seiner tiefen, nach der langen Krankheit aber brüchigen Stimme.

»Und du?«

»Ich konnte kein Auge zutun, weil du schnarchst wie ein kranker Esel!«

Joris versuchte zu lächeln. Er wollte sich nicht provozieren lassen. Nicht mehr.

Sein Vater begann zu husten. Joris konnte sehen, unter welchen Schmerzen er dabei litt. Kein Wunder. Der Lungenkrebs drückte mittlerweile auf die Speiseröhre. Schlucken und Sprechen war für ihn die Hölle.

Joris stand auf, goss seinem Vater ein Glas Wasser ein und reichte es ihm.

»Ich habe keine Lust mehr auf das verdammte Wasser«, krächzte er. »Hast du nicht was mit mehr Umdrehungen?«

»Da musst du Doktor Paape fragen.«

»Den Paape, am Arsch.« Er wollte lachen, aber wieder erklang nur dieses jämmerliche, hässliche Husten.

Endlich hatte er sich beruhigt. Stöhnend wischte er sich den Schleim und etwas Blut aus den Mundwinkeln. Und sah dann zu Joris.

»Lange habe ich nicht mehr.«

»Hör auf, so einen Mist zu sagen«, sagte Joris.

Wieder dieses bittere, spöttische Lachen. »Vielleicht solltest du mal mit Paape reden. Der wird dir schon sagen, wie beschissen es mir geht.«

»Ich habe mit ihm gesprochen.«

»Und? Was sagt er?«

»Dass du kämpfen musst. Nur dann hast du noch eine Chance.«

»So ein Schwachsinn. Ich habe gekämpft. Ich habe eimerweise Medikamente geschluckt. Habe alles getan, was diese verfluchten Ärzte mir gesagt haben. Und was hat es gebracht? Nichts.«

»Trotzdem darfst du nicht aufgeben.«

»Hörst du Holzkopf mir nicht zu? Ich werde bald sterben. Paape weiß das. Ich weiß das. Und du weißt das auch.«

Joris schwieg. Er schaute zum Fenster, wusste, dass sich dort draußen hinter der Hecke ein weiter Horizont öffnete und die Ostsee an das Kliff schlug. Aber jetzt war alles dunkel, und seine Welt war zusammengeschrumpft auf dieses eine Zimmer. Dem Bett mit seinem Vater. Dem flimmernden Gerät, das seine Lebenszeichen kontrollierte. Und aus Joris selbst und seinem abgenutzten Lederstuhl.

Er sah, wie auch sein Vater aus dem Fenster nachdenklich ins Nichts schaute. Und zum ersten Mal, seit er denken konnte, wurde Joris Zeuge, wie ihm einzelne Tränen über die eingefallenen, unrasierten Wangen liefen.

»Du darfst nicht sterben. Ich bin schon ohne Mutter aufgewachsen. Ich will nicht auch noch meinen Vater verlieren.«

Wieder das höhnische Lachen. Und erneut der schreckliche Husten.

»Kannst du dich nicht endlich mal wie ein richtiger Mann benehmen?«, spottete er heiser. »Von mir hast du das nicht. Sind bestimmt die Gene deiner Mutter.«

»Hör auf! Du kannst mich beleidigen. Aber lass Mama gefälligst aus dem Spiel.«

Sein Vater betrachtete ihn nur nachdenklich und schwieg. Dabei verschwand sein Gesicht im Schatten. Aus seiner Position auf dem Stuhl konnte Joris nur das Glänzen seiner dunklen Augen sehen. Dann wandte sein Vater sich komplett ab, drehte den Kopf zur Seite und blickte aus dem schwarzen Fenster in den nächtlichen Garten.

»Du hast recht«, sagte er auf einmal, ohne sich zu ihm zu drehen.

»Womit?«

»Ich bin ein Arschloch. Immer gewesen. Vor allem zu dir.«

»Ist alles in Ordnung mit dir?«, erkundigte Joris sich ungläubig.

»Du bist ein guter Junge. Ich habe dir das nie gesagt, aber trotz deiner vielen Schwächen …«, er lachte, dieses Mal ohne Husten, »… bist du eigentlich ganz in Ordnung.«

Joris traute seinen Ohren nicht. So versöhnlich war sein Vater in all den Jahren nie gewesen. Hatte das drohende Ende sein eisiges Herz zum Schmelzen gebracht?

»Ich habe dein Mitgefühl jedenfalls nicht verdient.«

»Nein, sag das nicht«, erwiderte Joris. »*Niemand* sollte sich so quälen. Du auch nicht.«

»Verschon mich mit dem Geschwätz! Wenn du wüsstest. Ich habe viel mehr als diese verfluchte Krankheit verdient.«

Joris sah seinen Vater verwirrt an. »Was hast du denn verdient?«

Es dauerte erneut einen langen Moment, bis er eine Antwort bekam. »Die Hölle.«

»Wenn es wegen dem ist, was du mir im Laufe der Jahre angetan hast, mach dir keine Sorgen. Du bist mein Vater. Ich verzeihe dir.«

»Aber nur, weil du nicht alles weißt.«

Nun bekam es Joris doch mit der Angst zu tun. Was stimmte mit seinem Vater nicht? Die Emotionen, mit denen er all die Jahre hatte kämpfen müssen, waren Zorn, Spott und Verbitterung gewesen. Diese zutiefst deprimierte Stimmung war etwas völlig Neues.

»Wird Zeit, dass du die Wahrheit erfährst, bevor ich abtrete, Joris.« Wieder das Husten, erst dann konnte er weitersprechen. »Deine Mutter hat sich nicht nach Dänemark abgesetzt.«

Joris richtete sich ruckartig auf. »Nein? Wohin dann?«

Sein Vater ächzte. »Sie ist nirgendwo hingegangen.«

»Was redest du da?«

Wieder stöhnte sein Vater. »Herrgott, warum machst du es mir so schwer? Deine Mutter wollte sich damals nach Dänemark absetzen, ja. Aber zusammen mit dir. Das konnte ich nicht zulassen.«

Joris erstarrte in seinem Stuhl, als er das Ungeheuerliche zu begreifen begann.

»Ich habe verhindert, dass sie mich verlässt.«

Joris würgte, wollte etwas sagen, bekam auf einmal aber keine Luft mehr.

Sein Vater sprach jetzt nur zu sich selbst. »Ich hätte alles für sie getan. Ich habe sie geliebt. Aber sie hat mich verraten. Dachte, ich wäre ein Idiot. Aber das bin ich nicht.« Er lachte bitter. »Das hat sie jetzt davon.«

Joris hörte die Stimme seines Vaters. Aber sie schien nicht mehr aus diesem Zimmer, sondern aus einem anderen Universum zu kommen.

»Du hast sie umgebracht«, flüsterte er.

Stille auf dem Krankenbett. Für Joris ein eindeutiges Ja.

Seine Augen füllten sich mit Tränen. Leise schluchzend vergrub er das Gesicht in seinen Händen.

»War ja klar, dass du Versager wieder anfängst zu heulen«, hörte er den jetzt wieder gewohnt verächtlichen

Bass seines Vaters. Er hatte sich umgedreht, schaute nun mit seinen dunkel blitzenden Augen zu ihm herüber.

»Halt endlich deine Klappe«, zischte Joris mit bebender Stimme. »Halt endlich deine Scheißklappe!«

Sein Vater lachte. »Du willst mich loswerden. Tja, Pech gehabt. Du bist mein Sohn, ich stecke in dir. Und das wird sich auch nie ändern.«

»Ich bin ganz sicher nicht wie du.«

Erneut das heisere Lachen. »Mal schauen, was passiert, falls du dich doch mal verliebst und dann verlassen wirst.«

»Dann werde ich bestimmt nicht zum Mörder!«

Sein Vater betrachtete ihn mit einem schiefen, abschätzigen Grinsen. »Das werden wir ja sehen.«

»Genug!« Joris stand auf, zitterte vor Wut und Verzweiflung. Er ging zu seinem Vater, schaute voller Verachtung zu ihm herab.

Wie schwach und jämmerlich er aussah. Dicke Schatten unter den tiefliegenden Augen, Falten zogen sich über seine Stirn. Die lange Krankheit hatte Spuren hinterlassen.

Nur aus seinem Blick strahlte noch das alte Böse, das Joris sein ganzes Leben begleitet hatte.

Sein Vater hatte immer in seinen Kopf geschaut. Genau gespürt, ob er verzweifelt, wütend oder einsam gewesen war. Er kannte seine wunden Punkte und genoss es, ihn mit aller Macht zu quälen.

»Du siehst genauso aus wie deine Mutter«, sagte sein Vater jetzt und verzog den Mund zu einem traurigen Lächeln. »Das hast du immer.«

Joris spürte auf einmal, wie ihn eine seltsame Ruhe erfasste, die Gewissheit, genau das Richtige zu tun.

Er griff nach einem der beiden Kissen, die unter dem Kopf seines Vaters lagen, und presste es ihm aufs Gesicht. Ein überraschtes Grunzen erklang. Hände klammerten sich verzweifelt an seine Arme. Aber Joris gab nicht nach, drückte mit starrer Miene weiter auf das Kissen, ließ sich auch von dem gedämpften Schreien und Stöhnen seines Vaters nicht beirren.

Es dauerte nicht lange.

Schon nach wenigen Augenblicken wurde die Gegenwehr seines Vaters schwächer. Schließlich sackten die Arme kraftlos zur Seite. Joris wartete noch einen Moment, dann nahm er das Kissen langsam vom Gesicht und legte es sorgfältig zurück an seinen alten Platz.

Joris blickte auf seinen Vater herab. Das Funkeln seiner Augen war erloschen, doch noch immer starrten sie dunkel an die Decke. Ohne jede Gefühlsregung strich er mit der Hand über sein Gesicht, verschloss seine Lider.

Dann verließ er das Zimmer.

# Vielen Dank

… an alle, die mich bei der Arbeit an diesem Buch unterstützt habe. An Kerstin Schaub und das Team vom Goldmann Verlag, die Theo Krumme nun schon bei seinem elften Fall begleiten. An meine neue und wunderbare Lektorin Lisa Wolf, die sich mutig und mit viel Einfühlungsvermögen in meine nordfriesische Krimiwelt geworfen hat. An Nadja und die Literarische Agentur Kossack in Hamburg, meine Familie und Heimat im turbulenten Büchergeschäft.

Danke auch an Hedda und Martin für ihr psychiatrisches Expertenwissen zu Joris Lüdgens mentalem Profil. An Sophie und Alexander, meine liebsten Segelchampions. An meine Freunde bei der Polizei, die mir geduldig alle Fragen beantwortet haben und hoffentlich nicht zu verstört darüber sind, was für eine Geschichte ich daraus gemacht habe.

Danke an Inga und Frank, meine allerliebsten Nordfriesen, an Melli, die Leseinsel Pellworm, an Beate, Volker, Joachim und Angela, meinen guten Freund und Kollegen Janne Mommsen. Und natürlich an meine Frau Anke, die über die Jahre in allen Höhen und Tiefen meines Autorenlebens immer an meiner Seite gestanden hat.

Und einen besonders herzlichen Dank an alle Leserinnen und Leser und überhaupt alle Büchermenschen, die ich dieses Jahr wieder bei meinen Lesungen kennenlernen durfte: die dynamischen und herzlichen Bücherprofis in den Büchereien, Literaturcafés und Buchhandlungen, nicht zu vergessen all ihre ehrenamtlichen Helferinnen und Helfer. In diesen turbulenten Zeiten macht ihr unermüdlicher Einsatz aus der Liebe zum Buch die Welt jeden Tag zu einem besseren Ort.

Hendrik Berg, Frühjahr 2025

# Autor

Hendrik Berg wurde 1964 in Hamburg geboren. Nach einem Studium der Geschichte in Hamburg und Madrid arbeitete er zunächst als Journalist und Werbetexter. Seit 1996 verdient er seinen Lebensunterhalt mit dem Schreiben von Drehbüchern. Er wohnt mit seiner Frau und seinen beiden Kindern in Köln.

Mehr zu Hendrik Berg unter: www.hendrik-berg.de

*Hendrik Berg im Goldmann Verlag:*

Dunkle Fluten. Roman
(📱 nur als E-Book erhältlich)

Die Nordsee-Krimis mit Kommissar Theo Krumme:

Deichmörder · Lügengrab · Küstenfluch · Schwarzes Watt · Kalte See · Eisiger Nebel · Dunkler Grund · Strandfeuer · Dünenrache · Sturmnacht · Kalte Strömung
(📱 Alle auch als E-Book erhältlich)